인도 기행

인도 기행

강석경

민음사

『인도 기행』을 다시 펴내며

인생을 꿈이라고 느낄 만큼 긴 세월이 흐른 것일까.

『인도 기행』을 다시 펴내기로 하고 10여 년 전의 발자취를 더듬어보니 이 모든 것도 꿈에 스쳐간 일들만 같다. 나는 그때 무슨 힘으로 무더운 서쪽나라를 홀린 듯 헤매다녔을까. 지금도 분명히 말할 수 있는 것은 육신의 피로에도 지칠 줄 모르고 강행군을 할 수 있었던 것은 단 하나, 인식에의 열망 때문이었다. 나는 구원이란 화두를 들고 우직한 수행자처럼 깨달음을 얻기 위해 걷고 또 걸었다. 이렇듯 절실한 여행을 다시는 할 수 없으리라.

인도는 내게 가슴을 열어 삶의 본질에 다가서도록 했다. 그 뒤로도 많은 나라를 여행했으나 인도처럼 영적 충족을 준 나라는 없다. 그런 의미에서 인도 여행은 정수(精髓)였고 정신의 편력 같은 이 기행문만 기록으로 내놓았다. 이것은 『인도 기행』을 다시 펴내는 이유이기도 하다.

10여 년 전의 기록이라 눈에 보이는 서투름은 약간 손질하였다. 사진들을 첨가하여 인도를 좀더 가까이 느끼도록 했으니, 인도가 내게 준 영감과 의미를 새로운 독자들과 기꺼이 나누고 싶다.

책이 빛나도록 좋은 사진들을 흔쾌히 내준 「사진과 사람」 대표 이미숙 씨에게 감사를 전하며…….

2001년 7월

『어찌 고향을 잊으오리까』로 우리에게도 잘 알려진 일본 작가 시바료타로(司馬遼太郎)는 몇 년 전 미국을 여행했다. 불가사의한 미국 사회의 일부를 문화인류학적 시각으로 20여 일간 여행하는 동안 뇌세포가 끊임없이 자극을 받았다고 작가는 기행문 후기에 썼다.

또 그는 동행과 이런 대화도 나누었다.

「시골에서의 3년이 서울에서의 3일이라고 하던가요?」하고 일본 중세 때 격언을 인용했다.

「시골이라니, 일본 말입니까?」

「일본에 국한시킬 것이 아니라 관습이 강하게 남아 인간의 독창성을 구속하는 사회는 어느 나라라도 시골이지요」

언젠가부터 나는 인도를 꿈꾸어 왔다. 인도는 내게 정신의 마지막 안식처로서 보리수가 무성한 붓다의 고향, 지평선이 끝없이 이어지는 대륙, 타지마할이 있는 환상의 땅으로 여러 영상들을 간직하고 있었다.

지금도 순례자들의 행렬이 끊이지 않는 인도는 문명의 지구에서 여백과 같으며, 그 땅에서 다양한 삶들을 접하면서 내 의식의 눈도 크게 열렸다.

무더운 데칸 고원에서 사리를 휘날리며 점처럼 사라지던 여인들은 거대한 우주에서 생성과 소멸을 되풀이하는 종족의 덧없음을 가르쳐주었다. 사막의 드높은 밤하늘을 마주하곤 그 작은 나라에서 상처만 더하며 살아왔구나, 한탄했다.

광활한 인도 땅을 겨우 네 달 헤매다녔지만 이 여행은 나를 변화시켰음에 틀림없다. 진정한 여행이란 습관으로부터의 떠남이고 나는 인도에서 나의 한가운데로 걸어들어갔다.

이젠 그 어떤 집착도 미개한 것으로 여기고 물 흐르듯 자연인으로 살아가면서 보다 넓은 세계와 합류하고 싶다.

서쪽 대륙으로 구원을 찾아나서서 기록한 『인도 기행』을 이 세상에선 더 이상 만날 수 없게 된 한 친구의 묘지 앞에 바친다.

속진의 세상에서 서른 해를 못 넘길 만큼 결벽한 영혼이었다. 서울의 광물화를 경고하는 시인의 죽음은 우리의 슬픔이나 〈천사는 지상에 오래 머무르지 않는다〉.

1990년 5월, 강석경

8

차례

제1부

인생은 탄생으로부터 죽음으로의 여행

INDIA

이별의 델리

1월 26일, 오늘은 인도의 공휴일이다. 헌법을 공포한 날로서, 독립 운동 당시 불복종 운동을 전개하면서 독립 기념일로 지정했다 한다. TV에선 요란한 축제 행렬을 보여주며 중계를 한다. 대통령 관저와 인도문 사이의 2km 길이 군대 행렬과 축하 인파로 메워져 있다. 호텔 종업원이 와서 틀어놓길래 소리를 죽였더니 무성으로 움직이는 화면이 진공 속 같다.

원래는 인도문 부근에 가서 백만여 명이 참여한다는 축제 행진을 직접 볼 생각이었지만 꼼짝하기 싫은 기분이다. 보름간 함께 여행했던 일행들이 어젯밤 공항으로 떠난 뒤 빈 호텔 방에서 침묵만 지켰다. 앞으로 한달 반 동안 더 여행하리라 일행과 헤어졌건만 낯선 땅에 홀로 떨어지니 막막하다.

어젯밤 호텔 정문에서 일행들을 배웅하는데 선주가 인도식 인사를 하면서 안아주었다. 그때도 웃었지만 일행이 차에 탄 뒤 최종태 선생께 인사했는데 갑자기 눈물이 돌았다. 그것을 보이지 않으려고 후딱 호텔 안으로 들어왔건만 여행사 직원으로 우리를 안내했던 형준 씨가 공항에서 밤늦게 전화를 했다.

「선생님이 걱정하시면서 전화하래요. 돈 크라이 포 미」

「누가 운대나」

시큰둥하게 대꾸했지만 기분은 여전히 가라앉아 있었다. 겨우 보름간의 여행이었다. 선생은 대학 때부터 은사이지만 내 게으름 탓에 일년에 두세 번 인사하러 가는 정도로 왕래가 뜸하고 일행들과도 첫 여행이었다. 그런데 무슨 극적 이별을 한 듯 눈물이 솟다니. 아마도 혼자서 헤쳐나가야 하는 여행에 대한 두려움 때문이리라.

12시에 호텔을 나와 어제 예약해 둔 코넛 플레이스의 플라자 호텔로 옮겼다. 교통이 편리한 시내 호텔로 인도에선 싼값이 아닌데 좁고 컴컴한 복도가 도둑 소굴 같다. 호화판 호텔과는 비교도 안 되지만 어둑한 방이 앞으로의 내 고단한 여정을 시사해 주는 듯하다.

방을 안내해 준 종업원이 나가지 않고 자꾸 말을 걸어서 차를 주문하여 내보냈다. 이번엔 한 여자와 함께 차를 들고 들어와 수다를 떤다. 팁을 이미 줬건만 또 무언가 바라는 것 같아 라이터와 볼펜을 선물로 주니 좋아한다.

된 발음의 인도식 영어를 듣기가 피곤하다. 쉬어야겠다고 말하니 그제야 두 사람이 자리에서 일어선다. 문을 안으로 걸어 잠그고 시계를 보니 2시. 의자에 앉아 차를 따라 마시는데 탁자 위에 놓인 전화기가 눈에 들어온다. 어제부터 망설였지만 선뜻 수화기를 들어 호텔측에게 전화를 부탁한다.

한국 교민회장 댁이다. 인도에 오는 많은 한국 사람들이 이곳에 연락하고 알게 모르게 신세도 지는 것 같다. 폐를 끼치지 않고 여행 정보만 얻으리라 생각한다. 그래도 번거로워하면 어쩌나 걱정하는데 전화를 받은 상대편 목소리가 그럴 수 없이 부드럽다. 부인 같은데 동족에 대한 따뜻한 마음이 느껴져 순간 안도를 한다.

위치를 물어 밖으로 나서니 거리의 봄볕처럼 마음도 밝아진다. 행사가 끝났는지 사람들이 쏟아져 나와 있고 공원에도 많은 시민들이 누워 있거나 앉아서 봄날을 즐기고 있다. 넓은 녹지 공간과 잘 구획된 거리로 뉴델리에서 처음으로 현대를 느낀다.

인도 땅에 첫발을 디뎠을 때 그들의 가난과 비문명에 몇 세기 전으로 돌아간 듯한 충격을 받았다. 돈을 달라고 파리떼처럼 달라붙던 아이들, 거리에서 딸의 이를 잡아주던 거지 엄마, 이마에 피 같은 물감을 흘리고 다니는 힌두교도들.

뉴델리에선 코넛 플레이스와 시장 부근 외엔 거지가 눈에 띄지 않고 주황색 천을 두른 사두도 쉽게 만나지 못한다. 외국 대사관이 늘어서 있는 정치 중심 도시, 영국이 도시 계획하여 건설한 수도라 정연하지만 오히려 인도 같지 않아 흥미가 반감된다.

거리 한가운데 소가 앉아 있는 광경이 눈에 들어와 슬며시 미소 짓는데 택시는 이내 중심가를 빠져나간다. 창 밖을 바라보는 내게 언제 델리에 왔는지 운전사가 묻는다.

「너는 운이 좋다, 독립 기념일 행사를 봤으니. 뉴델리를 좋아하느냐」

「길이 넓어서 좋지만 뉴델리는 인도가 아니다. 바라나시, 아그라, 쟈이플이 진짜 인도 같아」

「레드 포트를 봤느냐? 자미 마스짓드는? 쿠타브 미나르는? 델리에도 많은 유적이 있다」

20세기 초엽에 수도로 단장됐지만 물론 델리의 역사도 깊다. 기원전 4세기 이전에 형태를 갖추었다는 인도 민족 대서사시「마하바라타」(세계에서 가장 긴 서사시라고 하는데 옛날 인도의 바라타 대왕족의 이야기다.「마하바라타」와「라마야나」를 읽지 않고선 인도를 말하지 말라고 한다)에도 델리 지명이 나오고 12세기부터 인도 북부를 완전히 장악한 이슬람의 많은 유적들이 역사의 흥망성쇠를 보여준다.

운전사가 유적들을 나열하기에 쿠타브 미나르에 먼저 들르기로 한다. 그저께 일행들과 함께 갔지만 높이 73cm 원형의 거대한 쿠타브 미나르 앞에서 처음 볼 때처럼 감탄한다. 층마다 돌출된 난간을 장식적으로 조각하여 전망대 구실도

밖으로 나서니 거리의 봄볕처럼 마음도 밝아진다.
거리 가운데 소가 있는 광경도 보인다.
(사진 ⓒ Lee)

하는데 이 긴 탑이 여왕의 왕관처럼 보인다. 코란 글자를 정교한 문양처럼 탑에 조각한 것도 경이롭고, 세 왕조를 거치면서 30년 동안 탑을 완성한 그들의 끈기가 놀랍다. 아프가니스탄인 왕조 고르 조(朝)의 노예 신분으로 왕조를 세운 쿠타브 우딘 아이바크가 1193년에 이곳에 거대한 모스크(회교 사원)를 세우고 1199년에 탑을 축조했다.

힌두 왕국을 패배시킨 뒤 승리의 기념으로 세운 탑인데 쿠타브 우딘은 겨우 1층만 세우고 후계자들이 5층탑으로 완성했다 한다.

탑 가까이에는 〈이슬람의 힘의 모스크〉로 불렸던 사원이 겨우 형체를 유지하고 있다. 원래 이 자리에 있었던 힌두 사원을 파괴하고 그 석재로 모스크를 지었다.

사원 안뜰엔 A.D. 5세기에 힌두 왕이 세웠다는 철탑만 오늘의 인도를 구축하고 있는 힌두 정신처럼 녹슬지 않은 채 남아 있다. 한 인도 여자가 철주에 등을 대고 양팔로 안으려 안간힘을 쓴다. 내가 지켜보고 있자니 옆에 서 있던 남자가 「양손이 닿으면 소원이 성취된다」고 일러준다. 역사는 무상을 가르쳐주건만 소원을 비는 인간의 열망은 예나 지금이나 같다.

편지의 기쁨

아침에 G에게 편지를 썼다. 여행을 떠난 이래 처음 쓰는 편지다. 비로소 혼자가 되었기에 편지를 쓸 수 있었다.

　인도를 떠나기 이틀 전에야 『가까운 골짜기』가 나왔고, 책들이를 해준 친구 중의 하나인 그는 필름 4통과 채플린 상표가 찍힌 노트를 선물로 주면서 「제가 편지할 수 있어요?」 하고 물었다. 나는 그 말을 「편지를 받고 싶다」로 해석했다. 시인인 그는 영화 「인도로 가는 길」은 인도를 이해하려는 무모한 인간을 꾸짖는 시라고 평했다. 그러면서도 그 역시 모두가 정신의 땅이라고 생각하는 인도에 대해 시적인 상상을 품고 있었고 인도의 뜨거운 대기가 편지에 실려오기를 바랐다.

　이번 여행에선 G에게 편지하기로 한다. 작가인 한 친구는 「나는 문필 생활을 할 줄 알았기 때문에 편지는 일체 쓰지 않았다」고 말했다. 나는 그런 생각을 할 만큼 영악스럽지 못하고 특별한 사이가 아니어도 그때그때 떠오르는 대상에게 편지 쓰기를 즐겨해 왔다. 인간에 대한 기대가 사라지면서 편지를 쓰지 않았다는 친구도 있지만 편지는 자기 독백의 한 형태라기보다 내가 만난 인생의 상징들을 공유하고자 하는 마음에서 쓰는 것이다.

　기후도 문화도 사람도 인도보다 더 맑고 친화력을 갖게 하는 네팔의 카트만두에 머물 때였다. 인도로 떠나기 전날 혼자 거리를 쏘다니다 다음과 같은 문구를 보게 되었을 때 네팔의 아름다움에 대해 편지를 쓰고 싶었다.

　나를 거짓으로부터 진실로 이끌어주시고 어둠으로부터 빛으로 이끌어주시며 죽음으로부터 불멸로 이끄소서.

카트만두 거리의 푯말에서 나는 진실이란 단어를 또다시 볼 수 있었는데 진실을 말하는 나라이기에 〈어머니와 조국은 천국보다 위대하다〉라고 말할 수 있다.

오전에 코넛 플레이스의 우체국에 가서 편지를 부쳤다. 한 달 뒤 돌아가면 답장을 받을 수 있고 또 한국으로 돌아간다고 생각하니 델리를 떠나는 발걸음이 한결 가벼웠다. 빵 한조각으로 아침을 때우고 얇은 면 블라우스도 하나 사서 짐을 꾸려 공항으로 향한다. 시간이 이르기에 운전사에게 먼저 마하트마 간디 기념관으로 가달라고 부탁한다. 이틀 전에도 일행들과 함께 간디 기념관에 갔는데 그저 간디라고 말했더니 운전사가 처음엔 인디라 간디 기념관에 내려주었다.

그날 우리는 정부측 손님들이 오면 반드시 참배한다는 간디 화장터에도 들렀다. 검은 대리석 위에 씌어진 산스크리트어 〈오, 진리여!〉는 간디의 마지막 말이면서 전생애를 함축한 말이었다.

기념관엔 간디 일대기를 밀랍 인형으로 전시해 놓고 간디가 쓰던 나무접시, 동컵, 마지막 날 입었던 옷까지 진열돼 있다. 간디 방도 재현돼 있다. 앉는 책상과 책꽂이, 물레와 신발 두 켤레, 호롱불과 물병만 놓여 있을 뿐이어서 민중과 고락을 함께한 지도자로서, 무소유로 진리만 추구한 현자로서의 삶을 한눈에 보여준다. 우리들은 얼마나 많은 군더더기

20

를 붙이고 사는가.

눈 가리고 귀 막고 입 가린 원숭이 조각이 식민지의 아픔을 보여주지만 간디는 영국 지배 아래서 신음하던 민족을 이끈 별이었다. 한 벽면엔 부처와 못 박힌 그리스도와 물레 돌리는 간디 모습이 나란히 붙어 있는데 간디는 인도에서 금세기의 신으로 추앙받고 있다.

간디의 연설을 듣기 위해 구름떼처럼 몰려든 군중, 나무 위에 올라가 간디를 지켜보는 군중의 눈빛은 갈망으로 타고 있다. 저들은 무엇에 굶주렸던가. 간디는 그들에게 무엇이었던가. 그것은 사랑이 아니었을까.

간디가 아내의 임종을 지켜보는 사진 앞에선 걸음을 떼지 못한다. 아내 머리맡에 앉아 이마를 짚어주는 모습은 한 여자의 남편이 아니었다. 그것은 인류의 아버지요, 인간이 베풀 수 있는 지고의 자비였다. 나는 그 얼굴을 보기 위해 두번째로 여기 왔고 간디 기념관을 나서면서 인도의 가난을 다른 눈으로 볼 수 있을 것 같았다.

일행 중 한 사람은 가족이 그립다며 빨리 돌아가기를 원했다. 그들은 벌써 서울에 도착했겠지.

나도 집이 그립지만 지금 내가 원하는 것은 육신의 안락이 아니라 미지와의 만남과 인식이다. 뭄바이행 비행기에 오르면서 이제 나는 스승으로부터도 벗어났다, 생각했다. 함께 여행하는 동안 내가 느끼기보다 먼저 선생의 말에 귀기울였으며 그 영향을 벗어나지 못했다. 이젠 독자적으로 생각하고 인식하기.

고향 같은 뭄바이

비행기가 한 시간 연착하여 공항에 내리니 이미 밤이다. 숙소 정할 일을 걱정했으나 공항 버스를 타고 시내로 들어서니 밤거리가 낯설지 않다. 도로는 넓고 불빛이 휘황하나 건물들은 높지 않고 낡은 듯하다. 낯익음 때문에 고향인 대구를 떠올렸으나 도로변에 바다가 보이기 시작하자 부산 같다는 느낌을 받는다.

신기해서 창 밖을 내다보는데 차가 멈춘 사이에 사내아이가 뛰어와 손을 내민다. 주머니에 동전이 있길래 주니 아이가 동전을 이마에 댄다. 고맙다는 표시여서 나도 웃는다. 친근감을 주는 이국땅이 긴장을 풀게 하누나.

YWCA 국제 게스트 하우스 네온이 눈에 들어와 순간적으로 숙소를 정했다. 웨일즈 박물관 앞에서 내려 씩씩하게 찾아갔건만 만원. 나보다 한발 먼저 도착한 미국인 부부가 마지막 손님으로서 숙박계를 쓰고 있었다. 시계를 보니 9시. 맥풀린 표정으로 다른 호텔을 소개해 달라 하니 새벽 2시에 한 사람이 나갈 예정인데 기다리겠느냐 묻는다.

가방을 맡겨놓고 밖으로 나서자 부두에서 불어오는 상쾌한 바람이 얼굴에 끼친다. 모퉁이에 있는 골동품 가게를 돌아

신호등 앞에 서니 왼쪽은 시장로이고 건너편엔 극장이 있다. 거리가 번화하고 깨끗해서 인도 같지 않다.

밤거리를 활보하는 것도 오늘이 처음이다. 아그라에 도착한 날 밤, 타지마할이 보고 싶어 나가겠다고 하니 여행사 사장이 큰일 난다고 주의를 주었다. 그 과보호를 받으려고 단체여행을 하지만 과보호는 인생의 맹아를 만들지 않을까.

길을 건너다가 문득 낯익음의 정체를 깨닫는다. 뭄바이로 들어서면서 고향을 떠올렸던 것은 바로 현대화와 서구화 때문이었음을. 그것은 또한 나를 실소하게 만들었다. 우리가 얼마나 서구화되어 살고 있는지 역으로 생각해 볼 수 있기 때문이다.

홍콩 식당은 〈인도의 문〉으로 가는 길에 있었다. 호텔에서 중국 식당이라고 가르쳐주어 찾아갔는데 식당 지배인이 내게 국적을 묻더니 반색을 한다.

「당신도 현대 회사원이냐? 대우, 삼성 직원들도 여기 자주 온다」

그는 내가 음식을 주문하기도 전에 오징어볶음, 돼지불고기, 닭덴뿌라 하며 요리 이름을 한국말로 외웠다. 그렇지 않아도 교민회장 댁에서 뭄바이에 가면 현대에 연락해 보라고 전화번호를 적어준 터였다.

음식을 주문한 뒤 손을 씻고 돌아오니 주현미의 노래가 울려나왔다. 지배인이 양배추 김치를 가리키며 어떠냐고 물었고 나는 고개를 끄덕였다.

배로 항해하던 시대에 외국 사절들이 첫발을 디뎠던 〈인도의 문〉이 세워져 있고
저녁이면 많은 시민들이 모여드는 아폴로 부둣가는
여행자에게 인도 속의 이국 정취를 맛보게 한다.
(사진 ⓒ *Lee*)

「뭄바이는 고향 같군요. 김치까지 먹다니」

뭄바이는 인도다

아침 8시에 호텔에서 주는 식빵과 차를 든 뒤 샤워를 하니
잠이 완전히 달아났다. 이국적인 정경이 아침 잠이 많은 나로
하여금 침대를 박차고 일어나게 만든다. 빨래를 널어놓은 발
코니로 햇빛이 쏟아져 들어오고 까마귀가 옆건물의 난간에
앉아 까악 소리친다. 내 옆자리의 이란 여자는 홑이불을 뒤집
어쓴 채 자고 있다. 침대 네 개 있는 공동방인데, 넓고 깨끗
하고 밝아서 만족한다. 독실을 원했지만 가끔 공동방을 쓰는
것도 여행의 폭을 넓히는 일이 되고 기분 전환이 된다.

햇볕에 머리를 말리며 뭄바이 안내서를 보는데 금발의 서
양 여자가 등이 파인 흰 원피스를 갈아입고 나온다. 젖은 머
리 때문인지 섹시해 보인다. 흰 옷 때문이 아닐까. 여자가 상
복을 입었을 때 가장 예쁘다는 말도 있지만 흰색의 결벽이 오
히려 도발적이다. 숱 많은 머리를 땋아 묶은 여자에게 아름다
운 머리라고 일러주니 네 머리도 아름답다며 웃는다. 같은 여
자끼리 위해 주는 말을 주고받으면 기분이 좋다.

오전에 주정부에서 운영하는 관광사에 가서 아우랑가밧드
의 엘로라 아잔타 석굴 관광행을 예약했다. 가장 보고 싶은
곳 중의 하나이다. 그래 여행사측에도 꼭 이곳을 넣어줄 것을

부탁했는데 여행사 사정으로 날짜가 변경되면서 뭄바이와 아우랑가밧드 코스가 빠졌다. 나는 아잔타 엘로라행을 강력하게 원했지만 인도에 관한 사전 지식이 나만큼도 없었던 일행들이 수긋하게 여행사 계획에 따랐고 카트만두에 엿새나 묶여 있었다. 이제 혼자서라도 갈 수 있게 되었으니 얼마나 다행인지.

남쪽이라 날이 벌써 더워지기 시작하고 햇빛이 눈부시다. 서구화된 도시이지만 까마귀와 만개한 열대꽃과 간디 동상이 이곳이 인도임을 가르쳐준다. 거리 한가운데 나무처럼 우뚝 서 있는 동상을 보니 간디 어록이 떠오른다.

〈나무를 배우자〉라는 찬송은 우리 마음속에 지닐 가치가 있다. 나무는 뜨거운 햇볕을 받지만 우리에게 시원한 그늘을 준다. 우리는 무엇을 하는가?

식민지로 서구화된 뭄바이는 인도가 아니라고 간디도 말했지만 1917년부터 1934년 사이에 이곳에 머물면서 독립 운동을 지도했다.

뭄바이는 인도에서 두번째 큰 도시이고 인구는 천만이 넘는다. 16세기 초 포르투갈인이 최초로 상륙하면서 서양 문물을 받아들이는 통로가 됐지만 먼 옛날엔 일곱 개의 섬으로 된 조용한 고기잡이 항구였다. 지금의 뭄바이인 〈뭄바데비〉는 1661년 포르투갈의 카테린 황녀가 영국의 찰스 2세와 결혼할 때 가져간 지참금의 일부였다. 4년 뒤 일곱 개의 섬이 영국의 지배 아래 들어가고 뒷날 동인도 회사가 설치되면서 중요한 무역지로 발전하기 시작했다.

인도에서 가장 물자가 풍부하고 비싸며 서울처럼 바쁜 도시. 대부분의 인도 영화 배우가 뭄바이에 산다는 것도 첨단을 걷는 도시의 성격을 말해 주는 것이다.

도심에 우뚝 솟은 맨션 아파트와 견고한 신고딕 건물의 혼합, 긴 해안선을 따라 연인들이 산책을 즐기는 마린느 드라이브 거리, 웅장한 타지마할 호텔, 배로 항해하던 시대에 외국 사절들이 첫발을 디뎠던 〈인도의 문〉이 세워져 있고 저녁이면 많은 시민들이 모여드는 아폴로 부둣가는 여행자에게 인도 속의 이국 정취를 맛보게 한다. 〈인도의 문〉은 1911년 조지 5세의 방문 기념으로 건립되었으나 부두 앞 공원에 군신(軍神)처럼 서 있는 시바지의 동상은 그가 남긴 독립 정신을 되새기게 한다. 시바지는 17세기에 무갈 제국에 대항하여 힌두적인 마라타 왕국을 세운 영웅이다.

부둣가에서 바닷바람을 쏘이고 어슬렁 도로변으로 걸어가는데 누가 시간을 묻는다. 시간을 가르쳐주니 어느 나라에서 왔느냐, 다시 말을 시킨다. 몸집이 왜소하고 입 부근에 반점이 있는 젊은이였다. 한국이라고 일러주자 자신은 스리랑카 사람으로 일본 상지대학 유학생이라며 묻지도 않는 말까지 한다. 한귀로 흘려 듣고 걸음을 떼려는데 스리랑카인이 주머니에서 무언가를 꺼내 보였다.

「상지대학 교표다」

어디서 본 듯한 낯익은 행동이다. 그가 무얼 하건 관심 밖
이지만 물가 비싼 일본의 유학생이라기엔 행색이 너무 초라
하다는 생각이 머리를 스친다. 대학생은 방학이라 본국에 돌
아갔다가 부모와 인도 여행을 왔노라며 말을 계속했다.

「우리 가족은 지금 타지마할 호텔에 머물고 있다. 아주 비
싼 호텔이다. 나는 돈이 많다. 시간이 있으면 같이 맥주 한잔
마시자」

돈이 많다면서 수작을 붙이니 유치해서 웃음이 나왔다. 나
는 술을 싫어하고, 지금은 점심을 먹어야겠다, 하니 좋은 식
당을 안내하겠다며 홍콩 레스토랑 맞은편의 중국 식당으로
앞장서 들어간다. 경계를 하기엔 너무 희극적으로 생겨서 가
만 두고 보기로 했다.

나는 완탄누들을 주문하고 점박이 유학생은 맥주 한 병을
시켰다. 그는 내가 꺼내놓은 벤송 담배를 한 개피 피우곤 또
담배가 없느냐 물었다. 담뱃갑에는 두 개피밖에 들어 있지 않
았다.

「나도 이 담배를 좋아한다. 담배를 사고 싶은데 여행자 수
표밖에 없다. 네가 사줄 수 있느냐? 이따 은행에 갈 것이다」

스리랑카인은 웃음을 띠며 말했고 나는 그것이 제 술값도
못 낸다는 암시임을 알아챘다. 점박이 유학생이 이것저것 물
으며 맥주를 마시더니 천연덕스레 돈 얘기를 꺼냈다.

「담배도 사고 은행에 다녀오겠다. 이백 루피를 꿔달라. 다

긴 해안선을 따라 연인들이 산책을 즐기는 마린느 드라이브 거리

시 와서 돈을 갚아주겠다」

나로 말할 것 같으면 사람을 턱없이 잘 믿어서 늘 당하는 쪽이다. 이런 내게도 이내 감지될 정도로 스리랑카인의 수작은 단수가 낮았다. 나는 잠시 후「담배는 내가 사주겠다」며 일어섰다. 우선 계산대로 가서 현대 상사에 전화하니 점심 시간이라 찾는 사람이 없었다. 녀석이 골탕먹도록 계산하지 말고 그대로 가버리자. 문밖으로 나오는 순간 카메라를 식탁에 두고 온 것을 깨달았고 할 수 없이 담배 가게로 갔다. 녀석을 떼버릴 궁리를 하려면 나도 담배가 필요했다.

홍콩 레스토랑 옆에 있는 담배 가게에서 막 길을 건너려는데 점박이 스리랑카인이 식당 밖으로 나오고 있었다. 손에는 내 카메라를 들고 있었고, 나는 곧 간다고 소리쳤다. 내가 들어가니 가짜 유학생은 음식이 나왔다, 알려주는 양했고 나는 만두국수를 그릇에 덜며 천연덕스레 말했다.

「네게 10루피를 빌려주겠다. 은행 갈 차비는 10루피면 충분하다」

점박이 유학생은 가만 나를 바라보더니 그럼 20루피를 꿔달라, 값을 올렸다. 200루피는 포기하지만 적어도 20루피는 가져가야겠다, 그런 마음보다.

계산을 하고 식당을 나와 웨일즈 박물관으로 가려는데 스리랑카인이 계속 따라왔다. 박물관 앞에서 돌아서며 빨리 은행에 가라고 일러주니 다시 여기 오겠다며 연극을 계속했다. 어쩌다 사기꾼이 됐지만 마음이 약한 인간인가 보다.

「다시 여기 올 필요없다. 너는 자유야」

나는 짜증스레 내뱉었으나 스리랑카인은 끝까지 웃는 얼굴로 돌아섰다. 상지대학생이라고 교표를 보여주던 수법은 신문에 곧잘 실리는 가짜 서울대학생 수법과 비슷하다. 그는 인도인일 것이다. 그리고 뭄바이는 인도다. 뭄바이를 국제 무역도시라 말하지만 고작 20루피를 꿔가는 사기꾼을 국제 도시에서 만날 수 있을까.

밤여행의 우수——버스에서

1월 28일.

저녁 8시에 출발하여 아우랑가밧드엔 아침에 도착이라니 12시간 걸린다. 지도상으론 가까운데 서울서 남쪽 끝에 있는 진주까지 5시간 더 걸리는 것을 생각해 보면 인도 땅의 크기를 짐작할 수 있다. 한반도 면적의 15배다. 크기에 압도될 것까진 없지만 여기선 거리 개념을 바꿔야겠다.

버스는 서너 시간 간격으로 간이 식당에 정거하고 대개의 승객들은 차에서 내려 동행과 차를 마신다. 홍차에 산양 젖을 넣고 설탕과 함께 끓이는 차인데 설탕을 빼달라고 번번이 말하지만 밤여행 땐 인도식으로 달게 마시는 것이 피로를 풀어준다.

내 옆탁자엔 젊은 서양 부부가 앉아 있다. 눈이 마주치자 여자가 활짝 웃는다. 나는 그들이 미국인임을 한눈에 알아본다. 경쾌하고 발랄한 느낌 때문이다.

여행객끼리 눈이 마주치면 으레 웃지만 인도인들은 한국인처럼 잘 웃지 않는다. 어느 땐 그 큰 눈으로 쏘아보는 듯하여 상대방을 당혹시킨다. 대체적으로 표정이 어둡다. 가난 때문인가?

인도보다 물자가 궁핍한 네팔 국민들은 눈이 맑다. 선명한 사계절의 기후와 히말라야를 끼고 있는 자연 때문인가. 자연의 혜택을 누리기로는 한국도 그에 못지않다.

보다 중요한 점은 네팔인들은 한번도 식민지가 되어본 적이 없다는 점이다. 일행이 카트만두에 처음 도착한 날 밤, 유럽풍으로 단장된 중심가와 인력거를 끄는 가난한 릭샤들을 보고 네팔도 한때 식민지였으리라 추측했다. 선생은「그러니 민족주의자가 되지 않을 수 없어」했고 우리는 숙연해졌다.

버스에서 내 옆자리에 앉았던 남자는 맞은편 탁자에 홀로 앉아 무표정하게 창 밖을 지켜본다. 모텔의 어둑한 전등 빛과 피부 빛깔이 다른 사람들. 찻잔 부딪치는 소리와 낮은 담소. 문득 오래전부터 이런 여행을 해왔던 것처럼 주위의 모든 것이 낯익다. 나는 어느 사이 여기까지 흘러왔을까. 늘 미지의 땅을 꿈꾸어 왔으나 출발은 외로웠다.

다시 차를 타고 달린다. 창 밖으로 끝도 없는 어둠이 펼쳐져 있지만 편안한 마음으로 잠을 청한다. 길을 찾아야 하기에 생의 여정은 고달프지만 지금은 휴식의 시간이다. 차가 나를 목적지까지 데려다줄 것이고 웃음을 나눌 동승자들도 있다.

이따금씩 탄탄한 바퀴를 굴리며 차들이 옆으로 지나가고, 소리에 흔들려 문득 눈을 뜨면 운전대를 잡고 있는 기사의 등이 칸막이 유리를 통해 희미하게 시야에 들어온다. 한 사람이 깊은 밤 속으로 달리고 있다. 누군가도 어둠을 가르며 밤새 길을 가고 있구나. 밤길의 동행자가 있다는 것이 위안을 주어 다시 아이처럼 안심하고 눈을 감는다.

엘로라에서의 시간 여행

8시에 아우랑가밧드의 호텔에 도착. 달걀과 차로 아침을 들고 급히 버스에 오른다. 안내원이 관광 일정을 말하는데 무갈 황제 아우랑제브의 아들이 그의 어머니를 위해 타지마할을 본따 지은 작은 묘소도 끼어 있다. 16세기에 데칸 일대의 총독을 맡았던 아우랑제브는 이곳에 많은 관심을 쏟아 아우랑가밧드란 지명도 그의 이름을 따서 지어졌다.

엘로라로 가는 길목에 있는 다울라타바트 성에 먼저 들르다. 델리의 왕 모하메드 투그라크가 14세기에 델리에서 1,100km 떨어진 데칸 고원의 데오기리로 새 수도를 정하고, 전 인구를 옮기고자 미친 시도를 했던 곳이다. 그는 페르시아어와 수학과 의학에 깊은 조예가 있는 학식 많은 왕이었으나 수천 명의 인명을 앗아간 수도 이전 계획 등 잘못된 개혁들로 백성에게 고통을 주었다.

성이 서 있는 데오기리는 원래 〈신의 언덕〉으로 알려졌으나 투그라크 왕이 번영의 도시란 뜻으로 〈다울라타바트〉로 지었다. 5km의 단단한 벽으로 둘러싸인 도성 입구엔 델리의 쿠타브 미나르보다 조금 작지만 아름다운 승리의 탑이 서 있는데 죽음의 도시가 된 다울라타바트는 민심이 곧 천심임을 가르쳐주고 있다.

데칸 고원은 인도의 중부와 남부를 가로지르는 경계선으로써 들판은 메마르고 낮은 돌산은 회색을 띠고 있다. 기원전 13세기경부터 인도에 정착한 아리안 족도 이곳까지는 침입하지 못했고, 데칸 이남은 외래 문화가 섞인 북부와 달리 독자적인 힌두 문화를 가지고 있어 종족과 문화의 분기점이 되기도 한다.

7세기경 데칸 고원 마라타 지방을 방문했던 중국의 현장 스님은 이 지방 사람들이 가장 용기 있고 의협심이 강하다고 극찬했다는데 영국 통치 때에도 가장 치열한 독립 투쟁을 벌인 곳으로 알려져 있다.

높지 않은 둔덕 같은 바위산들을 창 밖으로 바라보는데 항아리를 머리에 인 세 여자가 불현듯 풍경 속에 나타났다. 여자들은 고원을 가로질러 마을로 가나 보다. 오두막 하나 보이지 않는 광막한 고원에서 사리를 휘날리며 걸어가는 여인들 모습이 강렬하게 가슴에 새겨진다. 옛왕의 전능도 한자락 바람같이 스쳐간 거대한 데칸 고원에서 여인들이 점처럼 시야에서 사라져간다.

「어느 나라 사람이냐」

옆에 앉은 관광 안내인이 말을 시킨다. 신상에 대한 것을 꼬치꼬치 묻고 한국 여자들의 결혼 적령기에도 관심을 보인다. 25세부터 결혼을 생각한다 했더니 인도 여자들은 20세 전에 결혼을 한다고 일러준다.

「너무 어리다. 스무 살에 무얼 알겠는가」

「어리긴 하지만 인생을 즐기려고 결혼을 빨리 한다」

인도인들은 모든 것을 직설적으로 말한다. 한국인들은 〈나이가 찼으므로〉, 〈대를 잇기 위해〉 결혼을 원한다. 미국에 오랫동안 유학했던 한 친구는 부부 중심 사회에서 소외를 느껴 결혼을 택했다고 말했다. 나 역시 단순치 않은 한국인이라 인생을 즐기기 위해 결혼한다는 걸 몰랐다. 단순명쾌한 진리가 공연한 관념들을 무색하게 한다.

여러 사람들이 엘로라 석굴에 찬탄해서 잔뜩 기대했지만 어마어마한 크기에 우선 놀란다. 남쪽에서 북쪽 사이에 석굴이 2km 배열돼 있는데 바위를 뚫어 축조한 것이다. 34개 석굴 중 불교 석굴은 12개, 힌두교 17개, 자이나교 5개다.

엘로라에서 처음 보게 된 불교 석굴은 무척 실망스럽다. 각이 지기도 하고 비례가 맞지 않는 불상들은 무지하게 느껴질 정도이고 정교함도 자연스러움도 보이지 않는다. (지상의 모든 것이 걸러져 해방된 자의 미소를 짓는 삼국 시대 반가사유상이나 자연과 조화를 이룬 경주 남산 불상들은 얼마나 슬기로

운가!)

　불상 주위에 힌두신들을 모셔놓은 것도 사원을 초라하게
하고 늪의 냄새를 풍긴다. 불교 석굴을 지은 것이 6백년대에
서 8백년대. 엘로라 석굴 중 가장 먼저 축조됐지만 불교가 쇠
퇴할 때라 승려들의 자세도 흐트러졌을 것이다. 좌대를 떠받
치고 있는 동물 두 마리만 초라하게 붓다의 권위를 나타내고
있을 뿐 정신성이 빠져나간 불상이 몰락의 시대를 암시하고
있다.

　엘로라의 정수는 역시 힌두 사원이다. 네루의 말대로 〈불교
가 자연사한 뒤 이날까지 아마도 영구불변하게 인도인들의 반
석이 되었을 힌두〉의 사원이라 극적이고 생명이 흘러넘친다.

　거대한 암벽을 위에서부터 아래로 뚫어나간 16굴 카일라사
사원은 엘로라의 압권이다. 크기만 해도 아테네 파르테논 일
대를 두 번 뒤덮을 정도라는데 히말라야 산에 있는 쉬바의 신
전 카일라사를 재현한 것이라고 안내인이 일러준다.

　긴 동굴 사원이 있는 내부와 정문, 정원, 석탑 등이 배치
된 카일라사 사원을 지을 때 일대 20만 톤의 돌이 깎여나갔으
리라 짐작하고 있다. 건물 외부에 조각된 라마야나 서사시 이
야기라든가 코끼리나 환생의 동물을 비롯하여 쉬바와 비쉬누
제신들의 절묘한 조각들은 종교에 바친 인도인들의 공력에
새삼 감탄하도록 만든다. 데칸 고원의 무더운 기후 때문에 이
곳에 석굴을 많이 지었다고 하나 종교의 열정이 아니고는 이
토록 거대한 석굴들을 몇백 년씩 이어오면서 이루진 못했으

엘로라 석굴의 어마어마한 크기에 우선 놀란다.
남쪽에서 북쪽 사이에 석굴이 2km 배열돼 있는데 바위를 뚫어 축조한 것이다.
34개 석굴 중 불교 석굴은 12개, 힌두교 17개, 자이나교 5개다.

리라.

힌두 조각의 아름다움은 곡선에 있다. 카쥬라호 조각을 보고 허리를 튼 여자들의 곡선이 아름답다고 찬탄했지만 사자의 얼굴을 한 나라심하에게 기대어 있는 여신의 곡선이 완전한 무용 같다.

15굴에서 본 나라심하의 다른 장면은 내 발걸음을 멈추게 하기에 충분하다. 사자의 얼굴을 한 나라심하는 비쉬누의 또 다른 권화(權化)인데 기둥으로부터 나타난 나라심하가 감히 그의 존재를 부정한 신성 모독자를 벌주는 장면이다. 여덟 개의 팔과 사자의 얼굴은 신의 힘을 강조한 것일 뿐 공포를 주려는 것은 아니다. 팔들을 바퀴처럼 허공에 펼친 극적인 나라심하와 한손에 칼을 쥔 채 허리를 틀며 대항하는 신성 모독자의 모습이 생명력 넘치는 아름다운 곡선을 이루어 금방이라도 기둥 밖으로 뛰쳐나올 것만 같다.

안내인이 독촉해서 제대로 음미할 틈도 없이 석굴을 뛰어나온다. 국내 관광단에도 다시 끼지 않으리라. 시간에 얽매이는 약속은 질색이라 투덜거리며 바삐 움직이는데 엎드린 코끼리 석상이 있는 석굴 입구로 한 여자가 막 들어가는 것이 눈에 띄었다. 사원에 예배하려는지 나뭇잎으로 싼 꽃을 손에 들고 보랏빛 사리를 머리 위부터 두른 여자의 모습이 석굴을 배경으로 한 한폭의 그림 같았다.

나는 문득 아득한 시간을 거슬러 석굴 한가운데 서 있는 듯 느꼈고 타임 머신의 마술에 걸린 것 같은 착각에 빠졌다.

엘로라의 정수는 역시 힌두 사원이다.
네루의 말대로 〈불교가 자연사한 뒤 이날까지 아마도 영구불변하게
인도인들의 반석이 되었을 힌두〉의 사원이라 극적이고 생명이 흘러넘친다.

그것은 바로 인도가, 인도의 광막한 자연이 주는 환상이었고 시간 여행이었다.

망각에 묻혔던 아잔타 불교 석굴

아잔타에 간다는 설레임으로 자정에 어김없이 잠자리에 들었으나 야행성 습관 때문에 2시까지 뒤척였다. 피곤했던지 아침에 겨우 일어나니 버스는 이미 떠나고 없었다. 아우랑가밧드에서 세 시간 걸리는 거리라 앞이 아뜩했다. 내가 발을 구르자 호텔 지배인이 나와선 호텔 택시로 뒤따라가라고 선처해 주었다.

젊은 운전사는 귀찮아하는 기색도 없이 오히려 걱정 말라고 안심시키고 읍내를 빠져나오자 한껏 속력을 냈다. 덕분에 택시로 달린 지 50분 만에 관광 버스를 따라잡을 수 있었다.

차에 오르자 미국 할머니는 「잠을 실컷 잤구나」 하고 웃음을 보내고, 아내와 함께 관광 온 인도 할아버지는 「아침에 널 깨우러 아내를 보냈으나 아무 소리도 들리지 않았다」고 일러주었다. 차가 떠날 때 창 밖을 내다보니 호텔 택시 운전사는 길에 서서 손을 흔들고 있었다. 고마운 사람들.

아잔타 석굴은 말굽쇠 모양으로 구브러진 와고라 강을 굽어보며 구릉에 자리잡고 있었다. 1819년, 사냥하던 영국인에게 발견될 때까지 망각 속에 묻혀 있었다는데 숨은 듯한 위치가 은자들의 성역 같다.

29개 모두 불교 석굴이고 기원전 2세기부터 650년까지 조성되었다. 인도 최대 석굴이거니와 조선 왕조 시기보다 긴 7백 년 이상을 세대에서 세대로 넘어오면서 깎고 다듬어왔다니 종교에의 열정과 대륙적 시간 개념에 또다시 놀란다.

석굴은 예배를 위한 차이트야와 수도승이 기거하는 비히라로 나뉘는데, 예배용 차이트야는 다섯 개이고 나머지는 모두 비히라이다.

엘로라 석굴의 걸작이 조각이라면 아잔타 석굴은 매혹적인 프레스코화로 유명하다. 제1굴부터 검은 공주와 무용수, 가수 등 많은 여인들이 선명한 색채로 천정에 그려져 있어 멀고도 꿈같은 세계를 펼쳐보인다. 여인들의 크고 긴 눈, 풍만한 가슴, 춤추는 허리 곡선에서 이날까지 이어온 인도의 관능을 엿보게 하는데, 수도승들이 속세의 드라마를 이토록 멋지게 그리다니 그들 인생의 폭을 가늠할 수 있다.

손에 든 연꽃이란 뜻의 파드마파니 보살상은 불교와 힌두교의 성스러운 상들을 완전한 단계로 발전시킨 굽타 시대 예술의 한면을 보여준다. 오른손에 연꽃을 들고 피안을 생각하고 있는 듯한 보살의 모습은 주위의 원숭이와 난쟁이들까지 정화시킬 듯 평화롭다. 이 그림은 그가 쓴 관의 보석이 미세히 보일 정도로 잘 보존된 편이나 오른쪽 눈이 빗물에 씻긴 듯 약간 얼룩져 있다. 마치 눈물 같지만 그건 슬픔의 눈물이 아니라 고요한 희열의 눈물 같아 보인다.

기둥에도 그려진 아잔타 벽화는 모두 부처님의 전생과 일생에 관한 그림들이다. 1천5백 년이 되도록 선명한 색채는 오늘의 과학으로도 풀 수 없는 신비라는데 아잔타 그림 중에서도 뛰어난 16굴의 「죽어가는 황녀」는 인간적이다. 붓다의 이복 형제인 난다의 부인 순다리가 남편이 수도승이 되기 위해 현세적인 삶을 포기했다는 소식에 숨을 거두는 장면이다. 붓다의 아들이 붓다를 찾아와 눈물 흘리는 장면도 그려져 있어 자기 완성의 길을 가기 위해 얼마나 많은 것을 희생해야 하는가를 준열하게 보여준다.

수도승들이 좌선을 했던 좁은 선방의 돌바닥도 쓰다듬어 본다. 고단한 몸을 옆으로 누이고 한손을 얼굴에 괸 채 생사의 화갱에서 떠난 부처의 열반상 앞에선 한참 서 있었다.

〈이 세상에 영원한 것이 있건 없건 이 육체는 괴로움의 그릇이다. 생로병사의 바다에 빠져야 할 것에 불과한 것이다. 진실로 버려야 할 죄악이니라. 이것을 버릴 수 있는 것을 누가 기뻐하지 않을 것인가〉

모든 현상이 무상함을 가르치고 영원한 초월주의적 세계로 가는 길을 보여준 현자, 생의 굴레에서 벗어난 해방자, 붓다는 열반에 들기 전 〈빨리 생사의 불더미에서 벗어나야 한다〉고 제자들에게 이르셨다. 어린 내게 생사의 화갱은 먼산처럼 아득하지만 내가 사는 한국 땅은 집착의 불더미처럼 보인다. 진화한 인간이 되려면 이 집착의 불더미에서 벗어나야지.

1819년, 사냥하던 영국인에게 발견될 때까지
망각 속에 묻혀 있었다는데 숨은 듯한 위치가 은자들의 성역 같다.

(사진 ⓒ Lee)

기둥에도 그려진 아잔타 벽화는 모두 부처님의 전생과 일생에 관한 그림들이다.

발길 가는 대로 한 석굴에 들러 기둥을 받치고 있는 난쟁이 조각을 들여다보려니 안내인이 다가와 그것을 가리킨다.

「이건 언해피, 저건 해피다」

내가 보고 있던 난쟁이는 하나이고 그가 가리킨 또 다른 난쟁이는 쌍이었다. 나는 말뜻을 알아채고 웃었다. 그러고 보니 인도의 비천들도 남녀 쌍이다. 에밀레종에 부조된 것 같은 단신의 비천은 보지 못했다. 쉬바의 아내 파바르티, 크리슈나의 아내 라다 등 힌두의 신들도 많은 아내를 가지고 있다.

불교나 기독교도 마찬가지지만 신적인 것에 다가가기 위해선 인간적인 것을 포기하거나 제거하면서 극기하나 힌두교는 반대다. 불교나 가톨릭이 이성적이라면 힌두교는 감성을 극대화한 듯 보인다. 엘로라 석굴이 원초적 생명감으로 넘쳤던 데 비해 아잔타 석굴에선 보다 절제된 정신성을 느낀 것도 그 때문이 아닐까.

어쩌면 이것은 내가 인도에 올 때부터 생각했던 문제 —— 왜 불교는 발생지인 인도에서 실패했는가라는 의문을 풀어줄 작은 실마리가 될지도 모른다.

아잔타도 9세기 때 불교를 배척하는 부족에 의하여 망각의 그늘로 숨어버렸다. 수도승들은 박해가 심해질 것을 예견하고 석굴 입구를 돌로 막아 자연 암벽처럼 위장한 다음 피난했다. 엘로라 석굴을 만든 것은 그 뒤인데 불교의 내리막길이었다.

손상당하지 않은 인간성——고아 사람들

2월 2일.

뭄바이에서 고아까지 배를 타고 갈 수 있다기에 낭만적인 여정을 상상했으나 지금은 배가 다니지 않아 할 수 없이 버스를 택했다. 전날 오후 3시에 출발하여 아침 7시에 도착했으니 16시간 달린 셈이다. 아우랑가밧드로 갈 때보다 길이 험하여 버스가 흔들거리는 바람에 잠도 거의 자지 못했다.

이른 아침이라 살갗에 소름이 돋을 만큼 쌀쌀하다. 한적한 마을에 버스가 서자 파나지로 가는 사람만 내려 다시 배에 탄다. 안개 낀 강 저편에 작은 도시가 보인다. 학교로 가는 아이들과 여학생도 배에 오르는데 모자를 쓴 중년 남자가 혼자 떠들면서 내 앞으로 다가와 불쑥 손을 내민다. 나와 악수하곤 다른 사람들에게도 악수를 청하며 배 안을 돌아다닌다. 미친 사람은 아니고 광대 같이 재미있다. 배 안의 사람들이 모두 웃음 짓는다. 그리하여 낯선 땅에 내릴 때의 막막한 기분도 잊고 파나지에 성큼 첫발을 디딜 수 있었다.

부두와 마주보고 있는 정부 직영 투어리스트 호텔은 이미 만원. 고아 지도와 안내서를 받아 다른 호텔을 찾아나선다. 선창가에 정박한 배들과 좁은 길과 포르투갈 총독의 동상이 막 도착한 여행자에게 뭄바이와는 또 다른 이국 정취를 느끼게 한다.

드넓은 만도비 강 남쪽에 자리잡은 파나지는 인도에서 가장 작으면서 가장 쾌적한 주 수도로 알려져 있다. 고아의 역사를 보면 3세기에 남부 인도까지 진출한 마우리야 왕조 이래 차루크야 왕조 등이 일어서고 번영하였다. 아잔타 벽화 중에서도 7세기경에 완성된 것으로 추측되는 가장 뛰어난 벽화들은 차루크야 왕조의 전성기 프라카신 2세 때의 유적이다.

1312년 처음으로 무슬림 Muslim에 정복됐으나 1370년 비자야나가르 왕국의 성주 하리하라가 다시 물리치고 백년 간 통치했는데 페르시아 사절단이 경탄했을 만큼 번영했던 비자야나가르는 남부 인도를 지배한 강력한 힌두 왕국이었다.

포르투갈에 점령당한 것은 1510년. 그 뒤 고아는 그들의 동방 진출의 거점으로 발전했고, 오늘날 여행자들은 이곳에서 힌두가 아닌 또 다른 인도를 만나게 된다.

호텔들은 관광철이어서 만원. 네번째 찾아간 게스트 하우스에서 겨우 방을 얻었다. 싼 숙소라 공동 세면장에 들어갔다가 징그럽게 큰 바퀴벌레를 두 마리나 보곤 기겁을 하고 나온다. 마침 주인과 마주쳐 불결하다는 뜻으로 바퀴벌레가 있다고 가리키니 세상에는 모든 것이 공존한다고 한마디만 한다. 한손에 지팡이를 든 거구의 노인인데, 여태 어느 인도인에게서도 보지 못한 위엄 같은 것이 있다. 침대도 깨끗하지 않아당장 옮기고 싶었지만 멋진 주인이 있어 버티기로 한다.

피곤한데도 젖은 머리로 밖으로 나선다. 날이 무더워지기 시작하지만 인도의 초여름 햇살이 싫지 않다. 좁고 꼬불거리는 골목길에는 발코니가 달린 높지 않은 건물들이 늘어서 있다. 언뜻 위를 올려다보니 게스트 하우스 주인이 발코니에 앉아 신문을 읽고 있다. 이 날 아침 배에서 악수를 청하던 광대 같은 남자와 이지적이고 근엄한 호텔 주인. 고아는 거리도 사람도 여느 인도와 다르다.

카페 앞을 지나가니 팝송이 울려나오고 작은 바엔 돌아가는 의자들이 있다. 여기저기서 식민지 냄새를 짙게 맡을 수 있지만 칙칙하지 않고 밝다. 항구 특유의 개방성 때문일까. 머리 위로 떨어지는 노란 오크꽃이 이방인을 신부처럼 미소 짓게 한다.

골목에서 공원을 끼고 있는 넓은 길로 돌아서니 십자가가 세워진 하얀 성당이 나타난다. 오래된 건물 같진 않지만 큰 교회가 세워진 뭄바이처럼 여기서도 기독교 문명의 이식을 똑똑히 볼 수 있다. 거리에 면한 건물 기둥에 〈그리스도가 세상에 오셨다〉는 문구가 씌어 있었다. 머리부터 발끝까지 힌두교 냄새를 풍기는 인도에서 거리에 나붙은 그리스도에 관한 포교문과 마주친다는 것은 놀라운 일이다.

오후 늦게 올드고아에 가다. 파나지에서 9km 거리. 1843년 포르투갈 총독이 그들의 거주지를 파나지로 옮기기 전까지 수도였다. 옛 교회가 늘어서 있다는 말을 듣긴 했지만 〈올드〉라는 형용사가 상상을 불러일으킨다. 뉴델리보다 올드델리가 보다 인도적이듯이 파나지보다 올드고아가 진면목을 보여주지 않을까.

시가를 빠져나와 강을 끼고 좁은 길을 달리니 강바람이 얼굴에 휘감긴다. 차가 가다 말고 서길래 밖을 보니 버스 한 대가 강에 반쯤 잠겨 있다. 교통 사고인지 사람들이 모여 서 있고 내가 탄 버스의 승객들까지 내려 구경한다. 인명 피해는 없었는지 구경꾼들이 웃으며 재미있게 사고에 대해 얘기한다. 그 표정이 재미있어서 그들을 바라본다. 북쪽보다 남인도 인심이 좋다더니 고아에 와서 처음으로 주민들에게 호감을 느낀다.

어구에 있는 하얀 건물의 교회를 지나니 마을이 나타나는데 갑자기 외딴 곳에 들어선 듯하다. 낡은 성벽 같은 토담들과 거대한 야자수들이 늘어서 있어 문명에서 벗어난 아프리카의 촌락을 연상시켰다.

원시림 같은 마을을 지나자 깨끗하게 포장된 도로 양편으로 장중한 건물이 나타난다. 아씨씨의 성 프란시스 교회와 봄 지저스의 바실리카. 고딕 건물들은 나를 다시 16세기 유럽 풍경 속으로 이끈다. 성 프란시스 교회의 일부를 개조한 박물관에는 60여 점의 포르투갈 총독 초상화와 바스코 다가마 초상화, 여러 성자들과 피에타 상이 진열돼 있어서 제국 문화의 잠식을 여실히 보여준다.

1517년 고아에 온 8명의 프란시스파 수사들에 의해 세워진 성 프란시스 교회는 무심히 들어서는 방문자를 놀라게 한다. 드높은 아치형의 천정과 복잡한 꽃 모양의 프레스코, 도금된 제단과 성스러운 성찬을 위하여 사용되었던 감실, 나무벽에 그려진 프란시스 생애의 아름다운 그림 등. 서양 미술사에서 배웠던 코린트 양식을 인도에서 보게 되다니.

무엇보다 날개 달린 천사를 보고 서양 문화를 실감한다. 아잔타 석굴의 남녀비천상도 그렇지만 동양의 비천상은 날개가 없다. 옷자락을 휘날리며 정신의 공간을 나는 듯한 한국의 비천상에 비하면 서양의 천사는 즉물적이다.

박물관이 문을 닫는 시각이라 교회를 나와 밖으로 나오니 두 청년이 내 앞으로 지나간다. 남쪽 사람이라 마르고 체구가 작은데 한 사람이 친구의 말을 들으며 연신 응, 응, 대꾸한다. 웃음이 얼굴에 가득한 걸 보면 재미있는 애긴가 보다. 응, 응, 대답 소리가 아이처럼 천진하여 나까지 웃음 짓게 된다. 아까 버스에서 뛰어내려 차사고를 구경하던 순박한 사람들. 이곳에서야 비로소 손상되지 않은 인간성을 본다.

그들을 뒤따라 박물관 철책을 끼고 내려가니 로터리가 나온다. 사람들이 나무 아래 앉아 쉬고 행상들은 과일을 팔고 있다. 로터리 가운데 높이 솟아 있는 간디 상이 한눈에 들어와 고아도 인도 땅임을 그제야 실감한다. 동상 밑에는 이런 간디의 말이 적혀 있다.

족쇄가 있기에 나 비상할 수 있고
슬픔이 있기에 나 고양될 수 있고
패배가 있기에 나 달릴 수 있고
눈물이 있기에 나 여행할 수 있으며

십자가가 있음에 나 인류의 심장에 다다를 수 있나니
오 신이여! 나의 십자가를 찬미하게 하소서

신적인 것은 영원한 것──옛 교회의 언덕

창이 거리로 면해 있어 소음에 일찍 눈을 떴다. 잠을 깨고
서도 의식의 공백 상태로 뒤척거리는 것이 내가 즐기는 아
침 버릇인데, 눈을 뜨자마자 일어나 창을 연다. 강이 보이
지 않지만 상서로운 남국의 아침 하늘 빛이 강처럼 나를 투
영시킨다.

산보하고 9시에 투어리스트 호텔 식당에 가니 자리가 거의
찼다. 옥외엔 빈자리가 없어 안으로 들어가려니 종업원이 혼
자 앉아 있는 서양인의 맞은편 자리를 가리킨다. 앉아도 되느
냐 양해를 구하자 구면처럼 빙긋 웃는다. 콧수염을 기른 젊은
남자였다.

아침부터 햇살이 쏟아진다. 배들이 정박해 있는 강 수면이
은빛으로 반짝이고 까마귀들은 까악 소리치며 지상을 기웃거
린다. 노란 오크꽃이 이층 옥외식당 난간 앞으로 늘어져 있다.
땅을 색채로 표현한다면 고아는 바로 저 오크꽃 빛깔이다. 도
화지에 그림 그릴 때 맨 먼저 집어드는 노란 크레용 빛깔.

오트밀과 홍차를 주문했지만 오트밀을 다 먹도록 차가 나
오지 않는다. 한번 독촉했는데도 기별이 없어서 지나가는 종

업원에게 오크꽃을 가리키곤 꽃 이름을 물었다.

「내 이름 말이냐?」

소년처럼 어려 보이는 그가 엉뚱하게 반문해서 쿡 웃고 말았다. 앞에 앉은 서양인도 따라 웃는다.

「이젠 나를 기억할 테니 차를 빨리 갖다 달라」

종업원을 보내고 나니 앞자리의 남자가 묻는다.

「자연에 관심이 많으냐?」

「물론. 저 꽃 이름은 오크다」

난간에 내려앉아 주위를 살피던 까마귀 한마리가 빈 탁자로 날아가 손님이 남긴 토스트를 물어간다. 낚아채듯 잽싼 까마귀의 동작에 우리는 동시에 웃는다. 고아의 모든 것이 알레그로 속도의 생명력을 지니고 있다. 마주앉은 남자가 다시 말을 시킨다.

「고아에 언제 왔느냐?」

「어제」

「나와 같구나. 사실 난 어제 널 도서관에서 봤다. 네가 책을 들여다보고 있었다. 왜 아동 열람실에 있었느냐?」

나는 놀라서 정말 봤느냐고 되물었다. 파나지 박물관에서 돌아오는 길에 도서관을 발견했고 입구에 걸린 항해 그림을 보다가 다리가 아파서 안으로 들어갔다. 아동 열람실에 들어간 것은 내 영어 실력으로 볼 수 있는 책이 아이들 책이었기 때문이다.

그것을 설명하자 남자가 웃음을 문다. 그 웃음이 선하면서 미묘하다. 남자의 웃음도 아름다울 수가 있구나. 그 웃음에서 아무 발길도 닿지 않은 바닷속 같은 훼손되지 않은 본성을 본다.

알제리 태생의 프랑스인 얀. 30세로 역사학자. 마스카레나스라는 포르투갈 선장의 행적을 밟아 여행중. 어제 도서관에 간 것도 자료를 찾기 위해서였다고 두툼한 노트를 가리켰다. 얀은 당시 항해사에 관한 책을 쓰고 있노라 했다.

내가 작가임을 밝히고 카뮈와 장 그르니에가 알제리 태생임을 상기하자 얀이 미소지으며 차를 두 잔 더 시켰다.

오전에 마프사 비치에 갔다가 3시가 넘어 올드고아 박물관 앞에 가니 얀이 벌써 나와 있다. 얀은 도서관으로 가는 길에 내게 올드고아 얘기를 듣곤 오후에 함께 보자고 했다. 얀도 박물관을 이미 구경했고, 해서 우리는 〈봄 지저스 바실리카〉로 걸음을 옮겼다. 입구로 들어서자 직업 안내원이 따라붙어서 그의 설명을 듣기로 했다.

어린 예수란 뜻의 봄 지저스 교회 역시 이오닉, 도리닉 등 서양 건축 양식과 찬란한 기독교 문명의 위용을 보여준다. 1594년에 짓기 시작해 11년 만에 완공된 이 교회에는 성 프란시스 악비어의 유골이 은빛 관에 모셔져 있었다.

1542년 기독교 선교 직무를 받고 고아에 온 프란시스 악비어는 7년 뒤 일본으로 떠나가 중국 해변 산 시암 섬에서 죽었다. 묻힌 지 4년 뒤 관을 열어보니 시신이 생전과 같아서 2년 뒤 고아로 옮겼다 한다. 시신은 프란시스 악비어가 죽은 기념일에 십년마다 한번씩 공개된다는데 수난의 상징처럼 시신이 온전치 않다고 안내인이 설명한다.

처음엔 그의 시신이 너무 작은 관에 넣어져서 목이 부러졌고 발가락 중 하나는 성인의 유골을 원하는 포르투갈 여인에 의해 뜯겼다. 오른손은 잘려서 로마로 보내지고 4년 뒤엔 다른 한 손이 일본의 제수이트로 보내졌다.

내장까지 여러 지역으로 분포되었다 해서 서양 교회의 유골 보존 방식에 놀랐지만 성자의 철저한 자기 분배의 삶이 외경스럽다. 인간이 신의 속성을 가지고 있음을 보이기 위해 지상에 보내졌으니 성자는 이미 자신의 소유가 아니다.

석가가 돌아가신 뒤에도 일곱 나라 왕과 바라문이 찾아와 사리를 여덟 등분하여 가져갔다. 성자는 지상의 정화수와 같아서 시신의 부분도 속인들에게 하늘의 향기를 주는지 모른다.

안내인이 성자의 관을 가리키며 오는 1994년이 성 프란시스 악비어 시신을 공개하는 해이니 그때 함께 고아에 오라고 일러준다. 얀과 나는 30년 넘게 지구의 반대편에 살다가 어제 우연히 고아에 왔다. 우연히 만난 이국인이 아니라도 5년 뒤의 일을 어찌 알랴. 인간이 어찌 내일을 알 것인가.

내 말에 얀이 그 미묘하게 아름다운 미소를 지었고 안내인이 고개를 끄덕였다.

「당신 말이 맞다. 그러나 나는 모든 것을 신에게 맡기고 살므로 두렵지 않다」

54

안내인은 인도에서 내가 처음 만난 기독교 교인이었다. 그의 말에 의하면 고아 인구의 51%가 힌두교, 41%가 기독교이며 나머지가 이슬람교와 불교라 한다. 그의 집안은 할아버지 때부터 기독교 신자였고 유일신을 믿노라 했다.

이웃을 사랑하라, 도둑질을 하지 말라, 사람을 죽이지 말라, 내가 익히 알고 있는 십계명을 들으며 성당을 나서려는데 한쪽 벽에 붙은 동판이 눈에 들어왔다. 코친의 총독 돔 제로니모 마스카레나스가 이 교회를 짓도록 헌금했다는 내력인데 마스카레나스는 바로 오늘 아침 얀이 말해 준 인물이었다.

내가 그것을 가리키니 얀이 읽고 반색을 했다. 나는 안내인에게 얀이 마스카레나스에 대해 연구하노라 알려주고 아는 것이 있으면 얘기해 주라고 귀띔했다.

수정 묵주를 기념으로 사고 밖으로 나오니 어느새 햇볕이 황금빛 색조로 깔려 있다. 안내인이 옛 교회가 늘어서 있는 성의 언덕으로 걸음을 옮기며 올드고아 내력을 얘기한다.

포르투갈이 상륙하기 전에도 올드고아는 비자푸르의 수도로 번영했던 곳이고 포르투갈 지배에 들어가면서 급속히 서구 문명을 꽃피웠다. 많은 교회와 수도원들이 왕의 명으로 지어졌다. 당시 사람들이 고아를 보면 리스본을 보지 않아도 된다고 했다니 그 번영을 짐작할 수 있는데 콜레라가 휩쓸고 1843년에 수도를 파나지로 옮긴 뒤 불모의 땅이 되었다 한다.

봄 지저스 교회 옆문으로 나가 한적한 오솔길로 걸어가니 담 너머로 부겐빌리아가 흐드러져 있다. 담장을 지나니 신의

그토록 번창했다는 올드고아엔 신에게 바친 교회만 남아 있다.
범속한 삶의 흔적은 스러져도 신적인 것은 영원한 것인가.

성 존 교회, 성 모니카 수녀원이 정적 속에 나타난다. 화석화된 16세기로 들어선 느낌이었다.

3층으로 올려진 성 모니카 수도원은 지금도 수녀들의 학회로 쓰이고 있다. 사람 그림자는 보이지 않고 꽃들만 다투어 피어 있는 뜰이 이 세상 것 같지 않게 평화롭다.

「당신이 정장을 했으면 이곳을 방문할 수도 있지만……」

안내인이 얀의 반바지를 가리키며 일러주는데 오르막길 왼편으로 긴 세월에 깎이고 허물어진 붉은 돌건물이 폐허에 솟아 있었다. 주위로 돌무더기들이 잡초 속에 묻혀 있고 그 편린들을 보면 꽤 큰 교회였던 것 같다. 높이 솟은 돌무더기는 46m의 거대한 종류였다는데 1602년 어거스틴 수도사가 지었다고 안내인이 들려준다.

형체를 알 수 없이 잡초 속에 묻혀 있지만 성(聖)의 혼은 돌쩌귀에도 깃들여 있는 듯하다. 그 흔적을 더듬으며 여기저기 거니니 때마침 저물녘이라 마지막 타오르는 석양에 옛 종소리가 울려퍼질 듯하다.

안내인은 성 어거스틴 교회에 대해 설명을 계속했으나 얀과 나는 말없이 황혼의 성 언덕을 걸어갔다. 기독교의 이름으로 제국의 깃발을 드높였지만 그토록 번창했다는 올드고아엔 신에게 바친 교회만 남아 있다. 범속한 삶의 흔적은 스러져도 신적인 것은 영원한 것인가. 인생의 유한을 가르쳐주는 옛 교회 언덕에서 폐허만 붉게 타오른다.

2월 3일 일몰.

겨우 이틀 묵고 고아를 떠난다는 것은 사랑할 만한 사람을 만났는데도 기약 없이 그렇게 떠나는 것과 같다. 아침에 게스트 하우스로 나를 찾아와 식당에 데려간 얀에게 나는 우리의 짧은 만남을 아쉬워하노라 말해야 했다.

아우랑가밧드에서 만난 일본 여성 미우라 씨와 내일 밤차로 아하메다바드에 함께 가기로 약속했기 때문이다. 미우라 씨는 한국에서 일어를 가르치는 선생으로 한국말에 능숙했고 아하메다바드에 대해 흥미 있는 얘기를 해주었다.

간디가 마지막 대영 투쟁을 한 곳으로 아직도 서양인에게 배타적이라는 말을 여행객으로부터 들었노라 했다. 간디의 저항 정신이 아직 살아 있는 곳이라 해서 나는 남쪽으로 계속 내려가려던 계획을 일시적으로 바꿔 중부로 돌렸다.

「아하메다바드엔 왜 함께 가야 하느냐?」

어쨌든 약속했다. 여행 초반이어서 나는 아직도 계획을 어떻게 세워야 할지 갈피를 잡지 못하고 있었다. 얀은 그제야 생각을 털어놓았다.

「네가 나를 싫어하지 않는다면 앞으로 함께 여행하려 했다. 모터사이클을 사려고 값도 알아봤어. 난 인도에 와서 여자에게 처음으로 말을 걸었다. 여태 그런 적이 없었다」

「너는 좋은 사람 같아. 그러나 난 약속을 지켜야 돼. 남자 때문에 계획을 바꿀 수는 없어」

「아직도 날 두려워하는 건 아냐?」

얀은 냉정하게 말을 끊고 아하메다바드에서 어디로 갈 것인지 물었다. 마드라스로 갈 계획을 들려주니 그도 마드라스로 갈 것이라고 말했다. 얀은 식탁에 놓인 책을 펼쳐 뒷면에 무언가를 썼다. 얀이 올드고아 박물관에서 산 것으로 내게 선물한 안내책자였다.

〈연구 주제〉

우리는 신의 가호 아래 어떤 것을 넣어두고자 작정했다. 우리는 뒷날 다시 돌아올 의도로 이것들을 숨겨놓았다. 그러나 만약 내가 죽는다면 말하리라. 달걀같이 뾰족한 돌 근처에서 무언가를 발견하게 되리라고. 우리들은 동전에도 왕과 왕비, 마스카레나스의 영상을 새겨넣었다. 우리들이 항해 도중 페르시아 만에 있었을 때 나무 한 그루도 심었다.

만약 해적과 보물에 관한 책을 발견하면 나에게 보내 달라.

너는 좋은 여자다. 다시 만나게 되길 바란다. 마드라스에서?

—— YANN

20세기도 저물어가는데 포르투갈 해적이 숨긴 보물을 추적하는 젊은 역사학자. 나는 그제야 깊은 바닷속 같은 신비의 미소가 어디서 나온 것인지 깨달았다. 그를 다시는 만날 수 없으리라 생각하며 나는 얀에게 웃어보라고 간청했다.

「얀, 너의 아름다운 미소를 추억으로 간직하겠어. 만약 다시 만난다면 기뻐할 거야」

야자수와 초가집들, 농부를 태운 말 수레와 맨발의 아이들, 문명에 오염되지 않은 풍경들이 차창으로 펼쳐진다. 바다가 보이는가 하면 황무지 같은 들판이 이어진다. 석양이 들판 한가운데 걸려 고속촬영한 공처럼 밑으로 서서히 가라앉는다. 하늘도 지상도 붉게 물들어 가마 속처럼 타오른다. 빨려들듯 창을 바라보고 있으니 순금의 불길이 눈썹 끝에 당겨지는 듯하다. 천지창조가 저러하지 않았을까. 아름답다, 아름답다, 혼잣말을 하는데 일몰의 들판으로 뛰어내리고 싶었다.

뭄바이행 버스엔 약간의 승객만 탔다. 내 앞자리엔 수녀가 타고 있다. 인도에 와서 처음으로 수녀를 보았다. 통로 건너 오른쪽 자리엔 젊은 서양 여자와 동양인 남자 친구가 앉아 있다. 얼굴이 까매서 말레이지아 사람인가 했더니 인도인이다.

청년은 내가 처음 차에 오르자 재패니즈Japanese, 하면서 반색을 했다. 난 한국인이다, 밝히니 자신은 마두라이에 살고 미리나는 이탈리안이라고 옆에 앉은 여자를 소개했다. 머리를 묶어 올려서 나이를 가늠하지 못했지만 활짝 웃으니 소녀 얼굴이었다. 가슴을 열어주는 듯한 웃음에서 이탈리아인의 개방성을 본다.

미리나가 존과 얘기하다 기쁜 일이 있는지 뺨에 입을 맞춘다. 두 사람은 어디서 만났을까. 피부색이 검은 인도인에게 서양 여자들이 호감을 느낄 것 같진 않지만 미리나는 존을 좋아하나 보다. 순간에 늘 충실하고 찌꺼기 없이 감정을 연소하니 저들의 청춘은 내 연민의 사정 거리에서 벗어나 있다.

어제 식당에서 얀과 저녁을 먹을 때다. 옆자리에 대학생으로 보이는 일곱 명의 남녀가 앉아 있었다. 그들은 들떠서 떠들어댔고 나는 얀에게 불쑥 청춘이 싫다고 말했다.

「시끄러워서?」

「그건 그들의 생명력이야. 청춘기에 들어서면서 내 가슴속에서 알 수 없는 고통이 자라기 시작했어. 나는 그것과 싸우는 데에 내 청춘을 다 허비했어」

「너는 혼자였구나」

나는 얀을 물끄러미 바라보았다. 그것은 얀의 프랑스식 표현이었으나 틀리지 않았다. 나는 얀이 내 엉터리 영어도 이해했음을 느꼈고 노트에 적어둔 간디 어록을 읽어주었다.

슬픔이 있기에 나 고양될 수 있고

패배가 있기에 나 달릴 수 있고

눈물이 있기에 나 여행할 수 있으며……

미리나에게 선사한 장미 한 송이

밤새 달려 새벽 6시에 뭄바이에 도착. 아직 날이 밝지 않아 거리는 어둡고 가로등이 켜 있다. 오전에 YWCA 국제 게스트 하우스에서 미우라 씨와 만나기로 했는데 YWCA가 가까운 거리에 있어 안심이다. 존이 어디로 갈 것인지 물어서 YWCA로 곧장 가겠노라 했다. 휴게실에서 쉬면서 기다릴 생각이었다.

「우리는 게스트 하우스에 방을 잡아야 한다. 시간이 너무 이르니 우리와 함께 가서 쉬고 아침에 YWCA로 가면 어떠냐?」

미리나도 찬성해서 함께 가기로 한다. 유고슬라비아의 중년 남자도 동행하여 우리는 배낭을 진 채 전위 부대처럼 뭄바이의 새벽 거리를 걷는다. 부둣가로 들어서니 시바지와 철학자 스와미 비베카난다 동상이 아라비아해 바람을 맞으며 서 있고 거대한 타지 호텔의 불빛과 선박의 불빛이 물결에 흔들린다.

미리나가 방을 얻은 게스트 하우스에서 또 한 사람의 이탈리아 청년을 만나다. 다섯 명이 함께 식당에 가기 위해 밖으로 나서니 이른 아침이라 대기가 푸르다. 조깅을 하는 시민도 있고 하늘엔 까마귀떼가 요란하게 몰려다닌다. 언뜻 보도 한 옆을 보니 까마귀 한 마리가 쥐의 내장을 쪼아먹고 있다. 저들의 아침식사! 내가 소리치자 모두 웃는다.

식당으로 가는 길엔 꽃 장수가 늘어서 있다. 장미며 갖가지 열대꽃을 갖다 놓고 막 줄기를 자르고 다듬는다. 자주색 장미 한 송이를 2루피에 산다. 그걸 미리나에게 주니 이 정열적인 이탈리아 소녀는 환호하며 내 양뺨에 입맞춘다.

이런 입맞춤은 처음이라 황홀하다. 자매애 같은 인간애를 느끼게 하니. 미리나는 꽃을 얼굴에 바짝 대고 향기를 맡는다. 자신의 기쁨을 보여주기 위해 나와 눈을 맞추며 천사처럼 웃는다.

서양인들에게 단 하나 배우고 싶은 것이 있다면 저런 웃음이다. 인간이 인간답게 살기 위해 서로 베풀어야 할 최소공배수가 그 속에 깃들여 있다.

차와 토스트를 시키고 게스트 하우스에서 만난 이탈리아 청년이 내게 노자를 아느냐 묻는다. 노, 장자에게 많은 영향을 받았다고 했더니 지금 노자 책을 읽는데 신비하지만 잘 이해되지 않는다고 고개를 흔든다. 자연을 정복하려 해온 서양인들이 동양의 자연 사상을 쉽게 이해하지 못하는 게 당연하다. 내 영어로는 깊이 있게 얘기할 수가 없어서 5년 뒤 노자를 다시 읽고 10년 뒤 또다시 읽으라 일러주니 너도 우리와 나이가 같지 않아? 묻는다.

내가 그들의 나이를 물으니 미리나는 스물둘, 이탈리아 청년은 스물셋, 존은 스물다섯이었다. 동양여자의 나이를 전혀 짐작하지 못하는듯 하여 서른다섯이라 줄여 말했더니 모두 눈을 휘둥그레 뜬다.

「넌 왜 그렇게 젊어 보이느냐? 부디스트 buddhist냐? 채식주의잔가?」

「나는 부디스트다. 하루에 세 번 늘 신선한 물 세 컵을 마신다. 너도 그렇게 하면 늙지 않는다」

내 농담에 이탈리아 청년이 식탁에 놓인 냉수를 벌컥 들이 켜자 유고슬라비아인이 인도 물은 배탈 난다고 만류한다. 나와 눈이 마주치자 미리나는 또다시 장미 향기를 맡으며 햇살이 부서지는 것 같은 미소를 짓는다. 꽃 한 송이로 저렇게 행복해하다니. 그런 미리나에게 나는 감사하는 법을 배운다.

미리나가 행복해하므로 모두 즐겁게 아침을 먹고 존이 내 여행 일정에 대해 물었다. 아하메다바드에서 아마도 마드라스로 갈 것이라 했더니 마두라이에 꼭 들르라고 집주소를 적어준다. 인도에서 가장 큰 힌두 사원이 있는 곳이라 그렇지 않아도 가보고 싶었다.

존은 미리 환영의 말을 했고 미리나도 꼭 가라고 거들었다. 그때 미리나도 함께 만날 수 있니? 물으니 존이 고개를 흔들었다.

「미리나는 닷새 뒤 이탈리아로 돌아간다」

여성에게 관대하다는 공업 도시

2월 5일.

밤새 기차를 타고 아하메다바드에 도착하니 7시. 사전 지식 없이 왔는데도 공업 도시인 것을 알아챈다. 도로엔 비집고 들어설 틈도 없이 오토릭샤로 가득하고 매연으로 대기가 뿌옇다. 뭄바이행 밤버스에서 감기가 약간 들었는데 어젯밤엔 기차에서 기침을 시작했다. 역 부근을 벗어나면 공해가 덜하려니 했더니 시내로 들어갈수록 심하다.

호텔을 잡고 샤워한 다음 미우라 씨와 함께 식당을 찾아나선다. 늘어선 상점과 공해, 소음이 청계천의 축소판 같다. 아침인데도 공기가 나빠서 기침이 자꾸 나온다.

잘못 왔다는 생각이 들면서 고아에 이틀밖에 머무르지 못한 것을 순간 후회한다. 영감(靈感)이 꽃처럼 널려 있던 고아와 비교하니 갑자기 연옥으로 떨어진 것 같다.

미리 실망하지 말자. 간디가 그의 유명한 소금법 반대 행진을 시작한 곳이니 그 현장을 찾아온 것만으로도 족하지 않은가.

어렵게 찾아간 식당에서 모처럼 맛있게 먹고 구둣방이 많길래 편안한 샌들도 하나 골라 신고 맞은편에 있는 직물가게에 들렀다가 많은 시간을 뺏겼다. 릭샤를 두 번이나 갈아타고 칼리코 직물 박물관에 갔을 땐 4시 반. 5시에 문을 닫는다니 무갈 제국의 화려한 직물도 한눈으로 훑고 겨우 엽서 몇 개 산 것으로 만족해야 했다.

그러고 보니 이 하루는 물건만 사다 보낸 셈이다. 나처럼 구경 하기를 좋아하는 사람과는 함께 여행하지 않는 것이 좋겠다. 카트만두에서 파슈파티 사원에 갔을 때의 일이 떠오른다. 네팔의 갠지스라는 바그마티 강을 끼고 거대하게 솟은 사원은 그림같이 평화로웠다. 힌두교의 화장 풍습대로 강에선 시체를 태우고 있었고 건너편에선 힌두교인들이 옷을 입은 채 성수로 몸을 씻고 있었다.

선생을 따라 강이 내려다보이는 벤치에 앉으려다 우리는 좌판에 놓여 있는 옷감 문양 목판에 정신을 팔았다. 흥정하다 뒤돌아보니 선생은 말없이 강을 내려다보고 있었다. 화장터에선 막 시체를 태운 화부가 재를 쓸어서 강에 흘려보내고 있었다. 잠시 후 선생이 일어섰다.

「생과 사를 다 봤으니 갈까?」

그때 뒤따라 일어서며 느꼈던 부끄러움. 같은 공간에서도 어떤 이는 삶과 죽음을 생각하고 나는 경망스럽게 물건 사기에 정신을 빼앗기고 있었다.

하루를 허탕 친 기분이어서 저녁엔 인도 영화를 보려 했으나 영화관 세 군데 다 표가 매진되었다. 인도인들은 자신들의 힌두 영화를 무척 좋아하지만 이것도 공업 도시의 활기로 느껴진다. 여자들도 거리에 많이 다닌다. 미우라 씨가 이곳이 다른 지역보다 여자에게 관대한 것으로 알려져 있음을 귀띔해 준다. 여성의 가내 노예 상태를 신랄하게 비난하고 여성의 평등과 자유를 옹호했던 간디의 영향인가. 선진국일수록, 진보된 곳일수록 여성이 자유롭다는 사실이 여기서도 적용된다.

병도 신에게 맡긴다

직물 가게 관리인이 자청하여 아침에 그의 가게로 가서 함께 간디 아슈람으로 떠났다. 가게에서 직원들이 가족처럼 둘러앉아 향을 피워놓고 크리슈나 신에게 기도하는 것을 보았다. 종교가 곧 생활인 인도인들은 신에게 기도하는 것으로 하루를 시작한다. 잦은 노사 분규로 골치를 앓는 회장님이 그런 광경을 본다면 부러워할 것이다.

간디 아슈람은 시내에서 6km 떨어진 사바마티 강 서쪽에 위치하는데 다리를 건너고도 공해는 여전하고 도로 양쪽엔 상가의 반듯한 건물들이 밋밋하게 늘어서 있다. 미우라 씨가 옆에서 꼭 한국 같네요, 한다. 지방색이 짙은 다른 인도 지역과 달리 국적이 없다는 면에서 한국 도시와 비슷하다.

오토릭샤 한 대가 옆으로 나란히 서면서 우리 쪽 운전사에게 인사말을 걸더니 손을 내밀어 세차게 악수하곤 다시 달려간다. 친한 사이 같아서 직물 가게 관리인에게 물으니 모르는 사이라고 일러준다. 바브가 이어 자랑스레 말했다.

「아하메다바드 시민들은 저렇게 서로 사랑하고 존경한다」

인도 독립을 위해 간디가 분투했던 시기에 본부로 쓰였던 간디 아슈람은 정원까지 잘 관리되어 있다. 어귀에 있는 박물관 벽면에 십자가에 못박힌 예수 상을 연상케 하는 간디 측면 조상이 붙어 있고 양쪽으로 슈바이처, 타고르 등 세계 명사들의 사진과 그들이 간디 앞에 바친 찬사가 적혀 있다.

이곳에도 간디의 일대기가 사진으로 전시되어 천민 계급 마을에서 함께 식사하는 모습이라든가 단식 때의 모습을 생생히 전달해 준다. 〈나의 생은 나의 메시지〉라는 문구는 방문자로 하여금 걸음을 멈추고 자신을 돌아보게 한다. 매순간 자신을 점검한 자가 아니곤 어찌 저 준열한 말을 할 수 있으리.

박물관에서 나와 안쪽으로 걸어가면 간디가 생활했던 처소가 나온다. 강이 굽어보이는 마당 한쪽엔 아슈람 식구들이 아침저녁으로 기도했던 기도처가 있고, 인간이 살아갈 수 있는 최소한의 도구만 갖춘 간디 처소엔 간디의 상징 같은 물레가 어김없이 놓여 있다. 간디는 이곳에서 베틀로 천을 짜는 카디 운동을 펼쳤다. 영국 상품을 배척하기 위해선 수요에 족할 만한 카디를 생산해야 한다고 믿었다. 간디가 위대한 지도자인 것은 민중을 위해 늘 이처럼 현실적인 방안들을 제시하고 민중과 똑같이 생활했다는 점이다. 바브는 제 상의를 가리키며 이것도 카디라고 자랑스레 말했다.

간디 처소와 마주보고 있는, 양딸 미라 베헨의 처소가 내 눈을 끈다. 영국 해군 제독의 딸로서 반영 운동을 펼친 간디를 따라 인도에 와서 비서로 헌신했다. 이 여성은 간디가 죽은 뒤 간디 없는 인도는 견딜 수 없다 하여 그리스에 정착해 살았다.

이날 저녁 우리는 바브의 집에 초대되었다. 덕분에 인도 서민 가정을 볼 수 있었는데 다세대 주택처럼 몇 가구가 한건물에 늘어서 있었다. 집 앞 평상에서 밑반찬 같은 상식(常食)할 음식을 말리고 있고 밖에서 놀던 아이들이 우리를 반겼다. 열린 문으로 들여다봐도 집 구조가 드러날 정도로 최소한의 공간에 살고 있다.

바브의 집 부엌엔 스테인리스류의 식기들이 반짝이며 걸려 있어 주부의 살림 요령을 알 수 있었다. 주방과 이어진 방엔 침대와 붙박이장 TV 정도가 가구의 전부이다. 한평이 될까. 한방에서 네 식구가 생활하는데 일곱 살 된 아들이 침대에 누워 있다.

얼굴은 병색이 짙고 감기에 걸린 나처럼 기침이 심하다. 오래전부터 아파 병석에 누워 있지만 신이 모든 것을 잘되게 하리라 믿고 맡긴단다. 벽에 걸린 어린 크리슈나 신의 사진 액자가 어릴 때 이발소에서 본 그림들처럼 요란하다. 우리는 의사에게 보이라고 조언했지만 의사 역시 신에게 맡기라고 했다는 소리를 듣곤 할말을 잃었다. 어느 사이 과학을 신봉하게 된 나로서는 받아들이기 힘든 믿음이지만 무지하다는 생각도 잠시뿐, 운명에 순종하는 인도인의 심성을 본다.

인도인들은 이 거대한 우주에서 인간의 존재란 얼마나 미약한가를 상대적으로 터득하고 있는 듯하다. 그들의 이런 모습은 획득에 대한 욕구가 강한 경쟁 사회에서 살아온 나를 문득문득 놀라게 한다.

무갈의 황제 자항기르가 비웃듯 〈먼지의 도시〉라고 명했지만, 간디는 이곳에서 베틀을 재생시켜 영국 제품을 배척하는 민족 운동을 펼쳤다. 오늘날까지 아하메다바드는 동부의 맨체스터로 불리는 직물 공업 도시로서 가난을 물리치고 있다.

아하메다바드는 방문객을 공해로 괴롭히는 대신 훌륭한

구자라트 음식으로 미각을 충족시켜 준다. 구자라트 주의 채식주의는 유명하며 인근 지방에서도 전주 비빔밥식으로 이름 붙여 파는데 자이나교의 엄격한 채식주의가 이곳의 음식 문화를 발달시켰다. 구자라트 주는 불교와 같은 시기에 인도에서 발생한 자이나교의 중심지이기 때문이다.

우리가 들어간 아난드 식당은 한국의 백반 정식과 같은 탈리 thali 전문 식당이었다. 큰 스테인리스 쟁반에 호떡처럼 구운 짜파티와 밥, 고추무침과 콩수프, 카레감자조림과 짠지 같은 밑반찬이 담아지고 시큼한 커드(응유)와 커틀릿까지 후식으로 나왔다. 눈으로 보기에도 좋고 맛도 일품이어서 인도에 온 이래 가장 맛있게 먹었다.

짭짤한 밑반찬이나 매운 고추무침은 한국 음식과 비슷한데 미우라 씨의 느낌도 같았다. 한국인들은 남의 나라 음식에 유달리 적응을 못하여 제 나라 음식 문화가 최고라고 자화자찬하지만 그건 습(習)일 뿐, 누구에게나 제 입에 길들여진 어머니 음식이 가장 맛있는 법이다.

인도인이 손으로 식사하는 습관은 미개해 보이지만 우리도 매번 그렇게 먹어보면 수저를 버리게 될지 모른다. 바브 집에서 기이라는 지방 우유에 밥을 버무려 손으로 먹었는데 손끝으로 오는 묘미를 어렴풋이 알 듯했다.

점심을 함께 먹고 작별 인사를 했는데 사람 좋은 바브는 저녁에 호텔로 찾아왔다. 미우라 씨는 해변에 간다며 작은 수직 카페트까지 사서 허리가 휠 정도로 짐이 불었고 나는 기침이 심해서 배와 등가죽이 붙을 지경이었다.

공해 때문에 이틀 이상 머물 생각이 없었고 미우라 씨는 더 머무르려다 호텔이 마땅치 않아 함께 뭄바이로 떠나기로 했다. 그는 원래 델리로 가려 했으나 내게 고아 얘기를 듣고 흥미가 생기는지 계획을 바꾸었다.

바브는 우리에게 손으로 뜬 종이를 한 묶음씩 선물로 주었다. 어제 그의 집 가까이에 있는 종이 공장을 보여주더니 거기서 가져온 듯했다. 우리가 선물한 손전지와 청기지 모자를 몹시 좋아해서 답례로 주고 싶은 모양이었다.

나는 그의 아내에게 안부를 전해 달라면서 좋은 여자라고 일러주었다. 말은 나누지 못했지만 바브의 아내는 세상에 때 묻지 않은 순진한 표정을 지니고 있었다. 바브는 행복한 얼굴로 말했다.

「아내는 나 없이는 절대 밥을 먹지 않는다. 나는 아내를 존경하고 아내도 나를 존경한다」

우리는 다음에 아하메다바드로 오면 아난다 식당에 들르겠다고 주인에게 전해 달라 부탁했다. 힌두어로 엔조이 enjoy란 뜻을 가진 아난다 식당 주인은 미우라 씨에게 이렇게 말했다.

「일본은 부자고 인도는 가난하지만 인도인들은 만족하면서 행복하게 살아간다」

미우라 씨도 그 점을 수긍했다. 불편한 남의 나라에 와서 직업을 잡고 있는 미우라 씨나 제 나라에서도 국외자의식을 가지고 있는 나보다 그들이 훨씬 행복해 보였다.

인생은 탄생으로 부터 죽음으로의 여행

혼자 밤기차를 처음 탄다. 뉴델리에서 일행들이 서울로 돌아가기로 한 전날, 역에 가서 전국 철도시간표를 샀다. 개찰구로 나오니 어둑한 불빛 아래 낯선 사람들이 버림받은 피난민처럼 기차에 앉아 있었다. 나는 비로소 멀리 떠나와 있다는 것을 실감했고 어깨를 흠찔 떨며 돌아서야 했다.

그때 한 인도 노파가 차창가에서 아이들 손을 잡고 눈물을 닦고 있는 광경이 눈에 들어왔다. 아마도 손주들을 배웅하나 보다. 기차 정거장에서 아이들 손을 잡고 눈물을 닦는 모습이 한국의 어머니들과 같았다. 그것은 내게 안도감과 용기를 주었다. 어디서나 인간은 같다는 것. 그러니 낯선 것을 두려워 말 것.

시간이 일러 자는 사람은 아무도 없다. 세 명씩 마주보고 앉은 좌석에서 여자는 나 하나뿐이다. 인도 여성들은 여성 전용칸에 타므로 보이지 않는다. 책을 읽기엔 불빛이 어두워서 묵묵히 차창 밖을 바라보는데 앞에 앉은 인도 남자가 어느 나라에서 왔느냐고 묻는다. 이틀 밤을 기차에서 보내야 하므로 나도 얘기하는 편이 좋다.

너를 바래다준 인도인이 누구냐, 묻기도 하고 말이 오가자 모두가 귀를 기울이고 저마다 거든다. 신상에 관한 질문을 받아준 뒤 나는 평소부터 궁금했던 인도인의 내세관에 관해 사전까지 펼쳐보면서 물었다.

「당신은 전생과 업보에 대해 믿느냐?」

「그렇다. 인생이란 탄생으로부터 죽음으로의 여행이며 죽은 뒤에 환생한다. 우리들의 현생에서의 행위는 내생의 형태를 만든다」

「인과 관념은 불교와 같구나」

「붓다의 부모는 힌두였다. 힌두이즘은 곧 인생의 길이다. 힌두는 종교가 아니다. 붓다가 가르친 것은 무엇이었나?」

「그는 업을 벗어나라고 했다. 붓다는 생의 굴레를 끊고 인간이 도달할 수 있는 가장 높은 초월적 세계를 보여주었다」

나는 붓다를 믿는 무신론자이지만 힌두의 신에도 흥미를 느끼며 알고 싶다고 얘기하고 다워리dowery에 대해 말을 꺼냈다. 다워리란 인도의 악명 높은 지참금 제도로 2년 전에도 여대생 자매가 천장에 목을 매달고 죽은 사건이 보도됐다는 말을 들었다. 지식층에 속하는 여대생이 지참금 때문에 자살했다면 문맹 계층에게 그 제도가 어떻게 받아들여질지 훤한 일이다.

내가 뭄바이에 머물 때 다워리를 지탄하는 사설도 보았거니와 우연히 들른 현대 미술관 전시회에서 다워리를 사회 문제로 다룬 포스터를 보았다. 반은 금목걸이 반은 밧줄로 그려진 포스터에서 결혼 지참금이 인도 여성의 삶을 조이고 있음을 피부로 느꼈다.

나는 화랑에서 본 포스터를 그려 그들에게 보여주었다. 내 앞에 앉은 인도인이 고개를 끄덕이며 옆자리 사람에게도 동의를 구한다. 건축을 공부한다는 뭄바이 대학생은 종이에 무언가를 끄적이더니 내게 보여준다. 그는 기호까지 그려 인도 여성과 다워리를 관념적으로 연관시켰다.

「인도인에게 여성은 곧 지구이다. 지구는 고통을 받아들이는 극도의 힘을 갖고 있다. 그것은 인내와 사랑, 보호의 상징이다. 인도인 여자는 받지 않고 오직 주는 것만 안다. 다워리는 가정을 세우는 선물로서 주어진 것이고 그것으로 새 인생이 시작된다」

「인도인들은 시인 같다」

시와 같은 문구는 나를 감탄시켰으나 현실에 눈감은 인도 남성의 무지는 한심하게 생각되었다.

서민층의 인도 부모들은 딸을 낳으면 유난히 위해 준다는데 시집가면 하인처럼 일하고 구박받기 때문이다. 예전엔 남편이 죽으면 아내도 생화장시켰다 하며, 과부의 재혼이 허용되지 않았다. 프르다purdah라고 하는 여성의 은둔 관습도 있어서 〈인도의 남성은 야만적인 관습에 집착함으로써 여성에게 잘못을 저지르고 있다〉고 간디도 개탄했다. 구세대도 아닌 대학생이 여자는 대지처럼 오직 주는 것만 안다며 다워리를 합리화하니 인도의 앞날이 그다지 밝지 않다.

차창 밖으로 광활한 대지가 어둠 속에 끝없이 펼쳐진다. 바람은 드넓은 땅에서 불어와 거침이 없다. 나는 그들에게 기름지고 풍부한 자원을 가진 인도가 왜 가난한가, 물었다. 한국 땅이 이렇게 넓다면 대단한 부자가 되었을 거라고 했더니 인도엔 기술과 공장이 모자라고 인구가 너무 많다고 답했다.

무더운 기후 탓이긴 하지만 그들의 태만도 원인의 하나이다. 선생은 인도인들이 주어진 생명력을 다 쓰지 않고 깨우치려는 노력을 포기한 듯한 인상을 받았노라고 지적했는데 현실에 만족하므로 개혁 의지가 부족하다.

옆에 앉은 함자가 한국 물가에 대해 이것저것 묻더니 한국에 가고 싶다, 초대장을 보내줄 수 있느냐, 불쑥 묻는다. 아우랑가밧드의 관광 버스에서 만난 안내원도 내게 초대장을 보내 달라고 했다. 예전의 한국인이 그러했듯 인도인들도 가난하고 막막한 제 나라로부터 탈출을 꿈꾸고 있다.

이등기차를 잘 선택했다. 인생은 이등칸에 있다던데 진정한 인도를 알기 위해 앞으로도 이등기차를 타리라.

바스코 다가마의 발자취를 따라서

2월 11일.

재미있는 일행들을 만나 사흘간의 기차 여행이 지루하지 않았다. 저희들끼리 하도 떠들고 웃으니 다른 승객들이 기웃거리며 따라 웃고, 나는 어두운 새벽 정거장에서 그들의 기념 사진을 찍어주었다.

우리 일행을 좋아하느냐? 우리와 만난 것을 꼭 소설에 써라, 떠벌리던 함자도 다워리를 찬양하던 대학생도 코친 전에 이미 내리고 코친 역사를 걸어나올 땐 혼자였다. 일행 중 하나가 코친 사람이라며 나를 안내해 주겠다더니 기차가 서기 무섭게 사라졌다. 낙천적이고 허풍스런 인도인들.

여행자 안내소의 소개로 조용하고 깨끗한 호텔을 잡았다. 연이어 이틀을 기차에서 잤으니 코친에선 쾌적하게 지내리라.

행길로 나서니 바다를 끼고 큰 공원이 있다. 시민들이 공원에서 산책을 즐기는데 붉은 부겐빌리아와 향기 짙은 흰 발라꽃이 남국의 정취를 더한다.

나무 밑엔 한 남자가 연인의 무릎을 베고 누워 사랑을 속삭인다. 한 무리의 처녀들이 풀밭에 앉아 놀다 이국인인 내게 손을 흔든다. 케랄라 주는 문맹률이 높은 인도의 다른 지역과 달리 유아 사망률이 낮고 주민의 70퍼센트가 교육을 받아 문화 수준이 높다더니 이들 모습에서도 생활의 여유가 느껴진다.

바다 건너편 섬엔 거대한 선박과 공장 시설이 보인다. 기름 회사의 시설 같은데 그런 풍경이 실망감을 준다. 기차가 코친에 거의 다다랐을 때 창 밖으론 야자수 숲과 안개와 흙담을 두른 마을이 스쳐갔다. 나는 이곳에서도 올드고아와 같은 비문명을 만날 것을 기대했다. 그러나 언뜻 본 코친의 인상은 말쑥하고 심심한 소도시이다. 틀에 짜인 중년 남자 같아 설레임을 주지 못한다. 문명을 보러 먼 남쪽까지 온 것은 아닌데.

점심을 먹고 2시에 코친 성으로 가는 관광 배를 타다. 케랄라 주는 역사적으로 오래전부터 외국과 연관돼 있어 흥미롭다. 코친엔 아직까지 이천 년 전 팔레스타인에서 도주한 유태인 이민 후손들의 작은 공동체가 있다. 오백 년 전 포르투갈이 이곳에 착륙했을 때 기독교가 말리바 해안을 따라 이미 형성된 것을 발견하곤 놀랐다 한다.

바스코 다가마가 인도에 오기 오래전, 해안은 향료와 상아를 찾으러 온 페니키아인에 의해 알려졌다. 아랍과 중국의 흔적도 있는데, 오늘날까지 이곳에선 중국식 고기잡이 그물을 쓰고 있다.

배에서 내려 성 프란시스 교회로 걸어가니 방죽을 따라 중국 그물들이 허공에 포물선을 그리고 있다. 신선한 바닷가 공기와 넓은 길과 고풍스런 양옥들이 현재와 과거의 조화를 보여준다.

고딕의 성 프란시스 교회는 유럽인에 의해 지어진 인도의 가장 오랜 교회이다. 아프리카 희망봉을 돌아서 1502년 유럽인으로서 처음 인도에 상륙한 바스코 다가마는 코친에서 1524년 크리스마스 밤에 세상을 떠났다.

교회 안에는 바스코 다가마가 묻혔던 자리가 목책(木柵)으로 둘러져 있는데 14년 뒤 그의 시체는 리스본으로 옮겨졌다. 인도의 눈으로 보면 침략자이고 조국이 그를 잊지 않았으나 항해가로서 이국서 눈을 감은 인생 여정이 쓸쓸하게 여겨진다.

오백 년 전 바스코 다가마가 오갔을 길을 걸어 바다가 보이는 뚝으로 나가니 음료수 장사들이 노천에 늘어서 있다. 목이 말라 한 가게에서 소다수를 사는데 장사가 내게 국적을 묻는다. 코리아! 그가 반가워하며 주머니에서 돈을 꺼내 보여주는데 세종대왕이 인쇄된 천 원짜리였다.

「한국인 친구가 줬다」

성 프란시스 교회에서 방명록에 국적을 적으며 내가 첫 한국 방문자가 아닐까 했더니 착각이다. 코친에 들렀던 주재원이거나 혹은 한국 관광객이 준 모양이다. 그가 원해서 한국 돈을 루피로 바꿔주고 돌아서며 오늘날에는 관광지로서, 남인도 최고 무역 항구로서 세계가 모여드는 코친을 확인한다.

네덜란드 궁에 들러 코친을 기웃거린 또 다른 제국의 이름을 알게 되다. 원래 이 궁은 1557년 포르투갈이 지어서 코친 왕에게 명분적으로 선물한 건물인데 백년 뒤 네덜란드에 의해 수리되어 네덜란드 궁으로 불린다.

뜰에 힌두 사원이 있는 소담한 2층 궁에서 내 눈을 끈 것은 비쉬누 그림이다. 안내인도 여기 소장된 벽화가 인도에서 가장 아름다운 것 중의 하나라고 일러주는데, 비쉬누의 배꼽으로부터 긴 줄기의 연꽃이 피어 있다.

인도 신화에 의하면 만유이신 최고의 존재 비쉬누는 에테르ether, 공기, 불, 물, 흙의 다섯 원소들 속에 우주의 형상을 드러냈다. 깊이를 알 수 없는 고요한 대양 속에 들어가 비쉬누가 물을 휘저으니 물결 속에 조그마한 틈, 즉 에테르가 생겼다. 공간이 진동하며 바람의 형상으로 공기가 발생했고 바람은 공간에 침투해 가면서 맹렬하게 불어대어 물을 일깨우니 그 마찰로 불이 비롯되었다. 불은 증가하면서 거대한 양의 우주적인 물을 삼켜버렸다. 물이 사라진 곳에는 거대한 공허가 남아 천상의 공간이 형성되었다.

그는 이제 그의 우주적인 본체로부터 태양같이 빛나는 단 하나의 연꽃을 내어놓는다. 연꽃은 대지의 최상의 형상으로, 그 연꽃 가운데 우주의 창조신 브라마를 탄생시킨다.

비쉬누의 아내 이름이 로투스, 즉 연화이지만 힌두교에서나 불교에서나 연꽃은 깨달음의 존재를 떠받치고 있다. 왜 그들은 연꽃으로 각자(覺者)를 상징하는 것일까.

연꽃이 탄생하는 수렁은 곧 인간 존재들의 타고난 무지와 혼돈이며 연꽃은 그 카오스의 심연에서 해방된 영성의 생명이기 때문일 것이다.

너의 눈을 기증하라——황혼의 거리에서

아침에 자리에서 일어나려다 통증을 느끼고 다시 누웠다. 무리를 했다는 생각이 들었으나 곧 나으려니 낙관했다.

10여 분 뒤 가만 몸을 일으켜 화장실로 가려다 허리를 펼 수 없어 주저앉는다. 한 발짝도 걸을 수 없다니. 순간 앞이 아뜩하고 늪에 빠진 기분이다. 뱃가죽이 당겨서 기침조차 할 수 없다.

노파처럼 한걸음 한걸음 떼며 창가로 가서 커튼을 걷으니 동향이라 넓은 방 가득 햇살이 쏟아지고 동네 건물 옥상에선 한 남자가 체조를 하고 있다. 어제만 해도 배낭을 매고 거뜬 하게 다녔건만 이제 움직일 수 없다니. 절망적인 심정으로 다시 침대에 눕는다.

여행을 중단하고 돌아가야 하나? 곧장 마드라스로 가서 병원에 입원을 해야 하나. 뭄바이를 기점으로 해서 무리가 시작되었다. 세어보니 근 2주 동안 절반을 차 안에서 잤다. 강철이 아닌 다음에야 견디기 힘들다. 서양인들은 충분히 휴식하고 즐기면서 여행하는데 나는 사업가처럼 쫓겨다녔다. 한국인의 급한 성정이 내 속에서 어김없이 드러난다.

정오에 다시 일어나 걷기를 시도했으나 여전하다. 위가 졸아붙은 듯하여 일단 빈속을 채운 뒤 정신을 가다듬기로 한다. 실내에서 조금씩 움직여 하나 남은 비상용 수프를 끓이고 어제 산 귤과 바나나와 함께 끼니를 때운다. 전화로 차를 부탁하려다 문을 열어주기 귀찮아 그만둔다.

식사 후 욕실에 들어가 뜨거운 타올로 찜질을 시도한다. 디스크가 심해진 것이 틀림없다. 의사는 무거운 짐을 지는 여행은 하지 말라고 경고했다. 자신을 아끼지 않아 스스로에게 받은 벌이다.

시체처럼 한나절 누워 있었으나 창 밖으로 스름스름 기우는 빛을 보고 홀린 듯 밖으로 나선다. 허리를 한손으로 부축하고 거북이 걸음을 하지만 바람을 마시니 살 것 같다. 내일 영원히 드러눕게 되더라도 지금은 석양의 거리를 보고 싶다.

공원 쪽으로 나서지 않고 반대쪽으로 걸어가니 상가가 늘어서 있다. 거리 한쪽에 사람들이 모여 있길래 다가가니 기이한 거지 가족이 땅바닥에 앉아 있다.

온 가족의 얼굴이 복숭아 속살같이 희면서 붉은 반점으로 얼룩져 있다. 불행 때문인지 부부 얼굴은 노인으로 보이나 자식들은 손자같이 어리다. 네다섯 살 된 사내아이는 장님인지 눈을 뜨지 못하고 사람들이 던져놓은 동전 앞에 발작한 것처럼 절을 하고 또 한다. 아이의 어린 여동생은 양배추처럼 부은 얼굴에 노파같이 찡그리고 칭얼댄다. 지옥도처럼 끔찍한 광경이다. 인간이 동물보다 나을 것이 없다면……

더 이상 볼 수가 없어 거리를 가로질러 영화 포스터가 나란히 붙은 담 밑으로 걸어가니 얼굴만 그려져 있는 포스터가 눈에 들어온다. 동자 없이 흰 눈을 뜨고 있어 멈칫하는데 밑에는 이런 문구가 씌어 있다.

〈당신의 눈을 기증하라. 사후에도 당신의 눈을 살게 하라.〉

눈뜬 소녀와 동자 없는 흰 눈의 괴이한 얼굴이 황혼녘의 담장에 나란히 붙어 있다. 그것을 바라보는데 갑자기 울컥한다. 나는 왜 여기까지 왔던가. 영감(靈感)을 찾아 사흘간 기차로 달려왔건만 그 시간을 보상받을 만한 것은 아무것도 없다.

그러나 어떤 물결이 가슴으로 밀려와 내 신경증을 묻어버린다. 인생에서 보상을 바라지 말라고. 인생이 어디 네 뜻대로 되더냐. 어머니 손처럼 훑고 간 그것은 더 이상 저항할 수 없게 하는 체념이란 물결이다.

이상하다. 인도의 땅은 사람으로 하여금 체념케 하는 힘을 가지고 있다. 밤새 달려도 끝없이 펼쳐지는 거대한 땅이 인간 존재의 한계를 일깨워주는 것일까. 무한정 대기하고 있는 포스터 소녀의 동자 없는 흰 눈이 망망한 바다 같기도 하고 빈 하늘 같기도 하다.

제2부

자연이야말로 진정한 교사

INDIA

현명한 자는 인생에서 짐을 만들지 않는다

2월 14일.

원래는 케랄라의 수도 트리반드럼과 인도 최남단의 칸야쿠마리 섬에 가려 했으나 마두라이로 건너뛴다. 이틀간 쉬고 나서 상태가 좋아졌지만 이젠 무리하지 않기로 한다.

뭄바이에서 짐의 일부를 부치고 코친에선 약간의 비상 식량까지 몽땅 없앴건만 짐은 여전히 허리를 휘게 한다. 인도로 떠나기 전날 짐을 싸놓곤 산다는 게 군더더기구나, 한탄했다. 고통인 짐을 늘리는 인간의 어리석음. 현명한 자는 인생에서 짐을 만들지 않는다.

월요일이 이 지방의 공휴일이라 공항이 폐쇄된 듯 조용하더니 차 안에서 보이는 풍경도 고요하다. 키 작은 나무들이 숲을 이룬 들판이 평화로워 마두라이에 오길 잘했다고 생각했다. 존을 만나지 않았더라면 곧장 마드라스로 갔을지 모른다. 즉흥적으로 방향을 돌려 아하메다바드에 갔을 땐 후회했지만 이런 일도 나쁘진 않다. 나를 기다리고 있을 뜻밖의 인식이 설레임을 준다.

공항로에서 조금씩 빠져나오자 마두라이는 시끄러운 도시의 면모를 드러낸다. 낮고 우중충한 건물과 릭샤들로 혼잡한 거리. 그러나 뉴델리서부터 여태 내가 거쳐 왔던 여느 도시보다 강한 지방색을 띠고 있어 인도라는 것을 실감한다. 이마에 회칠을 한 힌두교인이 맨발로 걸어가는 것이 보인다.

호텔까지 80루피라 해서 꽤 먼 거린 줄 알았더니 시내를 감상할 틈도 없이 차가 호텔 앞 정문에 선다. 가까운 거리에 80루피는 비싸다고 의아해하니 10루피를 깎아주겠다고 운전사가 선심 쓰는 척한다. 공휴일이라 공항 직원도 보이지 않고 투어리스트 오피스도 문을 닫아서 할 수 없이 택시 운전사가 보여주는 정가표로 호텔을 정했다.

정가표가 가짜라는 것을 이내 알게 되었다. 호텔 종업원이 공항까지 10루피면 충분하다고 알려주었고 나는 분이 났다. 운전사가 나를 바보로 만들었다는 것 때문이다. 운전사는 처음 차에 탔을 때도 나는 네 친구다 운운하며 너스레를 떨더니 내가 내릴 때도 관광을 하려면 내가 안내해 주겠다, 몇 시에 오면 되느냐, 능글맞게 물었다.

「인쇄된 정가표였다. 내가 어떻게 그걸 안 믿겠느냐. 난 원래 사람을 잘 믿는 바보야」

가방을 들어준 호텔 종업원이 네 실수라고 일러주기에 자조했다. 세상 어디서나 믿는 것이 실수가 된다니. 종업원은 내게 며칠이나 머물 생각이냐고 물었고 나는 「이틀?」하고 맥 풀린 소리로 답했다.

도심에서 떨어진 존의 집을 어렵게 찾아갔으나 존은 친척 집에 가고 없다. 존의 아버지에게 미리나와 만난 얘기를 해주니 미리나는 이탈리아로 돌아갔다고 알려주며 반긴다. 연락처를 묻길래 호텔 이름만 가르쳐주고 존의 집에서 돌아나오니 존을 꼭 만나야 할 필요는 없다는 생각이 든다. 존에겐 처음부터 호감을 갖지 않았다. 남부 인도의 가정이 보고 싶었을 뿐이고 거구인 존의 아버지도 좋은 사람 같지만 뒷날 그런 기회가 또 있으리라. 한국과 비슷한 도시 근교의 인도 농가를 본 것으로 만족한다.

버스에서 잘못 내려 다시 릭샤를 타고 호텔로 간다. 노인이 큰길에서 옆으로 빠져 낯선 길을 마구 달리는데 겁이 더럭 난다. 개천 옆으로 남루한 옷을 입은 사람들이 다니고 위를 올려다보니 다리엔 릭샤와 버스가 물결을 이루었다. 언덕바지로 오르자 도심의 낮은 지붕들을 물들이며 태양이 붉은 눈덩이같이 허공에 솟아 있다.

인도의 석양은 장엄하다. 인도로 떠나기 전 경주에 들른 내게 인도 문명의 크기에 압도당하지 말라고 미리 일러주던 윤경렬 선생도 「석양은 아름답더라」고 감탄했다. 광활한 대지에 불의 그늘을 드리우며 스러지는 인도 석양은 단순한 자연 현상이 아니라 인생의 영고성쇠를 계시하는 것 같다.

이 석양을 보려고 여기까지 왔구나. 운전사의 바가지로 엉켰던 기분이 자연의 선물로 치유되었다. 땅거미가 깔리고 노인은 어딘지도 모를 골목길로 릭샤를 끌고 가는데 행복을 느낀다. 오늘 밤엔 인도의 석양에 대해 편지를 쓰리라.

자전거를 타고 달려온 존

뜻밖에도 이 날 아침 존이 찾아오다. 전화가 울려서 잠결에 받으니 누가 코리언을 찾는다고 교환원이 일러준다. 존이 수화기를 바꿔들고 짧은 인사말을 한 뒤 지금 너를 만나러 가겠노라 전화를 끊는다. 시계를 보니 8시.

후딱 일어나 잠옷을 갈아입는데 벌써 발소리가 복도에 울린다. 문을 여니 존이 함박 웃으며 인도식 인사를 하려 하고 나는 옆으로 비켜서며 문을 활짝 열어놓는다. 이른 아침부터 찾아온 것이 반갑지 않다.

「타밀라두 호텔이 두 군데여서 다른 곳으로 먼저 갔다. 네가 와서 얼마나 기쁜지 잠도 설쳤어」

「널 못 만날 줄 알았는데 만나서 다행이야」

잠을 깨려고 차를 시키자 존이 선물이라며 작은 병과 목걸이를 내민다. 치졸한 옥색 불상과 새끼 호두씨 같은 돌이 줄에 끼어 있는데 행운의 상징이라고 일러준다.

「저건 티베트 향수다. 아주 좋은 거야」

이른 아침에 달려온 탓인지 존은 들떠 있다. 목걸이까지 걸어주려는 것을 나중에 하겠다 밀어두었다. 또 존은 내 일정을 묻곤 마두라이 부근에 있는 명소들을 안내하고 싶다며 종이에 세 군데의 지명을 적었다. 내일 새벽에 출발하여 한 장소에 하루씩 묵으면 사흘 뒤엔 폰디첼리에 갈 수 있다, 모두 아름다운 곳이라 너를 안내하면 기쁠 거라고 혼자 세운 계획을 말한다. 안내하겠다는 건 무슨 뜻이니? 물으니 존이 눈을 동그랗게 뜬다.

식당에서 간단히 아침을 들고 존이 자청해서 근교에 있는 사원을 보러 밖으로 나선다. 버스를 타고 환상적인 동물 조각이 늘어서 있는 옛 힌두 사원을 가다. 사원 바깥에 조각이 화려하게 채색되어 남쪽의 강렬한 힌두 문화를 엿볼 수 있는데 오후에 갈 미낙시 사원은 규모가 어마하다 하니 기대에 부푼다.

산중턱에 힌두인들이 목욕하는 성소가 있다 하여 넓게 닦인 산길로 오르니 이마 한가운데 붉은 줄을 그은 힌두 순례자들이 보인다. 인도 사람들은 예수처럼 이마에 피를 흘리고 다닌다. 거지도 고행하는 성자 같고 맨발의 성자도 무소유라 거지처럼 보인다. 이들의 종교성은 거의 맹목으로 생각되지만 문명의 지구에서 아직도 순례자의 행렬을 볼 수 있는 인도 땅은 하나의 여백과 같다.

한 무리의 사람들이 옆으로 지나가며 존에게 뭐라고 묻고, 존은 귀찮다는 듯 재패니즈, 내뱉는다. 내 국적을 물은 모양인데 일본이라니. 내가 따지자 일본 여행자가 많으니까 하고 얼버무린다. 뭄바이행 버스에서 나를 처음 보고 재패니즈! 반색을 하더니 이 인도 청년은 일본의 부를 선망하는 것이 틀림없다.

점심을 먹고 나서 간디 박물관을 보고 나오니 존이 나무 그늘에서 기다리고 있다. 나는 앉을 생각도 없어 그사이 생각해 둔 말을 꺼낸다. 지금은 디스크가 심해서 여기저기 다닐 수 없으며 내일 혼자 마두라이를 떠날 것이다, 고맙지만 너의 안내는 사양하겠다고 잘라 말했다. 그의 아버지가 저녁식사에 초대했지만 그것도 취소.

존의 얼굴에 실망의 빛이 스쳐가더니 어디로 갈 것인지 묻는다.

「폰디첼리나 마드라스나」

「마드라스로 가려면 오늘 기차표를 사야 한다」

「걱정 마. 이따 나 혼자 가서 사겠다」

「왜 갑자기 그렇게 결정하는 거냐?」

「마두라이가 싫어」

존이 잠자코 있더니 마드라스에 누이가 산다고 입을 뗀다. 나도 마드라스에 가고 싶은데 돈이 없다, 네가 돈을 빌려주면 마드라스에서 누이에게 받아 돌려주겠다, 태연히 말했다.

돈 얘기에 오히려 내가 당황해서 얼마나? 물어본다.

「5백 루피를 빌려달라」

「인도 남자들은 여자에게 돈 꾸기를 좋아하는구나」

경멸의 표정을 지었지만 뒤통수를 얻어맞은 기분이다. 2백 루피를 주며 갚을 필요 없다, 일러준다. 존이 주춤하다 주머니에서 스위스제 등산용 칼을 꺼내 보였다.

「날이 곧 더워진다. 마두라이는 남쪽이라 더욱 덥다. 난 여기 있고 싶지 않아. 5백 루피 정도는 필요한데 다른 친구에게 꾸겠다. 그럼 이걸 가져라」

「미리나가 준 거니? 난 필요없어」

존은 돈을 주머니에 넣더니 난 널 잃어버렸어, 눈을 번뜩이며 내뱉었다. 그것은 거의 절망적인 어조였다. 아메리카 대학생 존은 인도 청년의 갇힌 현실을 보여준다. 이국 여자와의 여행 계획은 가난과 더위로부터의 멋진 도피가 될 것이다. 간디 동상이 이 불쌍한 청년을 굽어보고 있었으나 나는 간디도 마리아도 아니므로 자존심마저 내팽개친 한 인간의 천박함에 염인증을 느꼈다. 앞으론 사람을 경계할 것.

구원을 위해 인간과 결합하는 힌두신

빨리 마두라이를 떠나고자 이날 아침 출발하는 폰디첼리행 버스표를 예매해 놓고 새벽에 미낙시 사원으로 간다. 어제

신전 안으로 들어서면 조각된 기둥들이 늘어서 있어 방문자들을 인도한다.
사원을 받치고 있는 997개의 기둥을 천 개의 기둥이라 부른다.

오후에 혼자 가보았지만 여태 본 여느 사원과도 비교할 수 없으리만치 규모가 크고 피로 탓에 다 보지 못했다.

인도 최남단의 타밀라드 주는 아리얀 족이 그들의 육식 문화를 퍼트리지 못한 곳이라 인도 채식주의의 진짜 본고장이며 진정한 인도인이라 일컬어지는 드라비다 족이 문화를 지키고 있는 고장이다. 힌두 문화가 어느 곳보다 순수하게 보존돼 있고 인도 최대 규모 사원의 하나인 미낙시는 17세기 티루마라 나야크 영주 시대에 대부분 세워졌다.

사원엔 쉬바 신의 별명인 순다레스와라와 미낙시 여신을 모시고 있는데 이 사원의 역사는 2천 년 전으로 거슬러 올라간다. 그때 마두라이는 판디얀 왕이 사는 수도였다. 전설에 의하면 판디얀 왕에겐 세 개의 가슴을 가지고 태어난 딸이 있었는데 하나의 가슴은 그녀가 결혼할 남자를 만날 때 없어진다는 예언을 들었다.

공주가 카일라스 산에서 쉬바 신을 만났을 때 일은 어김없이 일어났다. 쉬바는 그녀에게 마두라이로 돌아가라고 말하고, 여드레 뒤에 늦게 도착해서 순다레스와라의 형상으로 공주와 결혼한다. 인간을 구원하기 위해 인간과 결합하는 힌두의 신은 인도인들의 꿈의 현현이 아닐지.

문으로 들어서면 사원은 높은 담으로 둘러져 있고 담을 따라 뒤뜰을 걸어가면 사다리꼴로 웅장하게 솟은 탑을 볼 수 있다. 탑을 이룬, 헤일 수 없이 많은 조각들은 화려하게 채색돼 있는데 45m가 넘는 거대한 탑 12개가 신을 위해 세워졌으니

꽃을 파는 소년.
인도인들은 꽃을 사서 신정에 바친다.
(사진 ⓒ Lee)

장관이 아닐 수 없다.

신전 안으로 들어서면 조각된 기둥들이 늘어서 있어 방문자들을 인도한다. 사원을 받치고 있는 997개의 기둥을 천 개의 기둥이라 부르는데 이른 아침부터 힌두교인들이 꽃과 코코넛이 담긴 바구니를 들고 기둥숲길로 걸어간다. 사각으로 이어져 있는 회랑 가운데 노천 연못이 있는데 아침 햇살이 눈부시다. 연못으로 내려가는 층계 여기저기 까마귀들이 날아 앉고 이마에 회칠을 한 두 남자가 태양을 향해 기도하고 있다. 기둥들 사이로 햇살이 쏟아지고 몇 사람이 회랑 벽에 등을 세우고 앉아 명상에 잠겨 있다.

무엇에 이끌린 듯 다시 넓은 회당으로 나가니 거대한 두 개의 신상이 서 있는 벽 한쪽에 다섯 명의 악사가 음악을 연주하고 있다. 타불라와 손풍금을 치면서 구음으로 노래하는데, 신을 찬양하는 음률이 이교도의 혼을 움직이게 한다. 내가 알 수 없는 신이지만 귀 기울이게 만드는 어떤 힘. 예불을 비롯하여 모든 종교 음악은 지고의 존재에 대한 그리움을 담고 있어 성스럽다.

회랑엔 말과 용의 혼합 같은 환상의 동물 조각과 여러 신상들이 계속 나타나고 천정에도 여섯 개의 팔을 가진 남녀 신이 원색으로 그려져 있다. 군데군데 각기 신을 모시는데 대행자인 뿌자리가 횃불을 들고 다니며 성소 앞에 불을 당긴다. 교인들은 그 불에 손을 대어 다시 제 이마에 갖다 댄다. 성스러운 불의 혼을 제 육신에 당기듯.

회당 모퉁이를 돌아 미로 같은 사잇길을 다시 따라가니 미낙시 여신을 모신 신전 앞에 사람들이 줄을 서 있다. 성소에 불을 밝히고 사두가 기도를 올리는데 맞은편에 거울을 장치하여 뒷줄에 선 사람에게도 의식을 볼 수 있도록 했다. 사두는 줄선 교인들 앞으로 걸어나와 한 사람 한 사람에게 붉은 물감을 나눠주고 힌두인들은 헌금하며 그것을 이마에 찍는다. 신의 축복의 표시지만 부적 같기도 하다.

사원은 불의 혼이 점화된 듯 신성한 기운으로 가득 차 있다. 한 노인이 어두운 신전 바닥에 일직선으로 몸을 뻗고 중얼대며 기도한다. 그가 무슨 신을 믿건 절대자 앞에 자아를 내던지고 기도하는 순간은 겸허하다.

네팔의 파슈파티 사원에 갔을 때다. 강에서 힌두교인들이 종교 의식으로 목욕하는 것을 보고 선생이 네팔인 나바디에게 「군도 강에서 몸 씻는 의식을 하는가?」 하고 물었다. 나바디는 서울로 유학 와서 한국 풍속을 연구하는 대학원생이었다.

나바디는 그렇지 않다고 대답했다. 교육받은 사람들은 잘 하지 않는다는 얘기였다. 이에 선생은 「그렇다면 문명도가 높아질 때 힌두교가 소멸한다는 얘긴가?」 혼잣말을 했다.

피 같은 물감을 이마에 바른다든가 신상에도 온통 붉게 묻히고, 남근 형태의 링검과 알 수도 없이 많은 신을 가진 힌두를 선생의 이성으로 받아들이지 못했기 때문이다. 나는 간디도 힌두교인임을 환기시켰으나 간디는 인생에서 한 단계 건너뛴 위인이므로 논외가 되었다.

가톨릭이나 불교에 비해 비이성적으로 여겨지지만 미낙시 사원에서 처음으로 힌두교의 잠재된 힘을 감지한다. 그들의 단순한 신앙 속에 그들 땅의 역사와 삶의 뿌리, 실천과 영적 호소력이 깃들여 있다.

이들이 지고의 존재로 생각하는 힌두신——파괴와 생식의 신 쉬바, 우주 정신의 본래적인 화신이며 조물주인 브라마, 그 브라마를 자신의 배꼽에서 피운 연화로부터 태어나게 하는 비쉬누는 인도 대륙에 태곳적부터 이어져오는 우주적 에너지의 현현이 아닌지. 이것은 우리의 편협한 이성만으론 인식할 수 없다. 자신을 하루살이 같은 개체의 술어로 생각지 않고 환생의 끝없는 순환을 믿는 인도인의 시간 관념과 저변에 깔린 사상에 접근할 때에야 터득할 수 있을 것이다.

존 같은 개인을 통해 표피적인 현실을 알려 하기보다 인도를 구축하고 있는 보다 근원적인 사상을 체득하려고 할 것. 인도에서 무엇을 보아야 하는지 이제야 눈이 조금 뜨이는 것 같다.

세계주의가 뿌리내린 폰디첼리

2월 17일.
인도에 온 여행자들은 힌두 특유의 문화와 관습에 대단한 흥미를 느끼지만 그것은 너무나 이질적이어서 때때로 사람을 피로하게 만든다. 그래서 고아같이 서구적 문명과 원시가 공존하는 지역은 여행자들이 즐겨 찾는 휴식처인데 폰디첼리도 그런 지역 중의 하나이다.

불란서 식민지에서 1954년 인도 연방으로 속하게 된 폰디첼리는 운하를 사이에 두고 동서로 나뉘었다. 여행자들이 찾아드는 해변 주변은 식민지 때 유럽인들이 살았던 동부 지역으로 세련되고 깨끗하다.

수목이 무성한 아름다운 공원을 지나 해변로로 들어서면 네루와 간디 동상이 마주보고 있고 길을 따라서 프랑스 총영사관과 호텔, 불란서 학회, 뒤프렉스 총독 동상이 서 있다. 뒤프렉스는 식민지 인도에서 자국의 우월권을 장악하기 위해 영국과 투쟁을 벌인 인물.

도로 곳곳에 벤치가 있어 주민들이 앉아 한가하게 쉬는데 인도에 온 이래 쓰레기통이 처음으로 눈에 띈다. 호텔로 돌아가다 귤 장사를 보고 오렌지 값을 묻자 「오랑주」라고 프랑스어로 고쳐 말한다.

다음날 숙소를 공원 앞에 있는 퀄리테 호텔로 옮기다. 어제 머문 호텔 방에 서양 노부인 사진이 걸려 있더니 퀄리테 호텔 사무실에도 걸려 있다. 누구냐 물으니 「마더」라고 한다. 원래는 불란서 대사 부인이었으나 인도의 근대 철학자 오로빈도를 만나 추종하는 제자가 되었고 스승이 죽은 뒤, 그 정신적 권위자로서 지지자들을 이끌어 온 인물. 1973년 97세로 세상을 떠났다.

오로빈도는 인도의 철학적 전통을 이어받으면서 그것을 현대적으로 재해석한 대표적 존재로 꼽힌다. 1872년에 태어나 영국에서 교육받았고 귀국 후 독립 운동을 했던 지성. 대학 학장도 지냈으나 뒷날엔 요가의 수행자로 철학자로서 일생을 마쳤다.

물질에서 생명이 진화하고 생명에서 정신이 진화한다면 신적인 영혼인 인간은 이러한 진화 과정 속에서 무지를 제거하고 수퍼마인드Supermind에 도달해야 한다. 그는 이러한 신적인 삶의 궁극 목표를 실현하기 위해 완전한 요가를 수행 방법으로 제시했고, 〈세계와 인간에 대한 적극적인 영적 해석을 시도한 철학〉으로 말해진다.

오로빈도는 1910년 폰디첼리에 와서 1950년 세상을 뜰 때까지 이곳에서 살았다. 오로빈도 아슈람에는 오로빈도와 마더가 명상했던 방이 있다. 마더의 흰 대리석 관을 꽃으로 장식하고 주위를 돌며 조용히 경의를 표하는 방문객들의 모습에서 영적 지도자로서 그들의 영향력을 감지할 수 있다.

상가를 오가다가 오로빈도 단체에서 직영하는 가게를 발견하다. 말린 꽃으로 장식한 봉투며 꽃양초, 지갑, 옷에 이르기까지 오로빌레 회원들이 생산하여 팔고 있다. 봉투와 양초, 수 놓인 블라우스를 사는데 상혼이 아닌 정성이 느껴져 일반 상품을 사는 것과 기분이 다르다.

오로빈도와 마더를 영광으로 받드는 폰디첼리는 여느 관광지와 다르게 상업의 냄새가 나지 않는다. 거대한 수목이 휴식의 공간을 만드는 공원을 중심으로, 병원 앞에선 매일 환자들이 앉아 진을 치고 열 명도 안 되는 사람들이 의회 봉급을 올리라고 외치며 행진하기도 한다. 점심 때면 상점들은 일제히 문을 닫고, 손님들이 음식 맛이 없다고 일러주면 식당에선 요리를 바꿔주거나 돈을 안 받기도 한다.

모처럼 폰디첼리에서 휴식을 취한다. 호텔 앞이 공원이라 굳이 돌아다닐 마음이 없다. 의자에 앉아 책을 읽다 치릉치릉 맑은 금속성 소리에 공원을 내려다보면 무성한 나무 그늘 밑으로 은빛 릭샤가 손님을 태우고 달려간다.

오후에 사라나테 해변에 가려고 밖으로 나서니 테라스에 탁자를 내놓고 앉아 있던 서양인들이 손을 올려 든다. 내 카메라를 보곤 사진을 찍으라며 멋대로 자세를 취한다.

세 쌍의 남녀가 고맙다는 말을 연발하고 나를 자리에 앉히더니 이름부터 묻는다. 말을 거느라 사진을 찍어달라고 한 것 같다. 그들도 각자 이름을 말한다. 이탈리아 연인 라오르와 밀라, 유고슬라비아 미인과 또 한 사람의 이탈리아 미남, 긴 머리를 꽈배기처럼 꼬아 늘어뜨린 브라질 남자와 이탈리아 여성은 부부여서 갓난아이를 데리고 있다.

나도 국적을 말했으나 그들은 한국에 대해 잘 알지 못한다. 지구촌 사람들이 코리아를 다 알라는 법은 없지. 작지만 아름다운 절이 있는 나라다, 했더니 그제야 유고슬라비아 여성이 올림픽! 상기한다. 라오르는 방으로 들어가 병따개를 갖고 나와 이것도 코리아 거다, 환호한다.

라오르는 내게 코코넛을 권하고 밀라는 담배를 준다. 이탈리아인들은 사람에게 이내 가슴을 연다. 개방적이고 열정적인 사람들. 나는 벌써 그들을 알고 있었다.

어젯밤 9시가 넘어 호텔에 들어왔는데 복도 끝에 불이 환히 켜져 있었다. 내 방 문을 열다 얼핏 그쪽을 보니 두 연인이 의자에 앉은 채 뜨거운 입맞춤을 나누고 있었다. 그 장면이 아름다워 나는 소리 죽여 방으로 들어왔고 미석에게 편지로 그들 얘기를 썼다.

「고독의 아름다움을 알고 있지만 사랑의 아름다움 또한 모르지 않아……」

인생의 목적이 바뀌어야 한다

관광 버스를 타고 폰디첼리에서 북쪽으로 8km, 오로빌레 Auroville를 방문하다. 종교·정치·국적을 불문하고 모든 인류가 모여 조화로운 삶을 유지하는 실험 장소로서 마더가 창안하고 프랑스 건축가 로저 엔저가 설계한 단지. 현재 천 명이 넘는 외국인들이 14군데의 정착지에서 지역 개발을 도모하고 있는데 워낙 방대하여 일일이 방문할 수는 없다.

독특한 건물의 협회 사무실에서 먼저 설명을 듣고 나오니 음식들이 진열된 작고 깔끔한 식당이 보인다. 회원들이 싼값으로 이용할 수 있어 자전거를 타고 와 식사와 담소를 즐기고 있다. 이데올로기 때문에 반쪽으로 잘린 나라에 사는 내겐 그들의 세계주의가 풍경화처럼 보인다.

황량한 들판을 버스로 다시 달려 목책(木柵)이 된 입구에서 내린다. 고요한 숲길을 따라 걸어가니 우주 센터를 연상시키는 둥근 건축물이 멀리서 보이고 낮은 층계로 둘러진 원형 극장 같은 터가 나온다. 이곳에서 1968년 인도 대통령을 비롯하여 세계 121개국 대표자들이 각기 자기 나라의 흙을 붓는 예식으로써 세계가 하나임을 상징하고 오로빌레를 출발시켰다.

맞은편 숲에 떠오른 둥근 건물의 골격은 짓다 만 명상처. 처음에 오로빌레의 이상주의는 높이 평가되어 수많은 나라와 인도 정부 및 유네스코까지 거대한 자금을 투자했다. 기숙사와 학교, 명상처를 설계하고 들과 댐, 과수원, 농경지 조성 사업들이 시작되었다.

그러나 오로빌레의 정신적 지주이자 관리 책임자인 마더가 1973년 사망하자 오로빌레 통치권에 대한 권리 투쟁이 주민들과 회원들 사이에 끊이지 않았다. 1980년 중앙정부가 그 사업을 인계받음으로써 일단락지었다는데 그 와중에 중단된 명상처의 둥근 건축이 고장난 이상주의처럼 뼈대를 보이고 서 있다.

많은 여행자들이 오로빌레의 이상주의에 관심을 갖고 폰디첼리로 찾아들고 정신적 휴식을 취한다. 서구와 인도의 정신이 조화를 이룬 폰디첼리에서 나도 나흘간 여독을 풀었다. 아침에 바닷가를 산책하고 들어오면 라오르와 밀라가 나를 불러 차를 함께 마시고 짧은 영어로 한담을 나눈다.

오후 늦게 사라나테 해변으로 가다. 이틀 전에도 갔지만 내일 이곳을 떠나기에 원시적인 바다를 다시 보고 싶었다. 릭샤를 타고 20여 분 달리니 어느새 거대한 야자수가 늘어선 길로 들어선다. 토기 파는 가게와 토담집들도 보인다.

붉은 노을에 두 마리의 물소가 달구지에 농부를 싣고 앞으로 달려온다. 야자수 잎 사이로 파도쳐 오는 노을, 으랴으랴 소를 모는 농부의 호령. 원시의 풍경은 늘 나를 압도한다.

사라나테는 프랑스식 이름이지만 완전한 원주민 마을이다. 외국 여행자들이 좋아하여 민박을 많이 하지만 조금도 때묻지 않았다. 야자수 사이로 초가집들이 여기저기 늘어서 있고 바닷가에선 아이들이 막대기로 공을 치며 논다. 저쪽에선 고기를 잡았는지 그물을 펴고 있는데 내 앞으로 오던 계집아이 둘이가 파이사! 하며 손을 내민다. 관광지에서 달라붙는 아이들과는 달리 순진해서 돈 대신 볼펜을 준다.

옆에 앉아 손바닥에 볼펜을 그으며 놀던 아이들도 어두워지자 집으로 들어가고, 바닷가에 쌓아놓은 통나무 위에 앉아 바다를 바라본다. 여태 많은 해변을 보았지만 사라나테처럼 순수로 남아 있는 곳은 처음이다. 십년도 전에 가본 울릉도의 한적한 해변이 인상적이었는데 지금은 사람들 발길로 오염되었으리라.

자연 보호자이기도 한 존경하는 작가가 「동물 중 인간이 가장 독해서 자연도 사람의 발길이 많은 곳은 독기에 상한다」고 머리를 흔드시더니, 오염되지 않은 해변을 보니 자연 그 자체로 살아가는 이곳 주민들의 순박함을 알겠다.

하늘은 어느새 어둠 속에 바다와 교합하고 달이 떠올라 수면이 비로드처럼 반짝인다. 저 원초의 수평선에 거인 걸리버처럼 누워보고 싶다.

달빛이 부드럽게 바다를 감싸 혼자 해변을 거닐어도 무섭지 않다. 야자수 아래 서너 명의 여행자가 둘러앉아 있는 것이 보인다. 멀리서 간혹 말소리가 들려오고 나는 맨발을 모래에 묻으며 식어가는 모래 감촉을 즐긴다.

한국에서도 여행을 많이 했지만 인적 드문 밤바다를 이렇게 거닐어본 적이 없다. 아기자기한 산 능선이며 그처럼 뼈대가 예쁜 땅도 드물건만 문득 한국 땅이 무섭구나, 생각한다. 군인들이 총을 들고 지키기 때문만은 아니고 땅의 기운이 순하지 않다. 험난한 역사 속에 억울하게 죽은 자가 많아서일까. 땅도 역사를 닮아가나 보다.

아침에 밀라가 내 방에 왔길래 오늘 떠난다고 말했더니 내 손을 잡고 제 방으로 데려간다. 라오르도 그 말을 듣고 서운해하며 차를 시킨다. 어젯밤 미리 꺼내 놓은 태극선을 선물로 주니 밀라가 기뻐하며 내 뺨에 입맞춰준다.

밀라는 내게도 무언가 주고 싶은지 그들이 어느 섬에서 샀다는 돌 보석을 꺼내 놓고 고르라고 한다. 내가 사양하니 갈색과 금색 줄무늬가 있는 타이거 아이를 골라준다. 「이걸로 펜던트를 만들어」

밀라는 디자인까지 그려주고 라오르는 하나 더 고르라고 재촉한다. 주고 싶어하므로 금빛이 섞인 남색 돌을 고른다. 「밤하늘 빛깔 같아」 내가 만족해하니 라오르는 「라피스」라고 이름을 종이에 적어준다.

또 두 사람의 이탈리아집 주소와 전화번호를 적어주며 「네가 이탈리아에 오면 내 집에서 묵을 수 있다. 밀라 집에도 물론」 하며 연락하라고 당부한다. 여행자들끼리 흔히 주소를 적어주지만 내 집에 와서 머물라고 선뜻 말하다니. 그들의 호의에 어떻게 감사할까 궁리하는데 라오르가 점심을 함께 먹자고 제의한다.

「오늘 점심은 밀라가 사는 거다」

우리들은 세 가지의 음식을 각자 시키고 함께 나누어 먹었다. 「마치 가족 같다」 라오르의 그 말이 따뜻한 물결처럼 가슴으로 밀려와 먹기도 전에 포만감을 느낀다. 아이스크림까지 후식으로 먹고 라오르는 그들의 단골 릭샤를 불러 나와 밀라를 태운다. 그는 자전거로 앞장 서 버스 정류장으로 달린다. 배웅은 원치 않는다고 거듭 말했건만 그들도 버스 시간표를 알아봐야 한다며 나를 안심시킨다.

라오르는 길에서 흰 꽃으로 엮은 꽃목걸이를 사서 건네주고 밀라가 그것을 내 머리에 둘러준다. 아름답다, 밀라가 환호하니 라오르가 되돌아보며 웃는다. 그 웃음처럼 밝은 햇살이 자전거 바퀴살에 부서지고 나는 가만 밀라 손을 잡는다.

내 짐을 들어주던 라오르는 배낭에 찍힌 알피니스트 alpinist

글씨를 보고「나도 알피니스트다」반갑다는 듯 악수를 청하고 내가 탈 버스 앞자리에 배낭을 고정시켜 준다. 끝까지 배려해 준 그들과 헤어지며 힘찬 포옹을 나눈다. 얼마나 감사한지 말로는 표현할 수가 없다. 나는 정류장에 서 있고 밀라는 릭샤에 탄 채 계속 뒤돌아보며 손을 흔든다.

버스에 올라가 머리에 둘렀던 꽃을 목에 건다. 향기가 코끝을 스치는데 갑자기 눈물이 돈다. 그들은 나에 대해 아무것도 아는 것이 없다. 국적과 이름만 알 뿐 아무것도 묻지 않았다. 우연히 마주친 같은 여행객일 뿐인데 이토록 행복하게 해주다니.

인생의 목적이 바뀌어야 한다는 생각이 순간 머리를 친다. 여태 모르고 살아왔다. 남보다 앞서기 위해 획득을 향해 치달리는 것이 아니라 남을 행복하게 해주는 사람이 되는 것, 그것이 인생의 목적이 되어야 한다.

폰디첼리에서 만난 이탈리아 연인들은 내게 가장 값진 것을 가르쳐주었다. 그것은 이번 여행의 큰 수확이 될 것이니 마음이 빈곤해질 때마다 그들을 떠올리며 감사하리라.

풍화된 사원 속에서 꿈꾸는 신

2월 22일.

폰디첼리에서 버스로 5시간 달려 마하발리푸람에 도착하

다. 마드라스에서 이곳까지 60km에 이르는 긴 해안선이 이어져 있다. 밤에 도착했지만 바다 한 끝이 보이는 다락방을 구해서 만족한다. 호텔 주인이 도둑질하는 원숭이가 있으니 문을 잠그고 자라고 일러주었지만 신선한 바다 공기를 마신다고 말을 듣지 않았다.

아침에 모처럼 생선 요리를 먹고 사원이 널려 있는 일대를 돌아다닌다. 이곳은 굽타 제국이 멸망한 후 첫 타밀 왕조라 할 수 있는 팔라바 왕조의 두번째 수도였고 항구였다. 왕조의 기원은 전설의 안개에 묻혔지만 5세기와 8세기 사이에 강력한 정치적 힘과 예술적인 창조로 절정에 달했다.

575년에 왕위에 오른 싱 비쉬누는 실론과 다른 타밀의 왕국들을 정복하였다. 그의 아들 마헨드라 바르만은 용감한 장군이었으며 건축에 대한 애호가요, 화가 중에서도 호랑이란 의미의 별명을 가진 훌륭한 화가였다.

이 지방에 있는 대부분의 사원이나 조각들은 그의 뒤를 이은 나라심하 바르만 1세와 2세 때 완성됐다.

해변으로 들어서는 길 맞은편에 있는 큰바위 양각은 인도에서 가장 사실적이며 허식 없고 극적인 자연바위 유적으로 알려져 있다. 절벽처럼 수직으로 서 있는 암벽엔 우람한 코끼리와 수많은 신들, 남녀비천(男女飛天), 뱀의 왕자들로 가득 차 있다. 하늘에서 땅으로 갠지스 강의 하강과 신화적 이야기를 묘사한 것. 수도 없이 양각된 피조물들은 삶의 맹목적인 희열에 즐거워하는 듯 보이지만 신의 덧없는 가공적 인물일 뿐

인도에서 가장 사실적이며 허식 없고 극적인 자연바위 유적.
하늘에서 땅으로 갠지스 강의 하강과 신화적 이야기를 묘사한 것.

이다. 이 바위 양각 역시 모든 것은 신에게서 비롯되며 신 안에서 소멸한다는 힌두신화 속의 사상을 표현했다. 그 허무가 치열하게 양각되어 무신론자도 선뜻 걸음을 옮기지 못한다.

둔덕 위로 여러 개의 사원이 있지만 마하발리푸람에서 가장 아름답고 낭만적인 것은 해변의 사원이다. 두 개의 돌사원이 바다를 배경으로 고적하게 서 있고 가까이 다가가면 사원 주위로 둘러진 낮은 돌담 위에 황소 조각이 행렬을 이루어 경계를 지키고 있다.

층계 입구엔 신화 속의 신들이 돌 속에서 감시하고 있고 계단을 밟아 안으로 걸어들어가면 사원의 규모가 꽤 큰 것을 알 수 있다. 사원 외부엔 일하러 가는 난쟁이들, 동물 등이 부조돼 있는데 원시 예술적 간결함이 생동감을 준다.

층계를 오르며 미로 같은 길을 돌아 작은 굴을 발견한다. 신이 모셔진 신전인데 어둠 속에 비쉬누 신이 누워 있다. 인도인들은 어떻게 누워 있는 신을 상상했을까. 그는 편안한 자세로 선잠을 즐기고 있는 것 같다. 아니, 아무도 그를 바라볼 자 없는 밀실에서 그의 내부에 있는 우주의 꿈속에 빠진 듯하다. 아무도 그를 이해할 자 없으니 그것은 세계의 유지자로서 일체 존재의 생산자이며 거룩한 지혜이신 신이 꿈꾸고 계획하는 시간이다.

사원 뒤의 바닷가엔 돌을 쌓아 방파제 구실을 하도록 했다. 그 위에 올라가 바다를 바라보니 짙은 옥빛 물결이 역사에 대한 상상을 불러일으킨다.

목농주의보다 농경주의를 장려하여 경제 성장을 이루었다
는 팔라바 왕조. 640년에 첫 수도였던 칸치를 방문한 현장은
⟨수도가 대단히 번성하고 백성들은 신앙의 터전인 사원들을
세우고 상업과 무역에 분주하였다⟩고 기술했다.

그토록 번성했다는 왕조는 흔적도 없고 바닷가 한쪽 풍화
된 사원 속에서 신만 영원한 꿈을 꾸고 있다. 1970년도에 호
기심 많은 외국 탐험가들이 이 일대의 바닷속을 탐색했다는
데, 일렬로 늘어 앉은 황소들이 오늘도 무심하게 역사의 저
편을 바라보고 있다.

마드라스로 가는 길에 ⟨예술가의 마을⟩에 들르다. 30여 명
의 화가, 조각가, 공예가들이 모여 살면서 작품을 제작하고
전시 판매한다. 입구에서 잘 닦인 황톳길을 따라가면 여기저
기 개성적인 집들이 보이고 현대 조각들이 군데군데 놓여 있
다. 강렬한 느낌을 주는 것은 없어도 자연 환경에 튀지 않을
만큼의 격은 있다.

전에 뉴델리 박물관에서도 인도 현대 미술을 관람했다. 힌
두 신화를 주제로 한 것이 많았고 그때 동행했던 한 조각가는
「인도에 현대 미술이 없다는 건 오늘이 없다는 얘기다」 했다.

그러나 이 말은 인도에선 해당되지 않는다. 인도인들은 몇
천 년간 저들 종족의 집단 무의식에 몰두해 왔고 오늘도 힌두
신화 속에서 윤회하고 있다. 인도 작가들의 작품 역시 본질적
으로 종교적인데 그들에게 새로운 것은 무의미한 듯하다.

나무 그늘 밑에 한 남자가 펌프를 시루는데 그의 집 창문

사원 뒤의 바닷가엔 돌을 쌓아 방파제 구실을 하도록 했다.
그 위에 올라가 바다를 바라보니 짙은 옥빛 물결이 역사에 대한 상상을 불러일으킨다.

인도인들은 어떻게 누워 있는 신을 상상했을까.
바슈누는 편안한 자세로 선잠을 즐기고 있는 것 같다.
아니, 아무도 그를 바라볼 자 없는 밀실에서 그의 내부에 있는 우주의 꿈속에 빠진 듯하다.

이 활짝 열려 있다. 사선으로 된 나무 천장과 가득 꽂힌 책, 벽에 붙어 있는 몇 장의 소묘. 그런 방을 인도에 온 이래 처음 본다.

단지가 넓어서 몇 집을 지나가니 이내 벌판이 펼쳐진다. 흰 도티를 입은 젊은 남자가 나무 그늘 밑의 의자에 앉아 망연히 앞을 바라본다. 인도에 온 이래 사색의 풍경도 처음 보는 듯하다. 차를 타면 머리가 터질 듯 울리는 힌두 음악, 눈만 마주치면 이것저것 쓸데없이 물어대는 인도인들.

이곳은 인도가 아니다. 잡다한 일상의 언어가 걸러진 연극 무대처럼 펼쳐져 있다. 소란도 없고 삶의 너절한 행각도 보이지 않는다. 속(俗)의 현실에서 한 발 비켜 본질에 다가가려는 사람들이 숨은 듯이 살고 있다. 예술가란 참으로 이상한 족속이지.

벌판을 한참 걸어가니 야자나무 숲 사이로 바다가 보인다. 빈 배만 모래사장에 버려져 있을 뿐 인적이 없다. 원형과 같은 고요함. 조개를 주으며 모처럼 적요를 만끽한다.

성스러운 거지 아버지

타밀라드 주의 수도이며 인도에서 네번째로 큰 도시. 인도양과 가까워 일찍이 해양의 요충 도시로 발달했고 3백 년 남짓 영국의 지배를 받았지만 드라비디안 문화가 강하여 뭄바이처럼 서구의 냄새가 나진 않는다.

서양의 문물을 최초로 받아들인 곳이라 교회도 유적지로 꼽히는데 상토메 대성당과 메리 교회에 가다. 상토메 대성당은 포르투갈이 점령 후 16세기에 건립한 것이고 메리 교회는 1680년 인도에 세워진 첫 영국 교회이다.

조지 성(城) 가까이 뾰족하게 솟아 있는 흰 고딕 건물 안으로 들어서니 자리마다 성경과 악보가 놓여 있다. 미사 준비를 한 것일까. 스테인드 글라스 빛이 천상의 환희처럼 조용히 실내에 넘치는데 역사의 자취도 씻긴 듯하다.

1753년 이 교회에서 뱅골 주지사였던 로버트 크라이브가 결혼한 것으로 알려져 있다. 그는 인도에서 영국이 통치할 수 있는 길을 터놓은 인물로 프랑스의 뒤프렉스에 맞서 식민지에서 영불 전쟁을 지휘했다.

그는 뱅골을 비롯한 동인도에서 조세를 징수할 권한을 가진 최고 책임자로서 임명되었다. 인도의 한 사학자가 영국인이 자행한 재정상의 기괴한 부도덕성은 대체로 크라이브에게 책임이 있다고 한 것을 보면 그의 식민지 착취가 어느 정도였는지 상상할 수 있다. 자국의 이익을 위한 눈부신 활약에도 불구하고 그는 1767년 영국으로 돌아가 본국에서 비난의 화살을 받고 49세에 자살했다.

청동 조각 수집이 일품으로 알려진 박물관을 관람하다. 인도의 여느 박물관처럼 이곳도 신상으로 가득 차 있다. 힌두 신화에 의하면 비쉬누와 쉬바 신의 고향이 이곳이라 마드라스에서 가장 큰 카피리스와라 사원도 쉬바 사원이고 어제 거리에서 쉬바와 그의 아내 우마 여신을 꽃수레에 모신 행렬도 만났다.

인도의 신은 상황에 따라 동물이나 인간의 형상을 취하며 권능을 보인다. 쉬바가 즐겨 변신하는 모습은 나트라쟈, 즉 무용사의 왕이다. 불꽃의 타원 속에서 가볍고 우아하게 한 발을 올려들고 춤추는 무용사. 한 발은 무지의 상징 같은 난쟁이 악마의 구부린 몸뚱이를 딛고 있다. 발랄하게 펼친 네 팔과 약동하는 몸놀림이 창조와 파괴의 그 영원한 생명력을 보여준다. 영국의 조각가 자코 엡스타인은 이 춤추는 쉬바 상을 보고 〈인간 열정 속의 치명적인 요소를 압축해 보여주고 있다〉고 썼다.

유적이 많은 것도 아니고 마력도 느끼지 못하지만 마드라스에 대한 인상은 어느 곳보다 좋다. 여기서 순수한 인간성들을 볼 수 있었으니 그 얼굴들을 잊지 못할 것이다. 내 앞으로 뛰어와 키스해 달라며 뺨을 내밀던 마하발리푸람의 두 소녀, 다리를 못 쓰고 기어다니는 동네 소년을 번쩍 올려 안고 즐겁게 어루어주던 노인.

버스에서 옆자리에 앉은 젊은 여성은 천진한 표정으로 내 이름을 묻곤 악수를 힘차게 했다. 마드라스에서 대리석 사업을 하는 한국인 부부도 이곳 사람들처럼 좋았다. 늘 노사쟁의가 일어나는 캘커타와 달리 노조도 일으키지 않는다는 순한 사람들. 가난하지만 마드라스엔 그들만의 성실성이 있어 여행이 편안했다.

친절했던 호텔 사무원과 악수를 나누고 밤기차를 타기 위해 역으로 향할 때다. 노숙하는 거지 가족이 눈에 띄었다. 갓난아이를 가슴에 안은 채 아버지가 담벽에 붙어 자는 다른 두 아들을 살펴주고 있었다. 거지 아버지는 아이의 등을 가만가만 두드리며 자리를 서성거리고 나는 그들을 스쳐가다 걸음을 멈추었다. 어둠 속에서 얼핏 본 그의 옆모습은 거의 성스러웠다.

인도에 처음 와서 인간 이하의 생활을 하는 거지들을 보고 몹시 충격을 받았다. 거기다 두셋씩 매달린 헐벗은 아이들은 인간의 원시성에 대해 염오를 느끼도록 만들었다. 그러나 갓난아이 등을 토닥이며 담 밑을 서성이던 거지 아버지는 내 생각이 잘못되었음을 가르쳐주었다. 거지도 존중받아야 할 생명이며, 사랑을 나누며 살아갈 권리가 있다는 것. 거의 신성했던 거지 아버지의 모습은 생명에 대한 사랑이었고 인도의 힘이었다.

영국이 만든 빈민의 도시 캘커타

2월 27일.

「마더 데레사 동상 앞을 지나서 박물관 부근에 내려달라」

천만 인구가 살고 있으며 인도에서 가장 큰 도시. 혼란한 하위라 역을 빠져나와 택시를 타고 기사에게 부탁한다.

인도는 내게 여러 가지를 연상시키지만 마더 데레사도 인도를 떠올리게 하는 인물 중의 하나다. 인도의 빈곤과 기아가 데레사를 이곳으로 이끌었기 때문이다. 가난과 추함에 있어 인도 최악의 도시라 일컬어지는 캘커타 근교의 빈민촌에서 〈영생의 집〉을 열고 병들고 버려진 사람들을 위하여 그리스도의 사랑을 실천한 이.

18세에 수녀가 되면서 늘 행복했다는 이 성녀는 BBC 방송에서 대담을 요청했을 때 「좋습니다, 하느님을 위해 아름다운 것을 해봅시다」라고 말했다.

마더 데레사는 내게 사랑도 진화될수록 아름답다는 것을 가르쳐주었기에 잊혀지지 않는다. 진화된 사랑이란 이기적이고 육적인 자아에서 벗어난 것을 말하는데, 사랑 중 가장 숭고한 것으로 받드는 모성애에서도 육적인 자아를 본다.

뼈만 남은 아이를 안고 허공을 올려다보던 탈육의 모습. 어머니, 저로 하여금 이기적이고 육적인 자아에서 벗어나 진화한 인간이 되게 하소서. 드넓은 광장 한가운데에서 인류를 감싸듯 서 있는 데레사 동상이 사랑은 보편으로 갈수록 크고 아름답다는 것을 일깨워준다.

일요일이라 대부분의 상점들이 문을 닫았지만 호텔이 너무 시끄러워 밖으로 나선다. 여행객들이 많은지 외국인이 찾아드는 수더 거리의 호텔들은 다 만원. 내일 옮길 생각을 하고 값싼 호텔에 겨우 짐을 풀었는데 내 방까지 라디오 소리가 시끄럽게 울려온다. 호텔 지배인은 여행자들을 위해 비치해 두는 지도를 빌려주면서 15루피다, 터무니없는 값을 불렀다. 같은 인도인들도 캘커타 사람들이 좋지 않다 말하더니 마드라스와는 분위기가 다르다.

식당 외엔 모두 문 닫은 한적한 거리를 거니니 캘커타가 생각보다 정돈되고 계획된 대도시인 것을 느낀다. 20세기 초반 영국령 인도의 수도였고 그 역사가 약 3백 년밖에 되지 않는, 사실 영국에 의해 생성된 신도시이다.

1698년 영국은 자신들의 교역 중심지인 후글리를 포기하고 강 아래쪽 세 군데의 작은 마을로 이주했다. 캘커타란 이름은 그 중의 하나인 칼리코타 Kalikata에서 유래되었다.

1756년 뱅골 소왕국 태수가 캘커타를 공략하자 영국은 크라이브의 지휘 아래 캘커타를 되찾고 다음해 플라시 전투에서 승리했다. 그것은 인도 운명의 방향을 결정짓는 역할을 하여 뱅골, 비하르, 오리사 세 주(州)가 영국에 의해 합법적으로 통치되도록 했다.

19세기에 지어진 성 파울 대성당을 보고 빅토리아 기념관에 가다. 정문에 들어서면 거대한 흰 대리석 건물이 압도하듯 다가서는데 기념관이 들어선 넓은 터 때문에 다시 놀란다. 정원 가운데엔 왕좌에 앉은 여왕의 지나치게 큰 동상이 그들의 제국을 굽어보고 있다. 영국의 캘커타를 떠올리게 할 가장 견고한 기념물이다.

안으로 들어서면 영국과 인도 역사에 관련되는 총독, 왕들의 초상화와 인물화들이 전시돼 있고 빅토리아 화가들이 여행하면서 그린 수채화도 많다. 백인 여성을 가마에 태우고 가는 〈새 총독의 집〉도 있고 크라이브가 그린 타지마할도 보인다. 세계에서 가장 아름다운 건축의 하나로 꼽히는 타지마할을 영국인들은 몹시 부러워했나 보다. 이 기념관은 고전적인 유럽 건축과 무갈 경향이 특이하게 결합된 것으로 〈불행히도 영국은 타지마할보다 나은 것을 지으려고 시도했다〉는 조롱을 받고 있다.

더 안으로 들어가면 바깥 조각보다 좀더 젊고 날씬한 여왕의 모습을 볼 수 있다. 승리의 천사 상이 놓인 건물 중앙은 돔형의 천정으로 공간이 이어져서 3층으로 올라가면 사신을 대접하며 왕위에 앉아 있는 모습, 피아노를 치는 소녀 시절의 모습 등 열두 개의 여왕 모습이 원형의 벽에 그려져 있다.

가장 인상적인 그림은 눈에 잘 띄지 않는 후미진 곳에 있다. 이 기념관을 지을 때의 작업 장면으로 한 발을 꿇어앉은 채 일을 하던 인도인이 앞을 쏘아보는 그림이다. 식민지인의 착취된 노동을 피사체로서 한가하게 그리는 화가를 분노의 시선으로 쏘아보는지도 모른다.

이 기념관은 인도를 통치한 첫 여왕 빅토리아의 절정기를 보여줄 뿐이지만 막대한 건물의 공사비도 왕자들과 인도인들의 자발적인 기부로 충당되었다.

문 닫을 시간이라 기념관을 나서는데 일본 청년들이 층계에 앉아 있다. 그들은 나와 달리 가벼운 마음으로 구경했으리

라. 만약 조선에 일본 천황 기념관이 세워졌다면? 신사참배와 창씨개명 등 그에 못지 않은 정신적 수탈을 자행했지만 기념관은 상상만 해도 언짢다. 인도에서도 이 기념관으로 논란이 있었다지만 역사적 의미가 있기에 두기로 했다 한다.

「인도인들은 영국을 싫어하지 않는다」고 영국 여행자들이 당당히 말할 정도로 인도인들이 영국을 배척하는 것 같진 않다. 역사를 역사로 인정하는 인도인들의 여유는 확실히 대륙적이지만 제국의 인간 파괴는 잊지 말아야 한다.

2십만 조선 여자들이 정신대로 끌려갔던 역사 등은 침략자의 횡포가 얼마나 비인간적이며 반생명적인지를 상기시킨다. 블랑쉬 페인의 『복식의 역사』 제1장은 이집트 의상에 대해 서술하고 있는데 맨 뒷부분을 이렇게 끝맺고 있다.

〈그들 제국 시대를 지나서 이집트의 역사는 대부분 외래인이 통치하게 되었다…… 페르시아인, 그리스인, 로마인이 차례로 이집트를 지배하였다. 따라서 창조할 만한 기회나 자극이 거의 없었으므로 세계에 대한 이집트의 독특한 문화 기여는 그들 제국 시대에서 끝이 났다.〉

마더 데레사의 품 같은 후그리 강

아침에 식당에서 안면 있는 일본 대학생을 만나다. 뭄바이에서 미우라 적이 있는데 알고 보니 그도 점박이 사기꾼에게

2백 루피를 빌려주었다. 고향이 시골이라 순진해서 당했다던 친구의 말을 떠올리며 웃는데 옆에 앉은 세 명의 또 다른 젊은이들이 보인다.

인도에서도 어딜 가나 일본인 천지다. 한국 대학생들이 최루탄 속에서 구호를 외칠 때 그들은 세계를 헤매며 견문을 넓힌다. 일본의 부가 그런 여유를 주지만 부 자체는 부럽지 않다. 일본 젊은이들은 폐쇄적인 부잣집 외아들 같다. 그러면서 경제 일등국 일본인이라는 자부심이 강해 보인다.

일본에 대한 한국인의 감정은 복잡하다. 〈인도인과 영국인 사이에는 하나의 간격, 갈수록 넓어지는 간격이 있다〉고 네루가 썼지만 한국과 일본 사이에도 그 말이 적용될 수 있다. 그러나 논리적인 비판은 하되 무조건적인 반감이나 상처받은 식민지의 자의식은 보이고 싶지 않다. 자의식이란 미숙한 것이다.

그들이 웃으며 얘기하길래 재미있는 일이냐 물으니 인도에서 있었을 법한 떠도는 말을 들려준다. 5십억의 예산으로 8년간 공사하던 거대한 다리가 완성을 거의 앞두고 무너졌다. 시멘트와 철근을 빼돌리고 덜 넣은 것이 원인이었다. 또 언젠가 캘커타에 외국 수상이 방문했는데 당국에서 그들의 치부를 보이지 않으려고 거지들을 몇 차로 실어 다른 곳에 버렸다는 것이다. 한국의 복지원 생각이 나서 어디다 버렸을까 혼자말을 하니 일본 대학생도 고개를 갸웃한다.

「글쎄, 하도 넓은 나라니까 어디든지」

「넌 캘커타를 좋아하느냐?」

「시끄럽고 깨끗하지 않지만 캘커타를 좋아한다. 아이구, 저 걸 좀 봐라」

그가 가리킨 식당 종업원은 시커먼 수건으로 접시를 닦고 있다. 조금 전까지 목에 두르고 닦던 수건이고 또 그것으로 탁자도 닦는다. 처음엔 토할 것 같았으나 여행이 길어지면서 체념하게 되었다. 그렇지 않으면 인도를 떠나야 한다. 결벽증 이 병이라는 것은 인도에 오면 입증된다.

「그런데 저 마더 칼리는 무서워」

일본 대학생이 웃으며 벽에 걸린 액자를 가리키는데 까만 얼굴의 여신이 붉은 혓바닥을 내밀고 있다. 캘커타에 와서 처 음 보는 여신이다.

사원으로 가기 위해 차를 탄다. 차창 밖으론 여느 도시처 럼 빌딩들과 많은 사람들이 스쳐가지만 드문드문 푸른 공지 가 있어 시야가 트인다. 빅토리아 기념관 맞은편에도 평원이 펼쳐져 있는데 목자가 염소를 몰고 가는 장면이 아득히 보일 정도로 드넓었다. 1960년대까지만 해도 동양의 미항으로 꼽 혔다는 캘커타는 결코 추하기만 한 도시가 아니다. 거칠면서 도 인생의 어떤 깊이를 지니고 있어 그냥 지나칠 도시가 아니 라는 생각이 든다.

오전인데도 거리가 혼잡하다. 택시, 버스, 전차에 사람이 끌고다니는 릭샤까지 섞여 있다. 캘커타 인구는 폭발적이라 는데 무슬림과의 분열로 인해 동파키스탄의 방글라데시가 생

성되고 그쪽으로부터 수많은 피난민이 유입되어 세계 최악의 도시로 알려지게 되었다. 낡은 건물이 늘어선 거리 한쪽은 도로 공사를 하는지 파헤쳐져 있고 차들이 밀린다. 창 밖을 보니 도로변 앞 인도에 네다섯 살 된 거지아이가 갓난아이를 돌보고 있다. 옆에 다른 가족들이 앉아 있는 것을 보면 거지들이 사는 거리인가 보다.

누이인 듯한 계집아이는 아기가 신기한지 눈도 만지고 고추도 건드려본다. 생명의 신비를 더듬는 어린아이의 눈이 호기심으로 반짝이는데 귀엔 귀걸이가 흔들린다. 인도인들은 아이부터 할머니까지 부적처럼 장신구들을 달고 다니지만 거지아이의 귀걸이는 그들의 낙천성을 보여주는 것 같아 웃음이 난다.

2백 년 전에 지어졌다는 칼리 사원에 가다. 좁고 더러운 골목을 지나 사원 안으로 들어서니 북새통이다. 마더 칼리를 모신 사원은 사람들이 밀려와 발디딜 틈도 없다.

칼리 Kali는 쉬바의 아내로 인도의 여느 여신들처럼 샤크티로 불린다. 샤크티는 본래 모든 것이 비롯하여 생겨난 근원, 우주적인 힘을 뜻하는데 쉬바의 배를 딛고 서서 화난 모습으로 칼을 들고 있는 칼리의 모습이 눈에 들어온다. 샤크티인 마더 칼리는 어느 순간엔 균형을 잃고 남편까지 죽이려 하지만 그 순간 깨달음을 얻는다. 그녀는 생명을 낳고 양육하는 모성적 원리의 부정적 측면——생겨난 생물들을 다시 붙잡아 삼켜버리기 위해 혓바닥을 날름거리는 파괴의 대리자다.

칼리는 시간을 의미하는 칼라 Kala의 여성형으로 그녀의 검은 몸은 일체를 생산하며 일체를 소멸시키는 시간을 나타낸다. 하나의 생명이 탄생하면서 다른 생물은 진흙으로 돌아간다. 힌두의 신들은 이처럼 창조적인 원리와 파괴적인 원리가 하나인 것을 보여준다.

다쉬네스와 칼리 사원은 한적한 변두리에 드넓게 터를 잡고 있다. 드라큐라처럼 송곳니를 드러내고 있는 마더 칼리, 뱅골 지방에선 여자가 화내는 것을 무서워하여 여자를 위한다는데 마더 칼리를 달래기 위해 칼리 사원도 많다.

1847년에 지어진 이 사원은 캘커타의 젖줄인 후그리 강을 끼고 있어 풍경이 아름답다. 모든 종교의 통합을 그의 영적 환영으로 제시한 성자 라마크리슈나가 깨우친 장소이기도 하다.

마더 칼리를 모신 사원 바깥엔 수십 명의 힌두교인들이 꽃과 과일이 담긴 코코넛 잎을 들고 차례를 기다리고 있다. 〈어느 누구도 신의 존재 앞에 한줌의 꽃을 헌납하지 않고는 가까이 갈 수 없다〉는 인도인의 훈시는 경건하다.

회당에선 악사들이 악기를 연주하는데 천상을 찬미하는 음률에서 신을 느낀다. 맞은편엔 링검을 모신 작은 사원 몇 개가 나란히 있어 신도들이 방마다 들어가 종을 치고 링검 앞에 경배한다.

남근 형태의 링검은 쉬바 신전에서 볼 수 있는 흔한 예배의 대상이다. 고정된 것, 움직일 수 없는 것, 근본적 형식으로 남성의 창조적 에너지를 의미한다. 이론으론 이해하나 고

정관념을 버릴 수 없어 링검 앞에 꽃을 바치는 여인을 물끄러미 바라보는데 열린 문 사이로 후그리 강이 번쩍 빛난다. 히말라야로부터 흘러와 갠지스와 뱅골 만으로 이어지는 물줄기다. 뒤로 나가 강을 바라보니 카키빛인데 그건 바로 캘커타의 빛깔이었다.

거지들이 집요하게 따라붙고 후진국의 온갖 특성을 갖추고 있지만 캘커타는 4대 도시 중 가장 인도답고 혼란 속에서도 영적인 것을 지니고 있다. 마더 데레사의 품 같은 후그리 강, 낭낭한 독경 소리가 울리는 라마크리슈나 선교 본부. 거만하게 자태를 뽐내고 있는 빅토리아 기념관도 캘커타의 일부이나 대영 독립 전쟁 때 뱅골의 시인과 예술가들은 기꺼이 무기를 들고 싸울 태세를 했다. 타고르를 잉태한 영혼의 도시이기도 하다.

만성적인 노조 파업과 15년간 짓다 중단된 고가도로 공사, 예고 없는 정전이 반복되는 자원 부족 상황에서도 적은 수의 캘커터 영화사들은 수준급의 예술 영화를 제작하는 것으로 알려져 있다. 저속하고 상업적인 영화만 쏟아내는 뭄바이와 비교하면 캘커타의 깊이를 알 수 있으리라.

정치, 종교, 빈곤 등 인도의 모든 문제를 내포하고 있다는 절망적인 도시. 그러나 가슴을 여는 자에겐 영감을 주리라. 호사스런 빅토리아 기념관을 등지고 오늘도 오로빈도 동상이 드넓은 평원을 바라보고 있다. 그것이야말로 캘커타의 가능성이며 인도의 꿈이며 인류의 소망이다.

거지들이 집요하게 따라붙고 후진국의 온갖 특성을 갖추고 있지만
캘커타는 타고르를 잉태한 영혼의 도시이기도 하다.
(사진 ⓒ *Lee*)

타고르의 이상향 샨티니케탄

뱃길을 떠나야겠다. 고달픈 시간을 기슭에서 보냈으니 — 슬프도다, 내 신세여!

봄은 꽃을 피우고 떠나갔나이다. 이제 시들어 쓸 데도 없는 꽃을 짊어지고 이 몸은 기다리고 또 헤매나이다.

파도는 요란하고 언덕 위 그늘진 샛길에는 누런 잎이 춤을 추며 떨어집니다.

무엇을 그대는 덧없이 노려보고 있는가! 저편 기슭에서 흘러오는 어렴풋한 저 노랫가락이 대기 속을 해매어 오는 격동을 당신은 느끼지 못합니까」

——「기탄잘리」

3월 3일.

지상의 삶이 고달프면 「기탄잘리」를 읽고 위로받았던 시기가 있었다. 〈이 별 저 별에서 메아리치는 소리〉와 같은 신의 발자국 소리에 귀기울이며 모욕의 삶에서 한 발을 올려들 수 있었다.

영원을 향해 기도하며 지고의 존재를 계시해 준 시성(詩聖) 라빈드라나드 타고르의 숨결을 느끼고자 샨티니케탄으로 오다. 타고르는 40세인 1901년에 이곳에 학교를 설립하고 20년 뒤에 전세계가 한 곳에 모이는 곳, 샨티니케탄 대학을 설립했다.

볼뿌르 역에서 릭샤를 타고 십여 분 달리니 대학촌이 나온다. 높은 건물이 전혀 보이지 않고 드넓은 숲길만 이어져 있다. 사람들은 전부 어깨에 직조 가방을 메고 다니고 가게에도 여러 가지 문양으로 직조된 가방들이 걸려 있다. 샨티니케탄의 특산물인가 보다.

타고르 가문에 시집온 일본 여성이 쓴 책에서 샨티니케탄을 처음 알았고 기탄잘리에 대한 그리움에 꼭 이곳에 오고 싶었다. 인도로 떠나기 전 만난 힌두어과 김 교수도 샨티니케탄에 들르라고 조언했고 그의 박사논문 지도교수와 한국 유학생까지 가르쳐주면서 길을 터주었다.

투어리스트 로지 tourist lodge에 짐을 풀고 곧바로 샨티니케탄 유학생들의 기숙사에 들르다. 한국인도 세 명이나 있다고 해서 찾아 갔지만 방문이 잠겨 있다. 쪽지를 남겨두고 복도를 나서려니 바로 옆방에서 여자의 노랫소리가 새나온다. 라디오 소린가 했으나 고운 숨결이 느껴져 그 방 앞을 못 떠나고 귀를 기울인다. 시끄러운 힌두 영화 음악에 식상했더니 여기 와서야 인도 고전 음악을 듣는다. 섬세하고 환상적인 시타르 반주와 가녀린 노랫소리가 꿈결에서처럼 들려오고 나뭇잎들은 무심히 일렁인다. 평화. 이곳에 와서 처음 떠올린 단어인데 샨티니케탄의 뜻은 〈평화가 깃든 곳〉.

혼자 돌아다니려고 밖으로 나서다 기숙사 위층을 흘긋 올려다보니 동양 여자가 뒤꼍에 나와 있다. 키가 작고 표정이 딱딱해 보이는 여성인데 한국인 같았다. 확인하느라 물어보니 그렇다고 한다. 인도 철학을 공부하다가 비교종교학으로 석사 과정을 밟고 있는 충숙 씨였다.

그의 방에 잠시 들러 차를 마시며 얘기를 나누다. 전공도 흥미 있고 많은 나라 중 왜 인도에 왔는지 궁금했으나 충숙은 먼저 한국에 대해 이것저것 묻는다. 그는 한국의 물질주의와 정신의 빈곤을 비판한다. 여성을 인격체로서 존중할 줄 모르는 한국 남성에 대한 비판에 동조하며 인도 남자들은 어때요? 내가 물었다.

「종교적이고 성적(性的)이에요. 난 인도 남자를 좋아할 수 없을 것 같아. 뭐랄까, 센티멘트가 달라서」

「감정? 정서가?」

내가 그 말을 이해하려 애쓰자 충숙이 자기 식으로 설명한다. 예를 들어 좋은 불란서 영화를 본다 하자, 우리들은 그것을 함께 느끼고 정서의 고양을 나누지만 인도인과는 공감을 나누지 못할 것 같다는 것. 인도인에겐 미묘한 어떤 정서가 결여돼 있다는 얘기 같다.

캘커타에 있을 때 한국 여성과 결혼하여 남매를 둔 인도 사업가 집을 방문한 일이 생각난다. 올해 결혼 25주년을 맞아 은혼식을 치르고 손님에게 즐겁게 그 비디오를 보여주던 낙천가. 그 집에서 TV 뮤지컬을 보는데 남녀가 나무를 돌면서 사랑 숨바꼭질을 하는 빤한 내용이었다. 여행 중 몇 번 그런 류의 뮤지컬을 본 적이 있었다. 보기가 싱거워서 인도인의 사랑은 너무 단순하다 했더니 그가 역설했다. 「단순한 것이 좋다. 단순한 것이 진실이다」

그의 한국인 부인은 기온이 내려가면 잎을 접는 화초를 보여주며 「예민하니까 더 마음이 가요」 했다. 여장부처럼 몸집 좋은 부인이지만 예민함을 감지할 수 있었다. 인도인 사업가는 좋은 남편이지만 예민한 한국 아내의 내면을 다 알 수는 없을 것 같았다.

침대와 책상, 정수기 등 최소한의 가구만 놓인 방문을 양쪽으로 열어놓아서 나무와 푸른 하늘이 마주 보인다. 삼월이라 아직은 무덥지 않고 고요하다.

「이런 데서 살면 절로 사색가가 되겠어요」

내 말에 충숙이 고개를 끄덕인다.

「인도에 4년째 살고 나니 현실 감각이 없어져요. 한국 가면 적응을 못할 것 같아」

자연이야말로 진정한 교사

캘커타에선 소음에 잠을 깨었으나 샨티니케탄에선 새소리에 눈을 뜬다. 뒤창을 열면 숲이 보여 온통 초록이고 신선한 공기에 폐가 씻겨지는 듯하다.

샨티니케탄에는 비다바반, 상깃드바반, 깔라바반 세 개의 학부가 있다. 문학부, 음악부, 미술부이다. 오는 길에도 높은 건물이 일체 보이지 않았지만 릭샤가 내려준 비다바반 주위도 단층 건물과 공터만 있는 드넓은 숲이다. 자연을 해치지 않기 위해 3층 이상은 짓지 못하도록 했다는 타고르의 이상향.

교실을 들여다보니 네 명의 학생이 바닥에 앉아서 강의를 듣고 있다. 인도 생활 그대로의 연장이다. 〈세계의 가족〉을 내세우는 곳이라 여기선 교수를 오라비란 뜻인 〈다다〉로 부른다. 친밀한 언어에서부터 스승과 제자의 인간적 교류가 가능할 듯하다.

학부 건물 뒤 넓은 숲길로 걸어가니 아이들이 나무 밑에서 공부하는 것이 보인다. 중학생인지 초등학생인지 구분이 가지 않으나 선생이 칠판을 나무에 기대어 놓고 책을 읽어주고 있다. 대학 강의도 비오는 날을 빼곤 거의 밖에서 한다는데 입시만을 목표로 시멘트 교실에서 경쟁하는 한국 아이들이 가엾다.

어린 시절 그 자신도 학교가 싫어 뛰쳐나왔다는 타고르는 아이들을 교실 밖으로 끌어내는 교육을 시도했다. 이 정신의 거인은 자연이야말로 진정한 교사임을 통찰했다. 수업을 하지 않고 나무 밑에서 노는 아이를 교사가 데려오자, 「당신은 이 아이가 아니다. 아이가 나무 밑에서 놀고 싶어할 때는 그렇게 놀게 하라」며 아이를 내보냈다.

지금은 초등학교부터 대학까지 세워졌지만 처음엔 돈이 모자라서 건물이 하나씩 지어졌다. 1952년 동양인으로선 처음으로 노벨문학상을 받게 되었지만 타고르는 수상 소식을 듣고도 별 기뻐하는 기색 없이 단지 「얼마 후에는 약간의 돈이 생길 거다」라고 말했다 한다.

식민지 때는 정부의 도움을 받지 않았고 독립 이후부터 재정 보조를 받았다. 이제는 인도 수상이 샨티니케탄 대학 총장을 겸임하는데, 생전에 총장을 겸임했던 네루는 「샨티니케탄이야말로 인도의 모든 정신 세계를 알 수 있는 곳이다」라고 했다.

타고르 박물관에서 가문의 문장(紋章)과 수집한 칼을 보며 위대한 시성(詩聖)을 배출한 내력을 읽다. 타고르 가(家)는 뱅골의 유서 깊은 집안으로 재벌이기도 하며 19세기와 20세기에 걸쳐 인도 르네상스의 중심적인 존재였다. 그들은 〈근대 인도의 아버지〉라고 불리는 라자·람모한·로이의 강력한 지지자이기도 했고 사회, 종교 개혁을 위해 막대한 재정 지원을 했던 정신적 거인들이었다. 이러한 배경 속에서 인도의 문화적 전통을 대변하는 시인이며 민족을 뛰어넘은 인도주의적(人道主義的) 타고르가 탄생했다.

백발의 타고르의 모습이 고뇌하는 성자 같다. 눈은 영원을 꿰뚫어 보고 있으나 먹구름이 휘몰려와 소나기를 퍼붓고 청정해지듯 그렇게 고뇌의 심연을 거쳐온 것 같다. 어두운 그의 그림에서도 광포한 열정의 그림자를 엿볼 수 있다.

뱅골어 시집 표지에 소묘된 여인상은 격정이 걸러진 영혼의 정수와 같다. 침묵으로 몸을 휘감고 내면을 응시하듯 눈을 내려뜨고 있는 여인상은 동양의 마리아 같다. 절대에 대한 고귀한 순종, 그 겸허한 표정에서 삶의 희노애락을 침잠시키는

학부 건물 뒤 넓은 숲길로 걸어가니 아이들이 나무 밑에서 공부하는 것이 보인다.
중학생인지 초등학생인지 구분이 가지 않으나
선생이 칠판을 나무에 기대어 놓고 책을 읽어주고 있다.

동양의 지혜를 본다.

오후에 충숙과 그의 오스트레일리아 친구 잭과 함께 꼰깔리 똘라 사원이 있는 근교로 가다. 이곳에도 마더 칼리를 주신으로 모시는 사원이 많은데 꼰깔리 똘라 사원은 그 중요한 참배지이다.

쉬바가 자신을 제어하지 못하는 마더 칼리를 죽이고 아내의 시신을 요기의 화력으로 공중에 분산하니 칠십 개의 몸체가 흩어졌다고 한다. 이곳 연못에 마더 칼리의 이마 부분이 떨어졌다 하여 사원 옆 연못엔 흰 깃발이 꽂혀 있다. 물이 웅덩이처럼 고여 있는 정도지만 가뭄 때도 연못이 마르지 않는다고 한다.

신을 모시는 자 앞에선 그의 신을 존중해야 된다는 잭의 말에 따라 우리는 약간의 헌금을 하고 뿌자리의 의식을 따랐다. 네 사람이 겨우 둘러앉을 정도의 작은 사원에서 밖으로 나오니 어느새 황혼빛이 깔려 있다.

갑자기 사람들의 구령 소리가 들려 뒤돌아보니 네 남자가 흰 천을 씌운 시신을 들것에 실어 화장터 쪽으로 뛰어가고 있다. 반사적으로 그들을 뒤따라가 한 인생의 마지막 가는 길을 지켜본다.

화장터엔 관 하나 들어갈 만한 크기로 화덕이 만들어져 있다. 사람들이 시신을 내려놓고 대나무로 엮은 들것을 뜯어 화덕에 넣는다. 석탄 같은 광물도 쏟아놓고 그 위에 시신을 얹는다. 시신을 움직일 때마다 사람들이 뭐라고 외치는데 내 귀

백발의 타고르의 모습이 고뇌하는 성자 같다.
눈은 영원을 꿰뚫어 보고 있으나 먹구름이 휘몰려와 소나기를 퍼붓고 청청해지듯
그렇게 고뇌의 심연을 거쳐온 것 같다.
어두운 그의 그림에서도 광포한 열정의 그림자를 엿볼 수 있다.

엔「잘 가게」로 들린다.

　대나무 장작에 솜방망이로 불을 붙이니 시신 놓인 화덕이
이내 불길에 싸인다. 화장터 옆의 잔가지 많은 나무엔 죽은
자의 팔찌며 스카프가 걸려 있는데 충숙이 옆에서 혼자말을
한다.

　「허무해. 저렇게 사라지고 마는걸」

　시체를 태우건만 우는 자도 없고 평화롭기만 한 화장터에
서 돌아서 나오니 사원 옆으로 이어져 있는 숲에 붉은 해가
걸려 있다. 해는 거대한 불 굴렁쇠처럼 조금씩 조금씩 움직이
며 서녘으로 사라지는데 그 화려한 소멸 앞에서 산 자도 걸음
을 떼지 못한다.

인도인의 정신적 자기본위주의

　한 유학생의 안내로 타고르의 전기를 쓴 크리시나 크리빨
라니 댁을 방문한다. 나무가 우거진 드넓은 정원을 걸어들어
가니 팔순의 작가는 나무 아래 그림처럼 앉아 있다. 젊은 여
성이 다가가 인사하자 대화도 힘든 듯 숙녀 손에 환영의 입맞
춤만 한다. 80세를 일기로 타고르가 세상을 떠난 지 50여 년.
타고르의 제자로 스승의 외손녀와 결혼한 노구의 전기 작가
가 상징처럼 아직 샨티니케탄을 지키고 있어 타고르 신화가
실체로 느껴진다.

집으로 들어서려는데 바깥벽에 걸린 한국 국보 1호 반가사유상 액자가 눈에 들어온다. 반가움과 함께 궁금해했더니 작가의 수양딸인 도예가가 한국서 가져온 것이란다. 한국에 넉달 머무르며 도자기를 만들었다는 그는 한국의 산 능선을 사랑한다며 우리를 반겼다.

간디가 타고르를 만나러 샨티니케탄에 왔을 때 어린 그녀와 찍은 사진을 보여주기도 하고 「봄베이, 우리들의 도시」란 빈민굴 기록영화로 상을 3개 탔다는 감독 아들에 대해서도 들려준다. 깔리바반 교수인 한 조각가의 집까지 방문하고 나니 샨티니케탄의 분위기가 느껴진다.

샨티니케탄에선 어느 집엘 가나 아름다운 정원이 있고 어디를 가든지 무성한 나무 숲길을 걷게 된다. 여기도 오로빈도 아슈람이 있다길래 찾아나서는데 이따금 릭샤들의 자전거 종치는 소리가 치릉치릉, 꿈결에서처럼 들려온다.

타고르의 아버지 마하리쉬 데벤드라나트 타고르는 우연히 이곳에 들러 땅을 사들였고 말년엔 아슈람(수도원)을 지어 은거했다. 타고르가 마차를 타고 이곳에 처음 왔을 땐 밤이었다. 어둠 속에서도 땅의 영적인 기운이 느껴졌고 타고르는 설레임을 누른채 눈을 감고 갔다. 영감이 서린 땅을 이른 아침에 맑은 정신으로 보기 위해서였다.

누구도 가슴을 열기만 하면 이 땅은 그의 혼을 순화시키리라. 어젯밤, 초대받은 유학생 자취집에서 릭샤를 타고 돌아오던 길이 영상으로 떠오른다. 별장 같은 집에서 나서니 수은

등이 가로수를 따라 켜 있고 파리한 숲의 나뭇잎이 물결치며 남국의 꽃향기가 얼굴에 휘감겨 왔다.

마드라스 근교에서 본 예술가 마을이 인도가 아니듯 샨티니케탄도 현실의 인도가 아니다. 어제 나는 저녁을 먹으며 샨티니케탄은 상징적인 아름다움을 지닌 특별한 곳이며 언젠가 살아보고 싶다고 말했다.

함께 초대되어 온 인도 청년은 사오 년 있다가 떠날 사람과 평생 살아야 할 사람과는 다르다고 고개를 내저었다. 그는 스무 개의 연못이 있는 집에서 사는 볼뿌르 지방의 갑부집 아들이었다. 샨티니케탄서 오 년째 생활하고 있는 유학생 역시 답답하다며 바쁜 한국에 돌아가고 싶노라 했다.

샨티니케탄은 앞으로 인도의 정신 세계, 그 희미한 옛그림자로서 존재하게 될지 모르겠다. 명상으로 자신을 성찰하던 시대와 달리 정보 속에서 자기를 찾으려는 현대인에게 자연은 그것을 단절시키는 무의미한 풍경일 뿐이다.

오후에 버스를 타고 일람바자 사원에 가다. 일러준 대로 내리긴 했으나 마을 사람들이 영어를 한마디도 몰라서 언어의 벽에 부딪혔다. 영어를 못 알아들을 때도 마찬가지지만 말이 통하지 않는다는 건 절망이다.

어렵게 찾아간 사원은 뱅골 지방의 소담한 양식을 보여주는 테라코타 사원이었다. 한적한 마을이라 사원도 방치된 듯 이끼 냄새가 나지만 정면에 부조된 라마야나(기원전 5-6세기 이전에 성립되었다고 여겨지는 인도 브라만교의 장대한 서사시)

소떼가 몰려다니는 외진 마을에도 라마야나 이야기가 부조된 사원이 있다

의 인물들은 살아 있는 듯 생생하다. 고르게 주름 잡힌 치마에도 약동이 느껴지고 원시 조각의 단순성이 힘차면서도 해학적이다.

20여 마리의 소떼가 몰려다니는 외진 마을에도 라마야나 이야기가 부조된 사원이 있다니 놀랍다. 마하바라타와 라마야나 서사시는 인도인들에게 성서와도 같은데 요즘 방영되는 마하바라타 연속극 시간엔 사람들이 텔레비전 앞에서 합장하기도 한다.

인도인들이 끊임없이 저들의 것 —— 베다나 바가바드기타 주위를 맴도는 것은 헤르만 헤세의 표현을 빌리면 〈정신적 자기본위주의〉다.

이것은 그들의 생활 속에서도 파악할 수 있다. 인도인들은 머리부터 발끝까지 인도적이다. 이마엔 힌두의 표시인 붉은 점 빈디가 찍혀 있고 발가락엔 장신구를 좋아하는 민족답게 발가락찌가 끼어 있다.

인도에선 양장한 여성들도 볼 수 없다. 거지나 부자나 할 것 없이 모두 원색의 사리를 휘감고 젊은 여성들은 긴 상의와 바지로 된 쭈리다르 파자마를 즐겨 입을 뿐이다. 영국의 지배를 3백 년이나 받았는데도 의상의 변화가 전혀 없다는 것은 급속히 서구 문물을 받아들인 한국인의 눈으로 볼 때 놀랍기까지 하다.

그뿐인가. 주마다 언어가 달라 영어를 공용어로 쓰는 나라면서 그 흔한 팝송 한번 듣기 힘들다. 텔레비전에서 버스에서

상점에서도 힌두 음악이 귀 아프게 울린다. 이에 비하면 한국
엔 자기 것이 없다. 지상의 모든 것이 걸러진 가장 아름다운
불상을 가졌고 생명을 사랑하여 나뭇가지처럼 왕관을 만들
줄 알았으며 중국도 탐내는 고려의 비색을 불 속에서 창조했
고 맑은 민족성이 조선조 백자에서 우러나왔다.

그러나 지금은 어디서 그 맥을 찾아야 할까. 내 것은 다 아
궁이에 버리고 인정스럽던 표정마저 살벌한 이기주의의 얼굴
로 변했다.

옛문화가 찬란하다 한들 오늘과 연결되지 못한 것이 무슨
소용이랴. 선조의 고귀한 유산을 제대로 지키지도 못한 우리
후손들은 단 한 길만을 따르는 인도인들을 눈여겨 볼 필요가
있다. 인도를 방문한 적이 있는 혜세도 그것이 바로 힌두교의
절대적인 힘이라고 확언하면서 이렇게 덧붙였다.

「잊지 말아야 할 점은, 우리가 너무 많은 것에 대해 얘기
하고 있다는 걸 알아야 한다는 겁니다」

지옥의 성지(聖地) 타라비트

3월 7일.

호텔에서 이날 아침 시커멓게 탄 빵을 주어서 기분이 언짢
다. 정부에서 운영하는 투어리스트 로지가 만원이어서 방을
사흘 이상 쓸 수 없었고 시설이 뒤떨어진 숙소로 옮겼더니 음

식도 형편없다. 아침부터 무성의하게 탄 빵이라니, 손도 대지 않고 짐을 챙겨 떠난다.

오후 1시에 기차를 타고 타라비트에 도착. 다시 릭샤를 타고 한없이 달린다. 잭이 알려주어서 뱅골 지역의 성지라는 타라비트 사원으로 가는 길이다. 잭은 자상하게 물을 가득 채운 수통과 모기약을 주면서 몹시 괴상한 곳이니 조심하라고 당부했다. 호주에서 온갖 것을 다 해본 뒤 새 인생을 시작하듯 샨티니케탄 음악부에 적을 두고 8년째 살고 있는 인도통이었다.

사원이 있는 곳에 도착하니 벌써 5시 가까이 되었고 차를 한잔 마신 뒤 좁고 시끄러운 골목으로 들어선다. 붉은 혓바닥을 내민 마더 칼리 사진이 상점마다 진열돼 있다. 시체 같이 누워 있는 쉬바의 몸을 딛고 서서 화난 모습으로 칼과 가위를 들고 있다. 그 광포성 속에 숨어 있는 힘, 힌두인들은 그 속에 구원의 원천이 있다고 생각한다.

그녀의 목엔 희생자의 잘려진 머리들로 만든 화환이 걸려 있다. 피를 좋아하는 파괴의 모성. 마더 칼리의 괴이한 모습은 끝도 없이 이어지고, 떠밀리듯 골목길을 계속 걸어가니 외딴 곳으로 표류해 온 것 같다. 여태 인도를 보아왔지만 이곳은 또 다른 별세계 같다.

혼을 뺀 탓인지 온 길을 다시 되돌아와 겨우 사원을 찾다. 입구엔 헌물(獻物)을 파는 상점이 늘어서 있고 층계로 올라가 신전을 기웃거리니 주황색 천을 걸친 남자가 다가와 신 앞에 바칠 것을 사오라 한다.

가게에서 넓은 나뭇잎에 사탕이며 꽃을 담는데 얼핏 회당 쪽을 보니 길고 시커먼 물체가 바닥에 놓여 있고 두 남자가 머리를 구부린 채 양끝을 잡아당기는 자세로 서 있다.

여자의 엉킨 머리카락 같아 섬뜩했으나 순간 고통스런 신음소리가 짧게 들려왔다. 동시에 회당 바닥에 쏟아진 선홍의 피를 보았고 머리가 잘린 채 검은 양의 동체가 그 옆에 뒹굴어 있는 것도 보고 말았다. 속죄양이었다.

내 헌물을 신전에 바친 인도인이 안내해 주지 않았더라면 그대로 돌아서 나왔을지 모른다. 민중시를 쓰는 어느 시인과 빼다박은 듯 닮은 그는 캘커타에서 언론인으로 활약하면서 손금을 보는 철학가로 매달 이곳에 영적인 힘을 얻으러 온다고 자신을 소개했다.

그는 골목을 사이에 두고 사원 맞은편에 있는 동산으로 나를 안내했다. 입구에 사원이라기엔 너무 작은 삼각형 지붕의 신전들이 늘어서 있고 그는 문턱에 이마를 대고 기도하더니 내 이마에도 빨간 물감을 찍어준다.

숲에는 군데군데 오두막 같은 집들이 있고 여기저기 사람들이 모여 있다. 여인들이 모여 있는 곳을 보니 침상에 식물인간처럼 누워 있는 한 노인이 눈에 뜨인다. 노인을 에워싸고 여인들이 부채를 부치고 이마에 입을 맞추며 노예처럼 시중을 들고 있다. 성자로 받드는 인물 같았지만 이방인의 눈엔 괴이하기만 하다.

빛을 따라 어두운 숲길을 더듬어 가니 나무 아래 촛불을

예배 의식을 행하는 뿌자리가
12세의 소녀에게 그들의 여신처럼 옷을 입혀 영적인 힘을 받는다.

켜놓고 기도하는 사람들이 있다. 인왕산에서도 볼 수 있는 풍경이나 똬리를 튼 뱀 형태의 석상 주위로도 몇 개의 촛불이 펄럭인다. 몇 발자국 더 걸어가니 공주처럼 관을 쓰고 분단장한 소녀가 나무 아래 앉아 있다. 예배 의식을 행하는 뿌자리가 소녀를 의자에 앉혀놓고 물감을 늘어놓은 채 무언가를 만든다. 12세의 소녀에게 그들의 여신처럼 옷을 입혀 영적인 힘을 받는다고 철학자가 설명했지만 나는 이해를 포기했다.

붉은 옷을 걸친 바울들이 노래하는 모습은 화장터가 있는 동산의 진풍경이다. 뱅골어로 바람이란 뜻을 가진 바울은 노래만 부르며 일생을 살아가는 방랑자이다. 그들은 두 가지만 추구한다고 한다. 하나는 노래요, 하나는 섹스인데 그것에 몰입한 어느 순간에 깨우쳐 각자(覺者)가 된다고 믿기 때문이다. 그들은 대단히 매력적이어서 문명 사회의 서양 여자들이 간혹 홀리기도 한다고 전해진다. 잭은 내게 「바울을 조심하라!」고 농담했지만 마치 연옥 한가운데 와 있는 듯했다.

그들은 해골을 앞에 놓고 악기를 연주하며 노래를 불렀다. 노래 가락엔 방랑자의 애수 같은 것이 깃들어 있었으나 긴 머리를 늘어뜨리거나 터번을 두른 바울들의 모습은 미명(未明)의 혼 같았다.

동산 한가운데 둔덕처럼 비스듬하게 높은 공지가 있어 걸음을 멈춘다. 한쪽에선 짚 뭉치가 타고 있고 철학자가 앞장서 위로 걸어가더니 화장터라고 일러준다.

「조금 전에 시체 하나가 다 탔다」

몇 발자국 걸어가니 불기가 느껴지는데 시체는 흔적도 없고 재만 남아 있다. 순간 내 몸이 허공에 뜬 듯 중력이 없다. 인도에 온 이래 불시에 죽음과 마주치지만 아직도 나는 그것을 무심히 대할 수 없다. 등뒤에서 사람들이 외치는 소리가 들려 오는데 또 한 구의 시체가 들것에 실려온다. 한쪽에선 바울들이 삶을 노래하고 한쪽에선 주검이 들어온다.

잭이 일러준 대로 아슈람에 여장을 풀고 늦은 시각에 다시 사원으로 가다. 매일 밤 9시에 마더 칼리가 어린 쉬바를 안고 있는 형상의 돌을 교인들에게 공개하기 때문이다. 힌두교인들은 그것을 보기 위해 멀리서 순례의 길에 오른다는데 벌써 사원 입구까지 줄을 섰다. 캘커타 철학자가 맨앞 줄에 나를 끼워주어서 기다리지 않고 들어갈 수 있었다.

천정에 갖가지 원색 천이 늘어져 있고 신전 한가운데에 여신이 모셔져 있다. 나이 어린 뿌자리가 돌의 내력에 대해 설명하고 헌금을 거둔다. 한번에 이십여 명씩 들여보내 좁은 신전엔 발 디딜 틈도 없다.

돈을 거둔 뒤 휘장을 거두어 검은 돌을 보여주었지만 이교도인 내 눈에 돌이 신으로 보일 리 없다. 사람들은 신을 가까이 보기 위해 아우성이었고 뿌자리의 축복을 받느라 어린 딸들은 머리를 내밀었다. 이 지옥에서 벗어나게 해주라! 속으로 외치는 이방인에게도 뿌자리는 축복을 해주었다.

이날 타라비트에서 본 모든 것은 문명의 저편에서 일어난 일이다. 무지와 혼돈의 그 아수라장을 연옥이라고밖에 표현할 수 없다.

인도에 온 이래 나는 종교란 무엇인가를 생각하곤 했다. 어렵게 찾아간 사원에 덩그렇게 놓여 있는 남근 형태의 링검이나 인형처럼 단장된 그들의 야단스러운 신은 번번히 나를 당혹시켰다. 타라비트 역시 나를 혼란시켰는데 라다크리슈난의 글을 떠올리고 이해의 폭을 넓힐 수 있었다.

「……그들은 자기의 자그마한 자아가 아닌 어떤 것에 대해 절을 하고 있는 것이다. 그 근본이 종교적인 것이냐 아니냐는 그 대상이 아니라 그 하는 마음이 어떤 것이냐에 따라 결정된다…… 우리는 그들의 제한된 이해를 보다 큰 관점에 이르는 계단으로 삼지 않으면 안 된다. 맑은 물을 얻기 전에는 더러운 물을 버리지 말라는 가르침에 따라, 인도의 만신당 안에는 군중들이 섬기던 가지가지의 신들이 다 모셔져 있다…… 종교 안에 깜깜하고 원시적인 미신이 우글거리는 것은 결코 놀랄 일이 아니다」

허무의 옷 사리

샨티니케탄에 한 달 정도 머물 생각을 했으나 날이 곧 더워질 것 같아 길을 재촉한다. 인도인 교수는 방을 빌려주겠다고 고마운 제의를 했고 나로 하여금 미련을 남긴 채 떠나도록 했다. 캘커타행 기차에 올라 타고르의 문구가 벽에 적힌 뽈뿌르 역을 내다보는데 샨티니케탄 한국 유학생이 인도인 남편과 함께 내 앞자리에 와서 앉는다.

한국 음악과 인도 음악의 접합을 모색하고자 유학왔다는 이 음대졸업생은 인도에 온 지 한 달째에 프로포즈를 받고 결혼을 약속했다. 남편은 한국과 인연이 깊어 가나안 농장에서 일년간 연수받았다. 한국 유학생이었던 그의 아우도 한국 여성과 결혼하여 캘커타에서 목사로 선교 활동을 하고 있다.

제수가 담그어준 김치를 들고 샨티니케탄에 찾아온 그는 목마르다는 어린 아내를 위해 오이 장사를 불러 내게도 오이를 권한다. 인도 남자들은 원래 가정적인 것으로 알려졌지만 신혼이라 마냥 행복해한다.

그들을 위해 결혼선물을 싸면서 어제 충숙은 「외로움이 사람을 이상하게 만드나 봐요」 했다. 사 년째 유학 생활을 하면서 자기 세계를 소중하게 지켜온 충숙으로선 그들의 전격적인 결혼을 이해할 수 없었던 모양이다. 충숙 자신도 잭을 좋아하고 잭의 어머니가 와서 반지를 물려줄 정도로 서로 친밀하지만 결혼이 도그마 같아서 하기 싫다고 했다.

30대로 들어선 충숙에게 나는 인생의 선배로서 결혼을 권했지만 도그마를 아는 충숙이 좋아졌다. 여느 한국 여성에게서도 그런 멋진 말을 들어본 적이 없다.

차창 밖으로 드넓은 대지가 펼쳐진다. 농사 짓는 곳도 있고 나무만 자라는 버려진 땅도 많다. 산이 많은 한국과 달리 지평선이 끝없이 이어져 있다. 축복받은 땅 같기도 하고 신이 버린 땅 같기도 하다. 그 황량함은 인도 풍경의 압권이다.

어제 저녁 충숙과 잭의 집에 들르기 전에 들판을 산보했다. 키 작은 잡초들이 멋대로 자란 땅 아래론 철길이 있고 철길 너머론 멀리 마을이 보이는데 시야엔 온통 허허벌판이었다. 바위에 나란히 앉아 망연히 들판을 바라보다 충숙이 혼자말을 했다.

「허무해 보여. 난 이런 폐허가 좋아요」

여태 한 번도 비가 온 적이 없으나 날이 흐리고 바람이 분다. 색유리를 끼운 듯 들판의 색채도 일순 변하는데 주황색 꽃이 핀 나무 한 그루가 철로가에 나타난다. 척박한 땅에 어울리는 크고 강렬한 꽃이다. 유학생의 인도인 남편이 꽃 이름은 씨물이며 꽃 거죽에 생기는 목화 잔털로 베갯속을 만든다고 가르쳐준다.

「최상품이지만 목화솜의 양이 적어서 대단히 비싸다」

그런 베개를 베면 씨물 꽃처럼 불타는 꿈을 꿀 것 같다. 베개마저도 너무나 인도적이라 감탄하는데 한 여자가 사리를 휘날리며 들판을 걸어가는 모습이 눈에 들어온다. 광막한 대지에 선 여인의 모습이 목마른 한 그루 나무 같다. 거대한 자연 앞에 인간의 존재란 내일 스러질 풀 한 포기, 한줌 모래와 다를 바 없구나.

저럴 때 사리는 허무의 옷 같다. 인간 존재의 미약함, 덧없음을 가르쳐주는 저 자연에서 간디의 무저항주의, 비폭력주의가 탄생되지 않았을까. 인도인의 여유도 자연이 가르쳐준 저 허무에서 나온 것이리라.

여인이 들판에서 점처럼 사라지는 것을 지켜보는데 갑자기 등뒤로 노랫소리가 들려온다. 돌아보니 뒷자리의 통로에 젊은 부부와 아이가 서서 노래를 부르고 있다.

한 달 전에도 기차에서 딱딱이를 치며 노래하는 소년을 본 적이 있지만 가족은 처음이다. 그들은 뱅골 지역의 바울 가족이었다.

여자가 만돌린보다 작은 인도 악기를 손으로 타고 세 사람 다 반주에 맞추어 노래했다. 머리를 이마 위로 반듯하게 빗어 넘긴 아이는 음이 높아질 땐 갖은 힘을 다하느라 목소리가 튀었다. 애절한 가락이 가슴에 파고들지만 무엇보다 나를 감동시킨 것은 아이의 무표정 속에 숨겨진 생에 대한 열정이었다.

무너진 욕망, 태양의 사원

오릿사 주의 수도 부바네스와에서 코나락으로 향하다. 일전에 마드라스에서 캘커타로 오던 중간에 오릿사 주의 뿌리에 들러 이틀간 머물렀다. 그러나 사원의 도시라고 알려진 부바네스와와 태양의 사원이 있는 코나락을 제대로 보지 못했기에 후회하면서 다시 들른 것이다.

해변이 있는 뿌리는 내겐 이상하게 낯설었다. 폰디첼리 부근의 사라나테 해변처럼 원주민이 살고 있었으나 내가 그 땅과 분리되는 느낌을 받았다. 때마침 구하기 어렵다는 캘커타 행 기차표를 다른 여행자에게서 인계받아 나는 미련없이 뿌리를 떠났다.

여행을 하다 보면 때때로 땅의 특별한 기운을 느낄 때가 있다. B.C. 261년 아쇼카 대왕에게 정복당한 칼링가 소왕국의 터전 오릿사에서 가장 뛰어난 석조 건축으로 꼽히는 태양 사원에 들어서면서 강렬한 땅의 기운을 감지한다.

사람의 발길이 끊긴 듯 한적한 뒷길로 들어서니 태고의 무대가 펼쳐지듯 웅장한 폐허의 사원이 나타난다. 태양의 사원이란 이름에 걸맞게 그 규모와 형태가 장려하다.

사원 전체는 태양신 수리야의 전차 형상을 나타내고 있다. 기저부엔 24개의 돌을 깎아 조각한 바퀴가 둘러져 있고 7마리의 건장한 말이 전차를 끌고 있다.

이 태양 사원은 13세기에 제작되었다는 것밖엔 별로 알려진 것이 없다. 오릿사 왕이 승전을 기념하기 위해 건축한 것으로 추측될 따름이다. 그간 폐허로 방치돼 오다가 1904년에야 사원 주위가 정리되면서 규모가 드러나기 시작했다.

이 건축이 완성되었던 것인지 확실한 근거는 없으나 만약 망루가 완성됐다면 높이가 70m일 것으로 추정된다. 또 모래땅이 이와 같은 건축을 지탱시킬 수 있었다면 고고학자들도 놀랄 것이다. 엘로라에서 본 것 같은, 무지하리만큼 강한 힌두인들의 에너지가 그것을 가능케 하지 않았을까.

24개의 바퀴를 단 태양 사원 전차가 7마리의 말에 끌려서 하늘에서 내려와 달려오는 형상은 상상만으로도 눈부시다. 일찍이 마크 트웨인도 이 사원을 보고 세계적인 놀라움의 하나라고 감탄했다지. 석상 옆에 앉아 폐허의 사원을 마주보고 있으려니 주황색 천을 두른 긴 머리의 힌두인이 옆으로 와서 선다.

고요가 깨어져서 일어난다. 사원 정면 층계 입구 양쪽에 코끼리를 누르고 앉은 돌사자상이 있다. 사원과 마주보고 남쪽으론 말의 석상이, 북쪽으론 코끼리 석상이 단 위에 서 있다. 동물 조각에도 뜻이 있을 것 같아 사자를 들여다보니 한 남자가 다가와 재빠르게 설명한다. 코끼리는 마야 부인의 태몽에 나타난 짐승이라 불교의 상징이고, 코끼리를 누르는 사자는 힌두교의 지배를 나타낸다는 것.

고맙다고 말하고 층계를 올라가는데 남자가 뒤따라온다. 안내는 원치 않는다고 거듭 말하고 남자가 나를 앞질러가는 것을 보고야 천천히 발을 뗀다.

사원은 건축 전체가 조상 및 양각으로 호화롭게 장식돼 있다. 이 속에 태양의 신 수리야의 세 가지 상도 조각돼 있는데 새벽과 대낮, 일몰의 모습이다. 신도 인간처럼 일몰의 모습은 피곤해 보이고 대낮은 표정이 밝다.

새벽의 수리야를 찾아가는데 누가 앞으로 튀어나오며 알아들을 수도 없이 재빠르게 지껄인다. 아까 층계 입구에서 따라오던 안내원이다.

다시 따돌려 보내고 사원 구석구석 돌아보니 사원 전체에 새겨진 조각들은 힌두의 신들, 무용사와 악사, 남녀 신의 포옹, 남녀가 얽혀 있는 애욕의 모습들이다. 고개를 쳐들고 위를 올려다보면 거의 인체 크기로 조각된 교합하는 남녀 입상이 눈에 띄고 기단부에 장식된 24개의 수레바퀴 살 속에도 절반은 성교 장면이 양각돼 있다. 그것은 밤을 표현한 것으로 절반은 일하고 거울 보며 화장하는 낮의 모습이 양각돼 있다.

수레바퀴는 24시간을 표현하며 또 윤회 사상을 상징한다. 세월에 부서져나간 수레바퀴를 바라보는데 주황색 천을 두른 사두가 스쳐가다 기단부에 있는 양각 하나를 보란 듯이 가리킨다. 코끼리들의 성교 장면이었다. 긴 머리의 힌두교인이 두 번째 내 앞에 나타나서 기분이 상해 자리를 뜬다. 인도인들은 인간의 본능을 표현하는 데 있어 타의 추종을 불허할 만큼 노골적이다. 카쥬라호에서 이미 에로 조각을 보았지만 코나락의 태양 사원 조각은 부분적으론 보다 거칠고 조잡하다. 혼음과 자위 장면, 갖가지 자세의 에로 조각이 여기저기 보이는데 양적으로도 넘친다. 모두가 신화나 전설, 신앙에 뿌리둔 것이지만 표현이 철저히 사실적이어서 혀를 내두르게 한다.

단체 관광객들이 막바지에 몰려와 대사원과 마주보고 있는 무도장으로 자리를 뜬다. 층계를 올라서니 조각 기둥들 사이로 미로 같은 길이 나 있는데 어느새 뒤따라왔는지 안내원이 앞으로 튀어나와 약장사처럼 혼자 떠들어댄다.

벌써 네번째라 나도 지쳐서 상대할 마음이 없다. 세번째 마주쳤을 때 사람들이 많은 데서 당신은 미쳤어! 하고 무안

사원 전체는 태양신 수리야의 전차 형상을 나타내고 있다.
기저부엔 24개의 돌을 깎아 조각한 바퀴가 둘러져 있고
7마리의 건장한 말이 전차를 끌고 있다.

을 주었지만 눈 한번 꿈쩍하지 않았다. 어느 관광지에서나 안내원들이 따라붙지만 이건 정도를 넘어선다. 여자 혼자 다녀서 표적이 된다는 것도 알고 있다. 내 작업의 성격상 혼자 여행을 해야하니 이런 피곤한 일도 감수할 수밖에.

무도장에서 뜻밖에도 나를 알아보는 한 인도인을 만났다. 2주일 전 뿌리에 머물 때 코나락에서 인도 전통 가무를 시연하는 축제가 열렸다. 그때 나는 호텔에서 입장권을 사서 코나락에 구경 왔고 그는 호텔 버스로 간 관광객들을 안내했다. 밤에 본 안내원의 얼굴을 선명히 기억하지 못했지만 반가운 척한다. 젓가락처럼 긴 다리로 내 뒤를 줄곧 따라다니는 미친 남자를 떼어버릴 기회였다. 그 지긋지긋한 인도인이 가버리자 구면의 안내원이 무도장을 가리키며 설명해 준다.

「여긴 댄싱 홀이다. 동향이라 아침이면 햇살이 맨 먼저 비친다. 전설에 의하면 밤마다 여신이 하강하여 여기서 알몸으로 춤을 추었다고 한다」

그의 번들거리는 눈도 마음에 들지 않았으나 모험하듯 안내를 받아들여 태양의 사원 뒷숲에 있는 작은 아슈람을 방문하다. 거기서 힌두 수도승처럼 주황색 천을 허리에 두른 두 서양인을 만났다.

그들은 힌두에 빠진 듯 힌두식으로 저녁 예배를 보고 아슈람을 지키는 사두와 나를 데려간 안내원과 둘러앉아 대마초류의 간자를 파이프로 돌려가며 피웠다. 신을 만나는 명상의 일종이라 일러주는데 두 서양인의 얼굴이 맑아서 불안하지는 않았다.

나는 그들의 이상한 세계를 훔쳐보다 날이 저물자 일어섰고 안내원에게서 부바네스와 직행 버스가 끊겼다는 말을 듣고 당황했다. 그렇지 않아도 숲길로 들어서면서 수작을 걸려했던 위인이었다. 다행히 말로 그쳤지만 가까이에 아슈람 깃발이 보이지 않았더라면 여기도 오지 않았을 것이다.

「왜 당신은 내게 버스 막차 시간을 알려주지 않았느냐?」

내가 화를 내자 안내원은 몇 번 갈아타야 하는 작은 차가 다니니 알아보자고 일어섰다. 차가 끊겼다면 정부가 운영하는 호텔에 묵으리라 체념하고 나서는데 서양인들이 내게 버스가 없으면 아슈람으로 돌아오라고 당부했다.

인도인을 믿으면 안 된다는 걸 왜 잊어버렸나. 잔뜩 몸을 도사리고 어둑한 숲을 걸어가며 후회했지만 밤의 사원이 영상처럼 눈앞에 나타나자 걸음을 우뚝 멈추었다. 남빛 비로드 같은 하늘엔 반달이 떠 있고 달빛 아래 폐허의 사원은 기괴한 아름다움을 발하고 있었다.

대사원과 마주보고 있는 무도장도 달빛을 받아 태고의 신비를 뿜고 있었다. 정말이지 여신이 춤을 추며 맨발로 층계를 내려설 듯했다. 이런 밤이면 여신이 아니라도 그 누군가 몽유병자처럼 뛰쳐나와 춤을 출 것 같았다. 달빛 아래 서 있는 사원은 신의 은밀한 욕망 같았다.

앞장서서 사원 옆으로 걸어가는데 어둠 속에 앉아 있는 사람이 눈에 들어왔다. 발자국 소리에 그가 고개를 돌리는데 아까 내게 꽃을 주었던 긴 머리의 힌두인이었다. 나와 세번째 고의로 마주치면서 붉은 야생화를 내밀었던 인도인.

주머니 속에서 시든 꽃을 더듬으며 나는 그제야 깨닫는다. 왜 저 힌두인과 젓가락처럼 다리 긴 남자가 내 주변을 맴돌며 괴롭혔는가를. 댄싱 홀을 설명하는 안내원의 눈이 왜 번들거리는가를. 그것은 땅 때문이 아니었을까. 무너진 태양 사원과 상점들만 늘어서 있는 이 작은 마을의 땅엔 사람을 미치게 만드는 기운이 있다.

버스 정류장엔 운좋게도 사람을 태울 작은 트럭이 기다리고 있었다. 내가 차 옆으로 가려는데 사원 뒷길로 금발의 서양인이 걸어나왔다. 뜻밖에도 아슈람에서 만난 청년이었다. 그는 나를 보자 안도하며 두 팔을 늘어뜨렸다.

「만약 네가 버스를 못 타면 데리고 가려 했다」

그들은 나를 데리고 간 인도인을 믿지 못해 기사처럼 뒤쫓아온 것이다. 나는 고맙다고 말했고 그는 조심해라, 낮게 일러주었다.

「당신도 조심해라. 이 땅에선 모두가 조심해야 한다」

그는 말뜻을 아는지 모르는지 돌아서는 내게 웃음 지으며 손을 흔들었다.

제3부

생명들의 고통을 꿰뚫어 본 붓다

INDIA

미개한 삶의 윤회에서 벗어나길 원하므로

3월 12일.

비하르 주는 보드가야, 라지기, 나란다 대학 등 불교 유적지가 집결돼 있어 가는 발걸음이 가볍다. 인도에서 불교는 거의 사라지고 유적지만 그 역사를 보여주고 있는데 불교 문화권에서 살아온 나로선 불교 유적지가 친근할 수밖에 없다.

비하르의 수도 파트나는 가난과 소음으로 여행자를 맞았다. 아쇼카 시대의 화려했다는 옛 수도 파탈리푸트라. 인도 유사 이래 처음으로 중앙집권적 국가가 된 마우리아 제국의 흔적은 박물관에서 겨우 볼 수 있었다.

가야 역에 내리니 좁은 역사에 군중들이 앉아 임금 인상시위를 벌이고 있다. 릭샤를 타고 먼저 비쉬누 사원으로 가는데 먼지로 뒤덮인 남루한 건물로 퇴락의 풍경이 마음을 무겁게 한다. 가야는 거의 헐벗어 보였다.

동인도회사가 인도에 대한 수출 업무를 독점함에 따라 인도의 섬유업이 와해된 것은 널리 알려진 사실이다. 특히 뱅골과 비하르에서 이 과정이 신속하게 진행되었다는데, 1834년 영국인 인도 총독은 〈그 비참함은 상업의 역사상 유례를 찾기 어렵다. 무명 직물공들의 뼈가 인도의 평원을 표백시키고 있다〉고 보고했다. 간디도 빈곤은 최대의 폭력이라고 말했지만 백년이 지난 오늘에도 비하르의 뿌연 먼지가 뼛가루처럼 햇빛에 떠돈다.

40cm의 비쉬누 발자국이 남아 있다는 사원에 갔으나 힌두교인이 아니라 들어갈 수 없다. 대신 한 소년이 사원의 옆골목으로 나를 인도하여 팔그 강가의 화장터를 보여준다.

가뭄으로 강물은 말랐으나 드넓은 백사장이 끝없이 펼쳐져 있다. 모래사장 한쪽에선 시체가 타고 조금 떨어진 곳에 사람들이 소리 없이 둘러앉아 있다. 연기 속에서 사람들 모습이 물결처럼 흔들린다.

저만치 앞에서 한 무리의 사람들이 꼬물꼬물 다가오는데 네 남자가 들것에 시체를 실어오고 있다. 조금 전에 스쳐온 시가지는 먼지와 소음에 싸여 있었으나 이곳은 모든 것이 그림처럼 고요하다. 삶도 죽음도 한갓 꿈인 듯 아련하다. 새들이 맑은 소리로 평화를 지저귀는데 소년이 사자(使者)처럼 길을 재촉하여 나를 다시 문밖으로 나서게 한다.

삶과 죽음에 대한 번민 때문에 왕궁에서 출가했던 태자가 35세에 보리수 나무 아래서 대각자로 새롭게 태어났다는 보드가야로 향하다. 가야에서 오토릭샤를 타고 40여 분 달려 종점에 내리니 노점상들과 합승 손님을 부르는 소리로 소란하기 짝이 없다. 안내를 하겠다고 따라붙는 청년을 따돌리고 대탑이 높이 솟은 성지로 들어서니 안도의 숨이 나온다.

긴 종 모양의 이 거대한 9층 탑은 14세기경 버마의 불승들이 지었다는데, 이 탑 자리에 이미 기원전 3세기경 아쇼카 대왕이 원초석을 쌓은 것으로 알려져 있다. 기단부에 사방으로 문을 내어 1층은 신자들이 참배할 수 있도록 했다. 인도에 와서 처음으로 불상이 모셔진 법당을 보니 고향에 온 듯 마음이 누구러진다. 전통 문화란 태(胎)와도 같은 것이다. 뉴델리 박물관에서 돈황 회화를 보았을 때도 선이 없는 무갈 회화를 볼 때와 달리 가슴이 후련했다.

대탑 뒤로 가니 석가가 깨달음을 얻은 자리에 보리수가 무성한 잎을 떨치고 서 있다. 7년간의 고행 끝에 산에서 내려와 나이란쟈나 강에서 목욕하고, 양 치는 여인 수쟈타에게 우유 공양을 받으신 후 명상에 들어갔던 자리다.

해마다 석가 열반일엔 보리수 잎이 시든다는데 석가가 깨달음을 얻은 순간에도 천지의 모든 존재들이 증명했다. 땅이 못으로 변하면서 연꽃이 피어나고 하늘에서 천화(天花)가 날렸다고 한다. 천지도 감읍하는 진리의 찬란함.

이곳은 10세기경까지 불교 순례자들의 메카였다. 중국의 현장도 7세기에 보드가야에 들렀다. 신라의 혜초 스님도 바라나시에서 이곳을 생각하며 오언시(五言詩)를 지었다.

보리수가 멂을 근심하지 않는데
어찌 녹야원이 멀리요
다만 매달린 것 같은 길이 험함을 걱정할 뿐
이미 바람이 휘몰아침도 생각지 않는도다.

성인은 타고나면서 알고 현인은 배워서 알고 어리석은 사람은 피곤하게 노력해도 알 수 없다 한다. 나는 이 먼곳까지 무엇을 찾으러 왔는가. 타성의 땅에서 벗어나 미지의 것을 인식하고 싶었고 그것을 통해 자기 변화를 갈망하고 있다. 미개한 삶의 윤회에서 벗어나길 원하므로 그분의 말씀에 다시 귀를 기울이리라.

한 여인이 서른 명의 남자를 유혹하고 그들의 연장을 가지고 도망갔다. 여인을 잡으려고 뒤쫓는 무리들에게 석가는 이렇게 말했다.

「여인을 찾아 헤매지 말고 자신의 마음을 찾는 것이 좋지 않겠소」

순례자들이 촛불을 켜든 채 색색의 깃발들이 휘감겨 있는 보리수 앞에 경배한다. 땅에 몸을 던져 절하는 이도 있다. 낡은 조끼를 걸친 반백의 노인은 보리수를 마주보고 앉아 경을 읽는다. 고요히 자신을 찾아가는 모습이 아름다워 그의 뒤에 한참 앉아 있는다.

아직 3월이라 무덥진 않으나 남풍에 보리수 잎이 우수수 흩어진다. 두 서양인이 석가가 말한 무상(無常)을 음미하듯 뒤꼍에 뒹구는 마른 잎을 줍는다.

선진국과 후진국

여행은 미지와의 만남이지만 인간사가 다 그러하듯 결코 좋은 일만 기다리는 것이 아니다. 일상사처럼 성가시고 너절한 일도 여행에 따라붙는다. 석가의 발자취를 따라 보드가야에 왔다가 몽매한 인간에게 질려 다음날로 떠나다. 녀석은 내가 보드가야에 내릴 때부터 떠날 때까지 파리처럼 뒤를 쫓았다.

숙소 앞 식당에서 저녁을 먹을 땐 친구에게 모터사이클이 있으니 함께 타고 가자고 수작을 붙였다. 이날 아침에도 숙소 문앞에 자전거를 세워놓고 기다렸고 강 너머 마을을 안내하겠다고 떼를 썼다.

「제발 혼자 있게 해다오. 난 침묵을 원해」

화를 내도 소용이 없었다. 오후에 내가 배낭을 지고 나설 때도 원수같이 뒤쫓았다. 증오심이 솟구쳐 가스총이라도 쏘아버리고 싶었지만 녀석은 뻔뻔하게 버스로 가야까지 쫓아왔다.

선진국을 여행할 땐 단 한번도 이상한 일을 겪지 않았다. 오직 인도에서만 온갖 해프닝이 벌어진다. 이해할 수 없는 인도인들. 모욕을 주려고 5루피를 내미니 그제야 화를 내며 그 돈을 운전사에게 준다. 그래도 자존심은 있다. 나는 지친 표정으로 너 때문에 빨리 떠난다, 한마디만 하고 돌아서 릭샤를 잡아탄다. 무지하다는 말만 입 속에서 되풀이된다.

여행을 하다 보니 선진국 사람과 후진국 사람이 확연히 구별된다. 인간이 앞선 나라가 선진국이고 미개한 나라가 후진국이다. 앞섰다는 것은 의식이 진화했다는 것이고 선진국이란 진화한 사람이 많이 모여 사는 땅이다. 인도가 후진국인 것은 가난 때문이 아니라 국민들 다수가 무지하고 인격의 급이 낮다는 데서 나타난다. 행여나 나도 누군가의 눈에 후진국 사람으로 비치지 않을지.

해가 질 무렵 라지기르에 도착하여 정부 직영 호텔로 가다. 방을 찾았으나 단체로 손님들이 와서 독방이 없다고 한다. 특별히 마음에 드는 위치도 아니어서 다른 호텔을 찾아나서려니 공용방이 비어 있다, 보겠느냐? 묻는다. 그걸 혼자 쓸 수 있느냐? 호기심에 되물으니 지배인이 종업원에게 열쇠 꾸러미를 내준다.

문을 열자 교실처럼 넓은 방에 20여 개의 빈 침대가 양쪽으로 늘어서 있고 입구 쪽엔 탁구대만한 탁자가 놓여 있다. 숨바꼭질할 만큼 큰방이라고 일러주더니 과장만은 아니다.

텅 빈 공용방을 쓰다니 이상한 경험이다.

뜨거운 물로 샤워하고 저녁을 먹은 뒤 편지를 쓰다. 전기가 나가서 사방이 깜깜한데 탁자 위에 켜놓은 세 개의 촛불 주위로 모기들이 극성스레 모여든다.

넓고 어둑한 빈 방이 왠지 모자 쓴 제인 에어를 떠올리게 한다. 고적감 때문이리라. 여태 혼자 여행했지만 이 방에 들어서면서 비로소 혼자가 된 느낌이다. 병동처럼 늘어서 있는 빈 침대들을 물끄러미 바라보다 화급히 모기를 쫓고 편지를 쓴다.

······이젠 지쳤어요. 4월이 되기 전에 돌아가렵니다. 인도인을 상대하는 건 지긋지긋하지만 그 동안 좋은 사람들을 만난 것이 수확이었어요. 가장 아름다운 자연이 인간이라는 것도 알았구요. 나는 여태 그것도 모르고 작은 나라에서 갈등만 키우고 살았군요.

동쪽의 일상에서 서쪽으로 벗어나니 살아온 땅과 내가 보다 명확히 보입니다. 나를 비롯하여 한국인들의 인간성이 얼마나 훼손되었는가를 인도 여행을 통해 알았어요. 한국인들은 서로를 행복하게 해주지 못해요. 서로들 생채기 내며 삽니다. 군사정권에서 연유를 찾아야 할지 조선조로 거슬러가야 할지 선을 그을 수 없지만 그것이 내 모국의 모습이라 생각하니 울적해요.

붓다의 후원자 빔비사라 대왕이 머문 왕사성

마가다 왕국의 수도였던 왕사성 라지기르는 불교 성지로 빠뜨릴 수 없는 곳이다. 지금도 말이 끄는 탕가를 교통 수단으로 이용하는 한적한 지방이지만 세존이 많은 설법을 했고 즐겨 머물렀던 곳이다. 자이나교의 시조 마하비라 역시 생애의 많은 해를 여기서 보냈다. 평지가 대부분인 인도의 다른 지역과 달리 산이 있는 아름다운 고장이다.

빔비사라 대왕이 머물면서 왕사성이란 이름이 붙여진 곳이라 왕과 연관된 유적지도 많다. 빔비사라 왕이 세존의 거주를 위해 지은 죽림정사엔 대나무가 숲을 이루어 오늘도 신성한 기운이 느껴진다. 독실한 불교 신자였던 왕이 세존을 위해 바친 첫 봉헌이다. 왕은 싯다르타 태자가 29세에 출가하여 설상에 오를 때 만난 적이 있었다. 그때 왕은 범상치 않은 젊은이에게 만약 성불하면 자신을 제도해 달라 부탁했다. 뒷날 이 소망이 이루어져 빔비사라 대왕은 모든 법 가운데 으뜸가는 불교의 깊고 오묘한 진리, 무상에 대한 세존의 설법을 듣게 된다.

만물은 실(實)이 없고 무상하니 아(我)에 집착하지 말라.

……나라는 생각은 나와 처해 있는 상황이 부딪쳤을 때, 그때그때의 경우에 따라서 공중에 떠오르는 생각인 것입니다. 그것은 돌과 돌이 부딪쳐 불꽃이 튀는 것과 같은 것입니다. 대왕이여, 그 불꽃은 돌의 것이겠습니까? 아니면 그 누구의

것입니까?

대숲을 따라 걸어가니 저만치 앞에서 한 노인이 누런 댓잎을 비로 쓸고 있다. 낙엽도 자연이라 운치 있지만 빗자루 자국이 난 마당도 정갈하다. 아상(我像)을 버리면 내 마음도 빈 마당처럼 정갈하련만 인간의 한계를 벗기가 어렵다.

정원엔 붉은 부겐빌리아와 야자수도 있고 잎 없는 나무에 라일락 같은 분홍꽃도 피었다. 만발한 꽃과 연못의 조경이 봉헌의 아름다움을 보여준다. 마당을 쓸던 노인이 흰 꽃나무 아래 앉아 담배를 깊이 들이마시는데 꽃 향기가 감미롭게 끼쳐온다. 그에게 다가가 꽃 이름을 물으니 카트나르 꽃이라 가르쳐주곤 꽃 가지를 하나 꺾어준다. 이 정사의 상징적인 꽃이라고.

신의 모습이 독수리처럼 생겼다는 그드리후라타, 영축산에 오르다. 산 꼭대기에 있는 일본 절까지 케이블 카로 갈 수 있지만 돌층계를 하나하나 오르며 그분의 발자취를 더듬다. 당시에도 빔비사라 대왕은 부처님의 설법을 듣기 위해 돌계단을 만들어놓았다고 한다. 산 입구엔 대왕이 부처님 설법을 듣고 기념으로 세운 탑의 초석이 남아 있다.

세존은 성도 후 마가다국에 가장 많이 갔고 왕사성에선 죽림정사와 영축산에 머물렀다. 해마다 우기엔 세 달씩 산에서 지내면서 설법을 했다. 제자들에게 법화경을 설법했다는 장소는 거의 산 정상으로, 편편한 암벽 위에 건물의 초석이 남아 있다. 이곳에도 신자들이 바쳤는지 꽃과 초가 놓여 있고

빔비사라 대왕이 아들에 의해 갇혔던 감옥터.
영축산 능선이 보이는 장소인데
산 꼭대기에 있는 그의 성으로 세존이 오르는 것을 볼 수 있었다.

관리인이 바닥에 눌어붙은 촛농을 일일이 긁어내면서 내게도 초를 사라고 한다.

주위엔 바위들이 병풍처럼 둘러져 있고 햇빛은 따가우나 바람이 서늘하다. 산도 높지 않고 부드러우며 물고기 등어리처럼 편편하다. 땅은 몽글몽글한 나무들로 덮였는데 산비둘기 소리가 평화롭다. 2천 년도 전 세존이 이곳서 제자들에게 설법하신 정경을 떠올리니 인간의 진화가 얼마나 더딘지 새삼 깨닫는다. 습(習)에서 쉬 벗어나지 못해 윤회를 거듭하는 거다.

가섭존자와 아난다존자가 수도했던 굴을 둘러보고 산을 내려오니 마부는 말을 채찍질하여 길을 재촉한다. 사람도 닦은 만큼 좋은 나라에서 태어난다는데 말아, 너도 다음 생엔 매맞지 않을 땅에서 태어나라.

돌아가는 길에 빔비사라 대왕이 그의 후계자였던 아들 아자타샤트루에 의해 갇혔던 감옥터를 보다. 속박된 왕은 감금될 장소를 스스로 선택했다. 영축산 능선이 한눈에 보이는 장소인데 산 꼭대기에 있는 그의 성으로 세존이 오르는 것을 볼 수 있었기 때문이다.

아자타샤트루는 세존의 후원자였던 아버지를 옥에 가두고 끝내는 굶겨 죽였다고 한다. 만년에는 참회하고 세존께 귀의했지만 형제였던 아쇼카에 의해 마가다국이 멸망한다.

신라 승려들이 뼈를 묻은 나알란다 대학

폐허는 석양에 봐야 제격이지만 마음이 달려가 아침에 나알란다로 떠나다. 기원전에 세워졌다는 세계 최대 불교 대학인데 내 머릿속엔 이미 나알란다에 대한 하나의 영상이 자리잡고 있었다.

돌아가신 박생광 화백의 그림에서 강렬한 인상을 받았던 거다. 저물어가는 갈색조의 화면에 불상들과 무너진 옛 건물들이 떠올라 있고 그 폐허를 배경으로 화면 한 모퉁이에 보라빛 이리 한 마리가 걸어가는 그림이었다. 나는 그 상상 속의 보라빛 이리를 만나러 나알란다로 가는 길이었다.

나알란다에 간다고 잠을 설쳐서 장소에 당도하니 아직 문이 닫혀 있다. 10시부터 들어갈 수 있다 하여 학교 앞 가게에서 비스킷과 차로 아침을 때우고 일대를 둘러본다.

전성기엔 5만 명이 넘는 스님들이 수학했던 곳이고 주민들도 공양을 바쳤다는 걸 보면 마을도 번성했을 듯싶다. 지금은 어디서나 볼 수 있는 조용한 농촌이라 밀밭이 푸르고 개울가에선 여인이 아이를 씻기고 있다.

학교 뒤쪽으로 가니 불상을 모신 곳이 있고 그곳을 지나 안으로 들어서니 광활한 폐원이 시야에 펼쳐진다. 넓은 길 양쪽으로 벽돌 건물 초석들이 늘어서 있고 정돈되긴 했지만 비바람에 깎이고 무너진 건물들이 아침 햇살 속에서 2천 년의 세월을 보여주고 있다.

건물마다 표시된 번호가 14처까지 있다. 12세기에 무슬림에 의해 파괴된 뒤 이 터도 1920년대 영국 학자들에 의해 발굴됐다. 지금 남아 있는 건물의 10배 이상이 일대에 산재해 있었으리라 추측한다니 그 웅장함은 상상을 초월할 것 같다.

당시 나알란다 대학의 입학은 교양의 증명서와 같았다고 한다. 현장 스님이 수학했던 7세기 중반엔 일만 명이 넘는 스님들이 이곳에서 공부했다는데 신라 고승도 십여 명이나 나알란다에 이름을 남겼다.

현장이 나알란다에 수학하는 동안 한문으로 번역된 경전을 보고 반가워했더니 〈신라 사문 아리야발마가 여기에 부처님 말씀을 우리말로 번역하노라〉고 씌어 있었다. 그래 이 사문에 대해 물어보니 해뜨는 나라에서 와서 십년 정도 이곳에 머물다가 육십 세로 돌아가셨다 했다. 이 말에 현장은 옷깃을 여미고 그분의 영혼을 위해 합장했다 한다.

혜초 스님도 723년부터 4년간 인도 여행을 하고 『왕오천축국전』을 남겼지만 수만 리 서쪽 나라로 건너와 구도한 선조들의 혼이 나알란다의 돌쩌귀에 묻어 있는 듯하다.

길을 사이에 두고 강당 건물과 마주보고 있는 예배처엔 피폐해진 불상과 불탑 등이 보이고 수천 명을 수용했다는 강당도 초석으로 규모를 짐작할 수 있다. 도서실도 배치돼 있고 두 명 혹은 네 명씩 사용한 승방엔 침대를 놓았던 자리가 있다. 요사체엔 요리할 때 불을 땐 화덕까지 남아 있어 가까운 시대에 살았던 선인들인 듯 착각이 든다.

높이 중축한 제1 예배처에서 아침 햇살에 기지개 켜는 폐허를 굽어본다. 구도자들이 뼈를 묻은 유적지라 땅기운이 맑다.

벌써 더위를 느끼며 층계에서 내려오니 아까 나를 안내해 준 관리인이 한국 관광단이 1시에 온다고 일러준다. 뜻밖의 말이라 정말이냐 확인하니 안내 맡을 사람이 알려줬으니 틀림없다고 장담한다.

2시간 남짓 남았지만 한국인 단체를 기다리기로 한다. 불현듯 모국어에 대한 그리움이 밀려와 유적지를 헤매다닌다. 2천 년 전 사람이 잠잔 돌침대가 고스란히 남아 있다니 신기해서 쓰다듬어보고 풀더미가 자란 방마다 숨바꼭질하듯 기웃거린다. 발걸음에 맞추어 숫자를 세며 초석 위를 걸어다닌다.

11시가 지나면서 날이 더워지기 시작하고 그늘로만 다녀도 등이 후끈거린다. 피로하여 예배처 건물의 그늘에 누워 하늘을 바라본다. 구름도 흐르지 않고 적요 속에 모든 것이 차단된 듯하다. 벽돌 틈 사이로 자란 잡초를 어루만지다가 이리처럼 잠들다.

아슴프레 들려오는 말소리에 깨어나 땡볕 속으로 걸어나가니 시야가 하얗다. 입구에 관리인이 있어 한국 관광단이 오는가 물으니 그런 말은 못 들었다며 안내원에게 확인하라 한다. 밖에 한 인도인이 서 있어서 되풀이해 물으니 그가 고개를 내젓는다.

「내가 관광 안내원이다. 한국인 관광단은 나흘 뒤에 온다

당시 나알란다 대학의 입학은 교양의 증명서와 같았다고 한다.
현장 스님이 수학했던 7세기 중반엔 일만 명이 넘는 스님들이 이곳에서 공부했다는데
신라 고승도 십여 명이나 나알란다에 이름을 남겼다.

고 연락이 왔다」

시계를 보니 12시 반. 맥이 풀렸고 오늘 라지기르를 떠나기로 결정한다. 실망감 때문에 배고픈 것도 잊고 박물관도 의례적으로 둘러보고 나서는데 앞으로 걸어오던 인도 청년 중 하나가 들고 있던 장미꽃을 건네준다.

인도에 와서 꽃을 많이 얻었지만 장미는 처음이다. 장미가 모국어를 그리워하는 나를 위로하는 듯하여 향기를 들이킨다. 한낮의 짧은 꿈처럼 몽롱한 꽃향기. 릭샤가 내 앞으로 오길래 가벼운 마음으로 길을 떠난다.

비폭력주의와 어울리는 암소 숭배

3월 18일.

인도의 젖줄 갠지스 강이 흐르며, 깨달음을 얻은 성자들과 순례자들의 행렬이 끊이지 않는 성지. 옛부터 철학과 종교 사상의 중심지였으며 고대 산스크리트어로 빛이 비추인다는 뜻을 가진 〈카시야〉라고도 불리는 도시.

죽음까지도 포함하여 모든 형태의 삶이 운집한 가장 인도적인 도시 바라나시로 다시 오다. 카트만두에서 곧장 날아와 첫발을 디뎠던 곳인데 그때는 너무나 충격적이어서 공포를 느끼다시피 했다.

길에 늘어앉아 구걸하는 거지떼와 몸에 뱀을 휘감은 쉬바

176

신, 시체들이 늘어서 차례를 기다리는 화장터, 불결해 보이는 강물에 목욕하는 힌두교인들, 이 모든 것은 내가 상상한 성지의 거룩함을 뒤엎는 것이었다.

그러나 두 달 뒤 다시 바라나시로 찾아온 것은 온갖 더러움, 기이함에도 불구하고 이 도시가 결코 빈곤하지 않다는 것, 들끓는 원형과도 같은 풍경 속에 강렬한 생명력이 깃들어 있음을 감지했기 때문이다.

어제는 밤에 닿아서 고급 호텔에 짐을 풀었다. 오전엔 서울로 짐의 일부를 보내느라 우체국에서 시간을 다 보내고 오후엔 갠지스 강가로 나갔다.

강 어구엔 상가가 이어져 있는데 옷 가게마다 원색의 사리와 쭈리다르 파자마가 걸려 있고 확성기론 힌두 음악이 요란하게 울린다. 밀려드는 인파와 함께 그 복잡소란이 혼을 빼놓지만 이상하게도 바라나시에선 소란조차도 생동감으로 느껴진다.

채소전 앞으로 소들이 배회하며 쓰레기를 먹어치운다. 인도에선 거리를 누비고 다니는 임자 없는 소떼를 흔히 볼 수 있고 복잡한 도시에서도 차 틈에 끼어 멋대로 다니는 소가 많다.

소의 천국이라 할 만큼 대접받는 것 같지 않지만 힌두교에선 암소가 모든 살아 있는 것들의 상징이며 생의 모체이다. 이방인에겐 신기한 풍습으로 보이지만 왜 그들은 암소를 숭배할까?

미국의 인류학자 마빈 해리스가 이것에 대해 문화생태학

적 입장에서 밝힌 글을 흥미 있게 읽은 기억이 있다.

인도엔 많은 암소들이 거리를 방황하고 있지만 수소가 상대적으로 모자란다고 한다. 인도 수소는 수명이 다하는 최후까지 일하는 것으로 알려져 있다. 밭을 갈고 우차용으로도 쓰이며 농부의 손발이 되어주는 대용이라 암소를 소유한 농부는 수소를 생산해 줄 공장을 갖고 있는 셈이다.

한발과 기아를 겪는 동안엔 농부들도 가축 도살의 유혹을 느끼지만 소를 없앤 후 비가 오면 토지를 경작할 수단이 없어진다. 암소 숭배는 인도 농부들이 눈앞의 이익에 현혹되지 않게 해준다는 것이다.

또 인도 같은 후진국에서 곡물 생산을 고기 생산으로 바꿀 경우 식비가 높아지고 가정의 생활 수단은 더욱 낮아질 뿐이다. 미국처럼 기업농이 발달한다면 2억 5천만에 달할 실직 농민들에게 직업과 집을 마련해 주어야 하므로 현재와 같은 소규모, 가축 위주의 농업이 유지되어야 한다는 것.

뿐 아니라 거리에서 어슬렁거리는 소는 인도적인 여유를 보여주고 있지 않은가. 이것은 물레와 잘 어울리는 관습이며 채식주의와 생의 외경, 엄격한 비폭력주의와 어울리는 풍습이다. 마빈 해리스는 이런 것도 간과하지 않으면서 간디가 암소 숭배를 열렬히 찬성했던 점을 상기시켰다.

〈암소 숭배는 간디가 대중들을 산업화로 인한 파멸에서 보호해 주기 위한 투쟁 방식의 하나였다.〉

강가의 층계에선 거의 지린내를 풍기지만 풍경은 좋아서

강이 내려다보이는 숙소에 방을 얻고 싶었다. 구미자의 집에 방을 예약하고 그곳에 머물고 있는 독일 국적의 한국 여성을 만나다. 27세의 의대생 혜욱은 독일 여자 친구와 함께 여행중인데 독일에서 태어났으나 한국말이 능숙하다. 내게 선뜻 언니라 부르고 함께 강에 나가 배를 탄다.

4시가 지나서 수면에 반사되는 햇살이 금빛을 띠고 있다. 교인들은 거의 새벽에 목욕하지만 이 시각에도 물 속에 들어가 기도하는 사람들이 보인다. 더러운 강물을 손으로 떠마시는 의식을 보고 〈종교적〉이라는 것에 대해 다시 생각하는데 강가에서 파는 차도 갠지스 강물로 끓인 차라고 혜욱이 웃으며 일러준다.

주황색 천을 허리에 두른 사두가 지팡이 들고 강변을 걸어가고 긴 머리의 중년 남자가 재를 바른 나체로 층계 앞에 보란 듯이 서 있다. 화장터에선 시체가 타고 있는데 위쪽엔 까펜으로 덮인 시신 몇 구가 놓여 있고 그 주위론 아이들이 뛰놀고 있다.

인도인들은 죽음을 삶의 일부로 믿기에 이 모든 풍경들이 지극히 자연스럽다. 인간이 한 줌의 재로 화하는 것을 보면 죽음에 대한 관념조차 부질없이 느껴진다.

허무를 감상 없이 정면으로 받아들인다는 면에서 인도의 화장 풍습은 멋지다. 나도 내 주검을 흔적 없이 사라지게 하리라. 무덤은 때때로 망자나 살아 있는 자의 삶에 대한 미련 같이 보인다. 갠지스 강가엔 17군데의 화장터가 있고 하루에

2백 구 이상 태운다고 사공이 화장터 가까이 노를 저으며 일러준다.

갠지스 강에 띄운 촛불

구미자의 집에 전망 좋은 방을 얻어 행복하다. 값싼 숙소지만 베란다에서 갠지스강을 바라볼 수 있으므로 내겐 최상이다. 구미자란 이름을 처음 보았을 때 인도에 빠져 돌아가지 않은 일본 독신 여성이 아닐까 마음대로 상상했다. 여행자 중 인도에 매료되어 돌아가지 않는 사람들이 꽤 있다는데 국적별로 일본인이 첫째고 호주인과 독일인이 다음 순위라고 들었다.

내 상상은 빗나가서 구미자는 인도인과 결혼하여 귀여운 남매를 둔 주부였다. 수염과 머리를 기른 구미자 남편은 철학자처럼 보이지만 돈을 은행에서 바꾼 날짜까지 숙박부에 기입시키는 꼼꼼이였다.

내게 직업을 묻길래 작가라 했더니 그도 시인이라며 뱅골어로 쓴 시집까지 보여주었다. 벵골어 타고르 시집도 갖고 있다 하니 자신도 샨티니케탄에서 대학을 다녔고 동경으로 유학 갔다고 들려주었다. 유학 시절 구미자를 만난 듯한데 동경 유학생인 시인이 갠지스 강가의 여관 주인이라니 재미있다.

방문을 열면 옥상에서 뻗어내려온 덩쿨잎들이 발코니에

그늘을 드리우고 잎들 사이로 갠지스 강이 평화롭게 빛난다. 날이 더워지기 시작하여 오후엔 방에서 책을 읽으며 쉬는데 혜욱은 오늘 아침 내게 이 방을 물려주고 라자스탄으로 떠났다. 배웅할 겸 과일을 사느라 아까 함께 나가다가 우리는 구걸하는 거지 할머니를 만났다. 혜욱은 손을 내미는 거지 할머니를 한팔로 감싸며 1루피를 주었다.

「이 할머니는 동냥을 해도 늘 웃어요」

단골로 적선한 모양이지만 거지를 안아줄 수 있는 혜욱이 나보다 어른스러워 보였다.

「인도 여자들은 남편보다 먼저 죽는 것이 소원이래. 인도 여자들 가엾어」

과부들이 사는 아슈람 건물을 지나가며 내가 말하니 혜욱이 고개를 끄덕이며 불쑥 물었다.

「언니는 한국이 자신에게 맞다고 생각해요?」

「한국에 태어난 것이 업이라고 느낄 만큼 유교문화에 갈등을 느껴. 껍데기에 가치를 두는 문화니까. 여자도 자유로웠던 신라나 고려 때 태어났더라면 좋아했을걸」

내가 고개를 내젓자 살아보고 싶은 나라는 없느냐고 다시 물었다.

「가부장제도에 짓눌리지 않고 자연인으로 살아갈 수 있는 땅, 인생을 이해할 줄 알고 진화된 사람들이 사는 나라」

문득 밀라와 라오르가 떠올라 이탈리아는 어떨까? 혼자말을 했다. 혜욱은 이탈리인들이 좋은 건 사실이지만 그곳도 전통적이어서 결혼 뒤엔 가정 중심으로 산다고 일러주었다.

「유럽에서도 여자가 가장 자유로운 나라는 영국과 독일이
예요. 독일 한번 생각해 보세요」

혜욱은 분명 한국인이지만 의식이 한국 여자들과 달리 자
유롭다. 독일 사회에서 자랐기 때문이다. 재일 교포 작가 이
양지의 소설을 읽었을 때도 영락없이 일본인이라 느꼈는데
태어난 환경이 의식 형성에 미치는 영향을 생각해 본다.

내가 만약 자유로운 나라에 태어났더라면 평범하고 행복
한 일상인이 되었을 것 같다. 지금 나 자신은 한국이 요구하
는 교과서적 여성상에서 가장 멀어졌지만 인습을 냉소하는
나 또한 한국 사회의 산물이 아닌가.

일몰에 또 배를 탄다. 여행사에선 갠지스 강의 해뜨는 광경
을 관광 일정에 꼭 끼우지만 일몰의 갠지스가 더 매혹적이다.
태양이 기울면서 물빛이 시시각각 달라지고 수많은 사원과
아슈람이 늘어선 강가의 정경도 종소리와 함께 저물어간다.

우기가 아니어서 강폭은 그다지 넓지 않다. 건너편 뱃사장
이 가까이 보이는데 총연장이 2천5백 킬로미터. 육천리라니
한반도의 2배 길이다. 히말라야로부터 흘러내려오는 물이라
지만 많은 화장터가 있고 하루 몇천 명의 힌두교인들이 목욕
하는 터라 맑아 보이지 않는다. 그렇더라도 갠지스 강은 인도
인에겐 정신의 태와 같다. 강을 따라 문명이 이루어졌거니와
어느 민족에게나 강은 정신의 젖줄이니 성스럽다.

좀전에 강이 유록(柳綠)빛으로 물들었으나 배가 강 가운데

로 나아가니 잉크빛으로 넘실댄다. 배에 몸을 맡기고 무심히 강을 바라보는데 저만치 앞에서 물결에 실려오는 긴 물체를 발견한다. 그것은 거의 물에 잠기다시피 했으나 헝겊에 싸인 끝부분만 뻣뻣하게 물 위로 솟아 있다. 이상한 느낌이 들어 배를 젓는 노인에게 그것을 가리키니 「바디」 한마디만 한다.

타다 만 시체였다. 가난한 사람은 시체를 다 태울 만큼의 나무를 살 수 없기에 강에 버려지곤 했다.

시체는 물결 따라 흘러가고 노을이 갠지스 강을 장밋빛으로 물들인다. 옆으로 세 소녀를 태운 배가 지나가고 나는 아이들에게 눈인사를 한다. 셋 다 열 살 안팎으로 보이고 수줍은 듯 말을 하지 않아서 순진한 아이들인가 싶었다.

소녀들이 탄 배가 가까이 다가오더니 그 중 큰 아이가 꽃과 불 켜진 심지가 담긴 나뭇잎을 준다. 옆의 소녀는 내게 보여주듯 촛불이 켜진 또 하나의 나뭇잎을 강에 띄워 보낸다. 이끼빛 물결에 불꽃은 가물거리며 밀려가고 나는 좀전에 시체를 본 것도 까마득히 잊고 아름답다, 감탄한다.

꽃이 담긴 나뭇잎을 받아들고 멍청할 만큼 행복한 표정을 짓는 내게 아이가 표정을 돌연 바꾸며 루피! 하고 손을 내민다. 그러면 그렇지. 나도 당연한 듯 동전을 주면서 누가 인도를 이렇게 만들었나, 안타까워한다. 소녀들의 배가 앞으로 미끌어져 가자 나뭇잎을 가만 강에 띄운다. 좀전에 떠다니던 시체는 어느새 보이지 않고 갠지스에 바친 촛불이 강물 위에서 어린 혼처럼 가물거린다. 순간일지라도 아름다움을 만나기에 고된 여행을 할 수 있다.

생명들의 고통을 꿰뚫어 본 붓다——녹야원에서

「배 탈 시각이다. 일어나라」

구미자 남편이 방마다 소리치고 다녀서 시계를 보니 6시. 그는 매일 이 시각이면 2, 3층을 오르내리며 배를 타라고 숙박객들을 깨운다.

집이 동향이라 방에도 햇살이 비친다. 일어나 문을 여니 덩쿨나무 사이로 갠지스 강이 보인다. 해는 벌써 떠올라 수면이 사금파리처럼 반짝이고 관광객을 태운 배가 물살을 가르며 유유히 간다.

배를 타지 않고 강가를 산책하다. 이른 아침이라 구미자 집 부근은 한산한데 어디선가 빨래하는 소리가 들려온다. 소리나는 쪽으로 다가가니 인도인들이 강가에 늘어서서 빨래를 빨고 있다.

한국처럼 손으로 부벼 빨지 않고 돌에다 거듭 친다. 남녀가 나란히 늘어서서 빨래를 허공에 치는 광경은 구경꾼에겐 목가적으로 보인다. 빨래를 펼쳐 말리는 돌밭에 앉으니 옛스런 삶의 풍경이 어릴 때 놀았던 방천을 떠올리게 한다.

갠지스의 새벽은 야단스럽다. 신화 속에서 그들의 쉬바 신이 목욕한 성소라 떠오르는 해를 맞아 목욕하기 위해 몰려든 순례자들로 들끓는다.

그들은 태양을 향해 두 손 모으고 쉬바 신에게 기도드리며 머리 끝까지 세 번 물 속에 담근다. 갠지스 강에 목욕함으로써 죄를 씻을 수 있다고 믿기 때문이다. 주황색 사리를 입은 채 물에 들어간 중년 여인, 머리가 희끗한 노인, 각양각색의 사람들이 성하 갠지스에 빈다.

사원에선 징과 북을 두드리며 아침 기도를 올린다. 강 앞의 대형 간판에 그려진 쉬바 신은 몸에 뱀을 휘감은 채 네 팔을 펼쳐 신의 위력을 보이고 있다.

쉬바 신 앞을 지나 층계로 걸어가니 머리를 삭발한 사람들이 한 줄로 늘어앉아 뿌자리가 시키는 대로 주문을 따라 외우고 있다. 앞에는 그들이 바친 헌물이 놓여 있고 소꿉장난하듯 빨강·노랑·까망 꽃가루와 꽃이파리가 나뭇잎에 싸여 있다. 뿌자리가 강물을 떠와 그들의 머리에 쏟아붓고 다시 큰 목소리로 빠르게 중얼거린다.

그것을 가만 바라보니 긴 머리의 인도인이 다가와「저들은 부모가 죽었다」고 일러준다. 인도에선 상주가 되면 죄인이라 하여 머리를 깎는다더니 저건 상주가 치르는 의식인가 보다. 부모가 죽으면 자식이 죄인이라니, 이곳도 어김없이 동양이다.

바라나시에서 릭샤를 타고 세존이 처음으로 설법하신 사르나트에 가다. 보드가야에서 대오각성한 뒤 일주일 남짓 걸어 당도한 곳. 부처님은 여기서 그와 함께 수행한 적이 있는

갠지스의 새벽은 야단스럽다.
신화 속에서 그들의 쉬바 신이 목욕한 성소라
떠오르는 해를 맞아 목욕하기 위해 몰려든 순례자들로 들끓는다.

다섯 비구에게 최초의 설법을 했다.

비구들이여! 삶은 고통이다. 태어나고 늙는 것, 병들고 죽는 것은 괴로움이니라. 사랑하는 사람과 헤어져야 하는 것, 싫어하는 자와 만나야 하는 것, 구하나 얻어지지 않는 것, 영락을 잃는 것도 괴로움이니라.

이러한 고(苦)는 아(我)가 근원이며 탐내고 성내고 어리석은 것, 이 세 가지가 모든 고통의 원인이 되느니. 먼저 이 고(苦)를 알고 괴로움이 계속되는 집(集)을 끊어야 한다. 그리고 그것을 멸할 수 있는 길을 얻어야 한다. 거기다 도를 수행하지 않으면 안 되느니.

고(苦)·집(集)·멸(滅)·도(道), 영원히 변하지 않는 네 가지 진리 사성제(四聖제)의 가르침은 바로 사르나트에서 이루어진 것이다.

1940년대 영국인이 발굴한 사르나트는 기원전 2천5백 년경에 형성된 큰 도시였다고 한다. 현장의 기록에 의하면 7세기 중반까지도 1천5백 명의 스님들이 이곳에서 수도했다니 번성했으리라 짐작할 수 있다.

지금은 초전법륜을 기념하기 위해 아쇼카 대왕이 세운 다메크 탑만 옛 시대의 융성한 문화를 보여줄 뿐이다. 하늘 높이 솟았다는 승방, 정사의 건축물은 무슬림의 파괴와 세월에 깎여 초석만 남기고 있다.

날이 더워지기 시작하여 나무 밑에 앉으니 세월을 견디어 온 중후한 다메크 탑과 그 앞으로 펼쳐진 폐허의 터가 한눈에 들어온다. 군데군데 붉은 꽃무리가 만발하고 무성한 나무가 경내를 보호하듯 에워싸고 있다. 녹야원이라 불렀다더니 사슴이 뛰놀았을 것 같은 평화로운 풍경이다.

석가는 어찌하여 이 평화로운 뜰에서 고통을 깨우치도록 설법했을까. 행복해 보이는 삶을 누리면서 현실의 허상을 꿰뚫어 보신 이. 일찍이 생명들의 고통을 직시하고 본질을 찾고자 구도의 길에 들어섰던 성자.

석가는 첫 아들이 태어났다는 기쁜 소식을 듣고「라후라!」라고 탄식했다. 아들의 이름이 된 라후라는 장애라는 뜻이다.

불교가 고통에 대한 인식에서 출발했다는 점은 나를 경탄케 한다. 석가의 위대함은 카리스마가 아닌 인간으로서 자연의 굴레로부터 자신을 해방하고 영원한 기쁨의 길을 중생들에게 비추어주었다는 데에 있다.

박물관까지 관람하고 밖으로 나서니 두 아이가 물감을 던지려 해서 달랜다. 내일이 축제일이어서 바라나시에서도 벌써 물감 놀이가 시작됐다. 카쥬라호 행 비행기 표를 예매하고 소란이 끝날 때까지 여행사에서 기다렸는데 릭샤를 타니 인력거꾼이 실크 가게에 먼저 들리자, 딴말을 한다. 그들이 데려온 관광객들이 물건을 사면 주인에게 마진을 받을 수 있기 때문이다.

실크가 바라나시의 특산품이어서 인력거꾼이 데려간 가게에서 구경한다. 스카프와 옷 문양을 자세히 보면 그들의 옛 건축이나 전통에서 따온 것들이다. 가방과 치마에 박힌 거울

석가는 어찌하여 녹야원의 평화로운 뜰에서 고통을 깨우치도록 설법했을까.
행복해 보이는 삶을 누리면서 현실의 허상을 꿰뚫어 보신 이.

문양도 왕궁의 실내 장식을 응용한 것이다. 전통을 실생활에 훌륭하게 활용하면서 색채 등으로 상품을 재창조했다. 대량 생산을 했다 뿐이지 가히 예술이라 할 만하다. 희귀품이어야 예술이 되나?

예술적인 민족은 생활이 예술화되어 있다. 공예가들은 앞장 서서 생활을 예술화시켜야 한다. 그러나 한국의 공예가들은 예술가가 되기 위해 생활을 예술과 분리시킨다.

전에 육순의 도예가가 「공예는 만인에게 즐거움을 주어야 한다」고 했던 말이 생각난다. 그는 다시 태어나면 캉캉춤을 추는 무용수가 되어 사람들을 즐겁게 해주고 싶다고 했다. 예술이든 학문이든 궁극의 목표는 휴머니즘이 되어야 한다.

물감을 던지는 축제일

3월 22일.

오늘은 인도의 축제일이라 사람들이 모두 밖으로 나와 여느날보다 소란하다. 어린이부터 어른까지 물감을 서로 던지고 미친 사람들처럼 쏘다닌다.

강가로 옷에 온통 물감을 묻힌 한 무리의 인도인들이 북을 치며 가고 있다. 여자는 위험하다 하여 밖으로 나가지 않고 나 역시 숙소에 갇혀 발코니에서 강가를 지켜본다.

박물관에서 본 무갈화에도 나팔 불고 북 치며 노란 물감을 던지는 축제일 광경이 그려져 있었다. 인도인들은 인간의 본능을 누구보다 긍정하고 발산한다. 머리에까지 회칠을 하고 철저히 축제를 즐기는 그들은 인간에게 이러한 해방의 날이 필요함을 알고 있는 듯하다.

도식으로부터, 제도로부터, 계급으로부터, 인간이 정한 모든 법칙으로부터의 해방. 물감을 뒤집어쓰고 모두 평등해지는 일, 모두 미치광이가 되는 일. 단 하루쯤은 그런 날이 필요하다.

구미자 집에 묵고 있는 일본 대학생 다섯 명이 막 밖으로 나가다가 마을 아이들이 던진 물감을 뒤집어썼다. 도망을 가지만 물감 맞을 각오로 나간 것이 분명하다. 나 역시 거리로 나서고 싶으나 여자에겐 더 난폭하게 굴 것 같아 그만둔다. 인도에 온 이래 내 혼은 새처럼 해방되었으니 굳이 물감을 뒤집어쓸 필요가 있으랴.

축제도 오후 2시에 끝나 밖으로 나선다. 물감을 던지지 않는다 뿐이지 인도인들이 해방을 만끽하며 쏘다니긴 마찬가지다. 구미자 집에서 함께 나선 일본 대학생이 내게 조심하라고 일러준다.

철시한 상가를 지나 외진 골목으로 들어서니 약간 으슥한 기분이다. 아침에야 루피가 바닥난 것을 알았고 돈을 바꾸러 가는 것이다. 내일 떠나므로 오늘 밤에 방값을 계산해 주려면 암달러라도 바꾸어야 한다.

무사히 달러를 바꾸고 나오다가 앞골목으로 소리치며 뛰

어나오는 무리들과 마주쳐 뒷걸음치다. 축제일이라 흥분한 군중인 줄 알았더니 시체를 들것에 실은 사람들이었다.

시신 뒤를 무엇에 끌린 듯 뒤밟아 가는데 죽은 자가 미련을 떼며 마지막 가는 길이라 미로가 끝없이 이어지는 듯하다. 시신은 빨간 까판으로 덮여지고 꽃으로 장식됐다. 축제일의 주검이라 보다 화려한가.

화장터에선 이미 한 구의 시체가 타고 있다. 꽃으로 덮인 시신을 강가에 뉘여 놓고 한 사람은 향을 피우고 또 한 사람은 우물 정자식으로 장작을 쌓는다. 가족은 죽은 자의 얼굴에서 까판을 벗기고 갠지스 강물을 떠와 자꾸 부어준다. 마지막 얼굴을 어머니 갠지스의 손길로 씻기나 보다.

염불을 해준 뒤 시체를 장작 가운데 얹고 그 위에 다시 장작을 쌓는다. 짚에 불을 붙여 시신 주위를 세 번 돌고 입에 먼저 불을 당기니 불을 내뿜듯 장작에 불꽃이 번진다.

화장터 위 사원에서 징소리가 울리는데 옆에선 최후의 방이 무너지고 있다. 불탄 장작이 한쪽에서 무너지자 화부가 장대로 시신을 들친다. 콜 타르같이 까맣게 탄 뼈가 허수아비로 허공에 휘청인다. 불교에선 속세를 화택(火宅)이라 부른다지. 화택에서 살다가 화택에서 소멸하는 생.

축제일이 보름인지 달이 휘영청 밝다. 옥상에서 바라보니 만월의 강이 아름답다. 사람들도 달맞이를 하는지 배를 타고 밤의 강으로 미끌어져 간다.

그러고 보니 갠지스에서 밤배는 한번도 타보지 않았다. 구미자 집에선 해가 지면 문을 잠가 외출하려면 일일이 말을 해야 했다. 언젠가 숙박했던 일본 청년이 피살되었기 때문이라는데 숙박객들 대부분이 강도들의 표적이 되는 일본인이다.

옥상에서 함께 바람을 쏘이고 있는 준찌에게 배를 타자고 부추긴다. 19세의 준찌는 사람을 잘 웃기면서 순진하여 부담이 없다. 준찌가 아래층을 가리키며 「나도 둘이서 나가고 싶지만 주인이 허락하지 않을 거다」며 또 웃긴다.

「오늘은 축제일이야. 달이 아름답다. 규칙을 깨자」

준찌가 머리를 긁적이더니 아래층으로 내려간다. 우리들은 일이 다된 것으로 생각하고 좋아했다. 나도 나갈 준비를 하려고 내 방에 내려가는데 준찌가 벌써 올라온다. 「허락하지 않는다」 일러주며 고개를 가로젓는다. 준찌는 이내 포기한 모양이다. 김이 빠지지만 물러설 마음은 없다.

숄과 지갑을 들고 아래층으로 가니 의자에 앉아 있던 구미자 남편이 먼저 나를 부른다. 갠지스 강에 밤에 나가는 건 위험하다, 그래도 배를 타고 싶은가? 묻는다.

「나는 내일 여길 떠난다. 혼자서라도 배를 타고 달을 보고 싶다」

구미자 남편이 할 수 없다는 표정으로 몇 명이 배를 타길 원하는지 다시 묻는다. 옥상에 있는 사람 숫자를 5명이라 일러주니 내게 앉으라고 의자를 가리킨다.

「좋다. 내가 뱃사공을 불러줄 테니 주의해서 배를 타라」

배를 타러 가자고 위층으로 소리치니 기다렸다는 듯 우르르 사람들이 내려온다. 서너 명 나오려나 했더니 잠시 후 응접실이 가득 찬다. 구미자 남편이 눈을 휘둥그레 뜬다.

큰배에 가득한 인원이 15명. 내 옆방에 묵고 있는 젊은 부인은 아이를 데리고 나왔고 2층 입구 방을 쓰는 두 회사원도 따라나왔다. 2명만 숙소에 남아 있고 모두 나왔다.

인원수가 많아 어리둥절하다. 이들 모두가 배를 타고 싶었으나 참았단 말인가. 마치 부모 명령에 따르는 아이들처럼. 나라를 위해 초개처럼 목숨을 버린 가미가제 특공대와 이들 사이엔 어떤 연관성이 있을까. 극과 극이지만 결국은 동색이 아닐까.

민족성이란 곧 그들 역사와 문화의 무의식, 그 반영 같다. 일본 젊은이들의 규율에 대한 맹종은 그들 선조들의 칼의 문화를 무의식적으로 반영하는 것이 아닌지.

축제일이라 강변은 어느 때보다 떠들썩하다. 사원마다 불을 밝히고 종소리가 요란하다. 배가 강 가운데를 가르며 나아가는데 강변 쪽은 삶과 소란과 속(俗)의 풍경이며 모래사장이 펼쳐진 맞은편은 적요와 명상과 성(聖)의 세계이다.

인생의 양면이지만 인도에서처럼 이것을 극명하게 볼 수 있는 곳도 드물다. 성자가 많은가 하면 돈과 성(性)에 굶주린 듯한 본능적인 인도인들, 그들이 입을 열면 철학이거나 아니면 사기. 인도 땅 여기는 천국이고 저기는 지옥.

아름다움이 없는 곳에 추함이 없고 추함이 없는 곳에 아름다움도 없다. 그리하여 갠지스 강의 만월은 성과 속의 세계에

(사진 © Lee)

고루 빛을 뿌려 어느 것도 버리지 않는다.

망아지가 뛰어다니는 카쥬라호

타지마할이 있는 아그라를 거쳐 델리로 곧장 가려다가 아쉬움에 다시 카쥬라호로 방향을 돌리다. 남녀 교합상 미투나 조각으로 유명한 곳이지만 누구나 휴식을 취하고 싶을 만큼 작고 조용한 마을이다.

2달 전 이곳에도 일행들과 와서 단 하루 머물렀다. 진정한 여행이란 도식의 자리를 떠나면서 온갖 삶의 양상들을 만나는 일이다. 유적만 한눈에 둘러보고 휑하니 떠나는 관광은 무의미하다.

박물관 부근의 여관에 짐을 풀고 밖으로 나서니 어느새 해가 기울었다. 사원 문이 닫혀서 그 앞을 지나치는데 밝은 갈빛 사암 건물이 일몰의 시각에 어두운 분홍빛을 띠고 있어 환상적이다.

여느 유적지처럼 사원 앞에 가게며 관광 버스들이 늘어서 있지만 사원을 지나니 이내 거리가 조용하다. 나무와 들판으로 시야가 온통 푸르고 한가한 시골 풍경이 긴장을 풀게 한다.

바람이 불어와 얼굴을 맡기는데 저만치 앞에서 망아지 한 마리가 뛰어온다. 고삐가 풀렸는지 행길에서 독주하다 왼편으로 꺾인 길로 사라진다. 조용한 벽촌이라 했더니 망아지가 제멋대로 뛰어다닌다.

　문 여는 시각이 6시라 이른 아침에 사원을 가다. 벌써 해가 중천에 떴고 행길 가게에 서 있던 여관 주인이 나를 불러 차를 산다.

　막 문을 연 사원 뜰로 들어서니 새소리만 들려올 뿐 고요하다. 화단엔 갖가지 색깔의 꽃이 만발하고 아침 햇살 속에 사원들은 막 날아가려는 거대한 새처럼 여기저기 자리잡고 있다. 발 가는 대로 사원을 둘러본다. 한 사원의 층계를 올라가 힌두인의 규율에 따라 신발을 벗으니 바닥이 뜨뜻하다. 날이 더워지기 시작하는데 어제의 태양열이 남아 있다.

　전실(前室)에서 예배실을 거쳐 본당으로 들어서니 세 개의 얼굴을 가진 비쉬누 신이 햇빛 속으로 걸어나갈 차비를 한 듯 꽃목걸이를 두르고 서 있다.

　안에도 신상들이 있지만 사원 외면엔 헤아릴 수 없으리만치 수많은 인물들이 양각돼 있다. 비천등 여인상이 쉽게 눈에 띄는데 잠자고 일어나고 목욕하는 모습, 옷을 벗고 거울 보고 눈화장 하는 모습 등 여자의 하루 생활이 조각돼 있다. 허리를 한껏 틀고 발에서 가시를 뽑는 여인 조각은 조각가가 감탄했을 정도로 곡선이 좋다.

　이 사원에도 사실적인 에로 조각이 가득하다. 다리들이 칡처럼 엉킨 남녀 교합 조각과 그것을 옆에서 도와주기도 하고 힐끗 훔쳐보는 모습도 있다. 크고 긴 눈과 수줍은 듯 미소를

화단엔 갖가지 색깔의 꽃이 만발하고
아침 햇살 속에 사원들은 막 날아가려는 거대한 새처럼 여기저기 자리잡고 있다.
(사진 ⓒ Lee)

머금은 여인들 표정부터 관능적이며 코나락의 태양 사원 조각보단 조형에서 한결 세련되었다.

사원을 에워싼 낮은 담벽에도 미투나상이 요란하게 부조돼 있다. 전쟁 장면부터 전개되는데 코끼리를 끌고 칼을 들고 나아가는 모습, 병사가 말과 수간하는 모습도 있다. 한 병사가 다음 차례를 기다리고 있고 한 사람은 그 장면을 외면하느라 얼굴을 가리고 있다.

이어 남녀 교합이 갖가지 체위로 부조돼 있다. 천년 된 조각인데 현대 포르노가 무색할 정도로 노골적이다. 두 달 전 왔을 때 우리 일행을 안내했던 인도인은 「나라의 전쟁이 끝나자 곧 인간들의 전쟁이 시작되었다」고 문학적으로 설명했다. 그것은 정말 전쟁이었다.

사원마다 이러한 남녀 교합상, 신들과 음악가, 동물들의 모습을 표현하며 당시 인도인들의 생활상을 잘 보여주고 있다. 사원 외벽에 생의 단계를 표현한 것도 있다. 이십대에 공부하고 삼십대에 일하고 말년에 출가하여 열반에 드는 인도인의 이상적인 삶.

이슬람교의 영향을 받지 않은 중세까지의 인도인 사고 방식에는 성에 관한 터부는 일체 없었다고 한다. 남녀간의 육체적인 교합은 노동이나 기도 등 다른 일상 생활과 똑같이 취급되었다. 안내원도 사랑은 욕망만이 아니고 신의 현현이라 설명했지만 힌두 신화에서 신은 이렇게 긍정한다.

〈나는 인간의 삶의 목표 즉 감각의 충족, 번영의 추구, 성

스러운 임무의 경건한 성취는 초월하지만 이들 세 가지 목표를 이승에서의 본연의 의무라고 지적한다〉

인도의 모든 조형 예술이 그러하듯 카쥬라호의 조각들도 이러한 인도인들의 철학을 보여주고 있다. 이야기에 중점을 두었다는 면에서 민중 예술과 같고 그래서 조형으로는 떨어진다고 선생은 민중 예술의 한계를 지적했다.

바깥에서 인간들이 주어진 생을 누리고 있는 동안 신전에선 신들이 아침을 맞고 있다. 뱀 위에 누워 있는 비쉬누 신은 아침 햇살에 풍족해 보이고 남근 형태의 흰 대리석 링검 위엔 꽃잎들이 얹혀 있다. 아침마다 관리인이 꽃을 바쳐서 팔 잘린 비쉬누 발밑에도 꽃이 수북하다.

예배당 밖으로 나서니 벌써 돌바닥이 뜨겁다. 그것으로 시간이 흘렀음을 알 수 있다. 그때그때 돌의 온기를 느끼며 맨발로 신전에 들어가는 인도인들이 참으로 감각적인 민족이라는 생각이 든다. 음식을 손으로 먹는 것도 손끝으로 오는 묘미를 즐길 줄 알기 때문이다.

이성이 빠진 인도 예술의 한계

카쥬라호 사원들은 9세기에서 13세기 사이 북인도를 지배한 찬드라 왕조의 전성기에 백년 동안 지어진 것이다. 힌두교와 자이나교 사원을 차례로 80여 개 세웠으나 이슬람의 침공을 받아 멸망하고 사원도 우상을 싫어하는 이슬람교도에 의해 파괴됐다. 현재 남아 있는 것은 22개로 동서남쪽에 각기 모여 있다.

오후에 남쪽과 동쪽군의 사원들을 둘러보다. 동쪽군의 자이나교 사원은 교조 마하비라의 나상이 안치돼 있으나 히말라야 봉우리처럼 솟은 건축물은 힌두 사원과 같다. 남녀 교합상도 많이 보이고 허리를 틀고 발의 가시를 뽑는 여인과 눈화장을 하는 여인 양각은 보다 정교하다.

터질 듯한 가슴은 생명력을 표현한 것인데 힌두교에서는 남성적인 것을 대변하는 이성(理)보다 여성적인 것을 대변하는 에너지가 위다. 여성은 자연으로부터 물려받은 모성이 있기에 남자보다 강하다는 것.

사원들이 가까이 모여 있어 여기저기 걸음을 옮기는데 이따금씩 자전거를 탄 외국인들이 지나간다. 자전거를 탈 줄 알면 답사를 훨씬 편하게 할 텐데. 진작부터 자전거를 배운다는 것이 여태까지 미루었다. 내 게으름이 한심하지만 수공업적 방식의 여행도 때때로 뜻밖의 경험을 안겨준다.

토박이들이 사는 마을을 지나 들판에 있는 사원으로 가다. 비쉬누를 모신 작은 사원인데 곡식이 자라는 논 가운데 있어서 정경이 풍요롭다. 인적이 없고 고요해서 무인도에라도 온 것 같다. 인도에는 외딴 곳에도 사원이 많다. 카쥬라호 역시 지금도 기차로는 올 수 없는, 교통이 불편한 곳이다. 천년 전에는 더욱 왕래하기 어려웠으리라. 현대인들은 이런 점에 신비를 느낀다.

카쥬라호는 외진 곳이라 인구도 적고 흥미를 끌 만한 무엇도 없으며 여름엔 대단히 더운 고장으로 알려져 있다. 이토록 기념비적인 크기로 80여 개의 건축물을 세우자면 거대한 힘의 집합을 필요로 했을 것이다. 그들의 외경심을 돌에 불어넣기 위해 노동력은 어떻게 동원했을까.

외진 장소 덕분으로 무슬림에게 더 이상 사원을 짓밟히지 않고 보존할 수 있었던 것은 다행이다. 하고자 한다면 못 이룰 것이 없는 인간의 무한한 능력 앞에 내가 왜소해진다. 대하소설을 쓰면서 벌써 「나는 이루었다」고 스스로를 평가한 동세대 작가도 있지만 드넓은 지구에서 인간들이 이루어놓은 거대한 유적들을 보면 그런 소리를 할 수 없을 것 같다. 여행은 겸손을 가르쳐주니 집착도 미숙하게 여겨질 뿐.

날이 무더워 사원 옆 그늘에 앉아 한가한 시간을 보낸다. 언뜻 위를 올려다보니 미투나상이 눈에 들어온다. 그들의 깊은 포옹을 물끄러미 지켜보다 후딱 일어나 자리를 뜬다. 관광객들 틈에 끼어 볼 때와 혼자 호젓하게 볼 때와 느낌이 다르다. 앞서는 객관적으로 보았으나 시방은 주관적으로 전해져 감정을 자극한다. 로댕의 「포옹」을 보고 외롭다는 생각을 하진 않을텐데.

숙소로 돌아가다 길을 잃어버려 아이에게 길을 묻는다. 열 살 안팎으로 보이는 사내아이는 제가 가르쳐준다며 앞장 서고 내게 이름과 나이까지 물어본다. 인도에선 어른이나 아이

이 사원에도 사실적인 에로 조각이 가득하다.
다리들이 칡처럼 엉킨 남녀 교합 조각,
크고 긴 눈과 수줍은 듯 미소를 머금은 여인들 표정부터 관능적이다.

나 남의 신상에 대해 묻기 좋아한다. 아이는 또 「인도인 친구가 있느냐?」 물어본다. 그건 무슨 뜻일까.

호텔 식당에서 점심을 먹고 호텔 안에 있는 옷 가게에 들렀을 때도 젊은 주인이 그렇게 물었다. 그는 내게 친구로서 내일 아침 그들 가족의 식사에 초대하겠노라 했다. 또 함께 있던 누이 남편을 소개하면서 옆에 붙어 있는 그들의 가게로 안내했다. 민화 등을 모사하여 파는 미술품 가게였다. 그는 상술을 발휘하느라 몇 개의 그림을 내 앞에 펼쳤다. 모두가 카쥬라호 미투나상보다 농염해 보이는 음화였다.

얘기하다 돌아보니 아이들이 셋이나 따라오고 있다. 길을 가르쳐준 아이에게 고맙다 인사하고 돌아서려니 뽀뽀를 해달라고 뺨을 내민다. 귀여워서 뺨에 입맞추어주니 나머지 세 아이가 다투어 뺨을 내민다. 갑자기 징그러워 뿌리치고 가려 하자 아이들이 벌떼처럼 달려든다. 마침 마을 어른이 지나가길래 도움을 청했더니 그가 소리쳐 쫓아보낸다. 아이들도 고삐 풀린 망아지 같다.

다음날 아침에 산보 겸 미처 보지 못한 사원 하나를 찾기 위해 마을 쪽으로 다시 나서다. 어제 그 아이들을 만날까 봐 일부러 이른 아침 시간을 택했다. 그러나 논 옆에 있는 사원을 찾았을 때 어제 본 아이 중 한 녀석과 부딪쳤다. 7시밖에 되지 않았건만 벌써 집 밖을 돌아다니다니. 나는 아이를 외면하면서 따라오지 말라고 손을 내저었다.

「내겐 아무 문제가 없다. 돈을 달라고 하지도 않았다. 왜

204

가라고 하느냐. 내 친구들이 없으니까 오늘은 괜찮다」

뒤돌아 다시 보니 눈이 반짝거리는 총기 있는 아이였다. 더이상 따돌리지 않고 조용히 하라는 주의만 준다.

논 옆에 있는 사원 속엔 비쉬누의 또 다른 모습인 난쟁이가 모셔져 있다. 아직 시간이 일러 신전이 잠겨 있지만 창살 사이로 팔 잘린 난쟁이 신을 볼 수 있다. 아이가 옆에서 무슬림이 파괴했다고 일러준다.

본당엔 들어갈 수 없고 층계 위 예배실에 서 있다가 아이가 기둥을 받치고 있는 대 위에 올라가 앉는다. 내게도 앉으라 해서 기둥 옆에 나란히 앉으니 시야에 푸른 논밭이 펼쳐져 나쁘지 않다.

「넌 학교에 다니느냐?」

「초등학교 4학년이다」

「영어는 언제 배웠니?」

「2학년 때부터 학교에서 배워」

아이와 말을 나누는데 바로 위에서 짹짹이는 소리가 가냘프게 들려온다. 아이가 천정 아래 기둥 틈 사이로 손을 넣더니 새끼 제비를 꺼낸다. 갓 낳은 것인지 털도 채 자라지 않아 애처롭다. 내가 다시 넣어두라고 타이르니,

「새는 내 친구야. 괜찮아」

친구라는 말이 예뻐서 내버려두니 아이도 새끼를 제자리에 넣어준다. 주머니에 드롭프스가 있길래 아이에게 준다. 둘이서 드롭프스를 까먹는데 어디선가 제비 한 마리가 날아와

주위를 배회한다. 새끼가 있는 둥지 밑에 사람이 있어 불안한가 보다. 아이도 그걸 눈치 채고 문제가 있다며 일어난다.

넓은 기단부를 돌아가며 탑신에 장식된 조각들을 훑어본다. 노골적인 남녀 교합상이 여기서도 몇 장면 보인다. 모른체하고 스쳐가려니 녀석이 미투나, 하고 가리킨다.

「응, 저건 조각일 뿐이야」

내 말에 녀석이 씨익 웃는데 어제 길에서 뽀뽀 해달라고 달려들던 아이들이 떠올랐다. 이 동네 아이들은 어릴 때부터 미투나상을 보면서 자랐다. 아이들이 왜 조숙한지, 카쥬라호에 제비족 같은 젊은 남자들이 왜 많이 보이는지 그제야 깨닫고 선생의 말이 옳았음을 확인한다.

선생은 일찍 희랍, 이집트 등 세계를 일주하며 고대 미술에서부터 현대 미술을 둘러보았다. 돌아오자마자 경주로 내려가 석굴암과 비교했다는 분인데 또 하나의 문명 발생지인 이번 인도 여행에 몹시 기대를 걸었다.

카쥬라호에선 그의 기대가 충족되지 못했다. 선생은 사원을 둘러보고 인도 예술에 이성이 없음을 지적했다. 이집트나 희랍 예술처럼 교과서급은 못 된다, 희랍 예술의 정신은 팽팽하다고 비교했다.

내게 처음으로 인도에 대해 들려주고 꿈꾸도록 해준 이는 박생광 화백이었다. 그는 인도에 다녀온 후 영감을 받아 혜초, 나알란다 대학 등 여러 점의 그림을 그렸다. 그는 최종태 선생과 달리 에너지 넘치는 인도 예술을 좋아했다. 예술의 바탕이 되는 그들의 철학을 높이 평가했다. 두 분의 기질이 다른 탓이다.

「우리 선조들은 성에 대해 시끄럽게 말이 많았지만 인도 사람들은 이것을 생존 원리로 생각했어. 지혜로운 문화야」

성이 은폐된 사회의 위선을 생각하면 인도인들의 이 철학은 명쾌하다. 그러나 인도인들은 이것을 이야기로 표현하는 데 그쳤고, 최종태 선생의 지적대로 그 점은 인도 민중 예술의 한계였다.

좋은 예술이란 우리의 혼을 승화시켜 감동을 주는 작품을 말한다. 유행가는 감정을 자극하지만 고전 음악은 혼을 고양시킨다. 우리가 좋은 예술을 접해야 하는 까닭이 여기 있는데 본능을 있는 그대로 표현함으로써 보는 이를 본능에 머물게 하는 카쥬라호의 미투나상이 그것을 시사해 준다.

전쟁을 포기했던 유일한 통치자 아쇼카

카쥬라호에서 밤 직행 버스를 타고 새벽에 보팔 도착. 다시 기차로 1시간 가량 달려 산치 역에 내리다.

역도 한산했지만 대합실 밖으로 나서니 넓은 길 하나만 뻗어 있다. 릭샤도 보이지 않아 작은 마을임을 실감한다. 숙소에 짐을 풀어놓고 기차길 옆으로 어슬렁 걸어가니 집들이 보인다. 집 뒤꼍에서 빨래를 널던 여자가 나를 홀끗 보곤 안으로 들어간다. 밖에 서 있는 아이는 온통 물감이 묻은 옷을 입고 있다.

이내 밖으로 나온 여자가 혼자 웃더니 갑자기 내 쪽으로 달려온다. 손에 무언가 쥐고 있어 물감인 것을 알아채고 달아난다. 지역마다 축제일이 조금씩 다르다더니 이곳에선 오늘 물감 놀이를 하나 보다.

밤새 버스에 시달려서 한잠을 자고 오후 3시가 넘어 밖으로 나선다. 큰길을 따라 걸어가는데 맞은편에서 걸어오던 마을 청소년들이 내게 물감을 던지러 다가온다.

「시간이 지났잖아. 그만둬, 제발」

한번쯤 물감 세례를 받아도 되지만 씻을 기운도 없다. 뜻밖에도 한 소년이 친구들을 제지하여 데리고 간다. 작은 마을이라 사람들도 순하고 축제일 같지 않게 조용하다.

오솔길을 오르면서 얼핏 스투파를 보았지만 언덕에 다다르니 상상보다 큰 세 개의 둥근 탑이 자리잡고 있다. 사발을 엎어놓은 형인데 대탑은 높이 16m, 직경 37m로서 겉을 벽돌로 쌓고 둘레에 난간을 둘러 참배객들이 돌 수 있도록 했다.

속에 부처님 사리를 모신 대탑은 거대한 고분을 연상케 하는데 주위로 낮은 담을 둘러놓고 사방에 문을 냈다. 부처님 본생담의 불교 설화가 조각된 네 개의 문은 불꽃처럼 솟아 있어 장려하고 태고 속으로 방문자를 인도하는 듯하다.

이 스투파는 기원전 3세기에 세워졌다. 당시엔 부처님을 조각으로 형상화하는 행위도 금기였다. 대신 보리수나 법

208

류, 연꽃으로 부처님을 상징하여 원숭이가 보리수 아래서 공양하거나 사람이 타지 않은 말로 〈위대한 출가〉를 나타내고 달밤에 서 있는 코끼리로 마야 부인의 꿈을 표현했다.

나뭇가지를 잡은 채 허리를 틀고 비스듬히 기대어 있는 동문의 육감적인 약시 여신은 인도 조각의 특성을 잘 보여준다. 산치를 상징하는 조각 중의 하나다. 캬쥬라호 조각과 달리 인물들의 표정은 순박하고 성실하여 당시 삶의 면모를 추측할 수 있다.

남문에는 불교 신자로서 아쇼카 대왕의 생애도 묘사돼 있다. 산치 대탑을 세운 마우리아의 위대한 왕이다. 역사에 알려진 왕들 중에서 전쟁을 포기했던 유일한 왕이었기에 가장 고귀한 통치자 중의 한 사람이다.

기원전 273년, 거대한 제국을 물려받은 아쇼카는 주변에 있는 소왕국들을 병합하고 오릿사 지방의 칼링가 왕국을 침략했다. 그는 이 정복 전쟁에서 승리했으나 강한 침략 행위로 인한 참혹한 유혈을 보고 마음에 큰 충격을 받았다.

이에 그는 슬퍼하면서 모든 정복 전쟁을 포기할 것을 선언하고 백성들을 위한 공공 사업을 펼쳐나갔다. 인간뿐 아니라 동물을 위해서도 무료 병원을 개설하고 열렬한 불교 신자로서 유적지에 탑을 세우고 세금을 감면했다. 그의 칙사들은 이 지구상에 평화와 선의가 이룩되길 소망하는 아쇼카의 대리자로서 중앙 아시아와 시리아, 이집트, 마케도니아로 건너가 석가의 말씀을 전했다.

언덕에 다다르니 상상보다 큰 세 개의 둥근 탑이 자리잡고 있다.
사발을 엎어 놓은 형인데 대탑은 높이 16m, 직경 37m로서
겉을 벽돌로 쌓고 둘레에 난간을 둘러 참배객들이 돌 수 있도록 했다.

사르나트 박물관에 소장된 아쇼카 시대의 돌사자상은 오늘날 인도의 국장(國章)이 되고 있다. 온화하면서 늠름한 돌사자상이 아쇼카의 상징 같은데 H.G. 웰스는 그의 저서에서 아쇼카에 대해 이렇게 썼다.

〈역사의 페이지를 메우고 있는 수십만 군주의 이름 가운데서, 그들의 위엄과 자비로움, 평온함과 왕으로서의 고매함 가운데서 아쇼카의 이름은 사실상 거의 혼자서만 빛을 내는 별이다.〉

대탑 옆에는 아쇼카의 돌기둥이 방치돼 있고 부근엔 폐허가 된 사원들과 그 편린이 남아 시대를 보여준다. 평평한 지붕을 기둥들이 받치고 있는 굽타 시대 사원은 그리스의 영향을 엿보게 한다. 7세기에 지어진 예배소엔 고전적인 그리스 기둥이 남아 있다.

석가의 석상도 알렉산더 대왕의 침입을 받았던 간다라 지방에서 불교가 성행하면서 1-2세기경 만들어지기 시작했다. 한국도 중국과 인도에서 문화를 받아들였는데 산치 대탑에 둘러진 난간 형식은 8세기 신라 성덕왕릉에 그대로 이식된다. 지금 세계는 하나라고 하지만 세계가 일찍이 실핏줄처럼 연결되어 문화를 주고받았음을 알 수 있다.

나뭇가지를 잡은 채 허리를 틀고 비스듬히 기대어 있는 동문의 육감적인 약시 여신은
인도 조각의 특성을 잘 보여준다.

불교의 죽음——산치

산치는 다행히 무슬림의 눈에 띄지 않아 인도의 여느 유적지들처럼 파괴당하지 않았다. 불교의 쇠퇴와 함께 무관심 속에 묻혀버렸고 1818년 영국인 고고학자에 의해 발굴됐다. 마른 풀이 발을 찌르는 옛 절터와 팔다리가 깨어진 채 눈을 감고 있는 불상이 오늘날 잊혀진 불교의 자리를 잘 보여주고 있다.

대탑 옆의 사원터에선 축제일에 인부들이 돌을 깔고 있으나 그 흔한 힌두 노래도 들려오지 않는다. 손꼽을 정도의 관광객만 보일 뿐 귀찮게 구는 안내원도 없다. 볕은 따갑지만 아직 봄이 오지 않았는지 나뭇가지들이 말라 있다.

언덕 아래를 내려다보니 철길이 나 있는 들판이 괴괴할 정도로 고요하다. 어젯밤 비가 온 탓에 바람이 불지만 이곳엔 어떤 기운이 물처럼 고여 있다. 큰 매가 먹이를 찾는지 하늘을 맴돌고 있으나 죽은 듯한 정물화는 깨어나지 않는다. 죽음이란 단어가 무심히 튀어나오자 그제야 깨닫는다. 정적이 고인 산치 풍경은 바로 불교의 죽음을 보여주고 있음을.

인도에서 불교는 왜 쇠퇴했을까. 이것은 내가 서울을 떠날 때부터 품었던 의문이다. 여러 가지 원인이 지적되고 있지만 나름대로 판단한다면 불교는 인도 민족의 정서에 맞지 않는 듯하다.

〈감각에의 충족〉을 인간 본연의 목표 중 하나로 생각하며 내세에 희망을 거는 인도인들. 생의 부정으로부터 출발하여 해탈을 위해 자의지를 강조한 불교는 낙천적인 민중 속에서 오래 지속되지 못한 듯하다.

즐기지 못하므로 혼자는 불행하다고 말하는 힌두인들. 이 지적인 불교는 삶에의 맹목적 의지를 정복하라고 가르치지만 힌두들은 생명의 본래적인 힘을 보다 찬양한다.

낡은 버스로 밤새 달린 것이 힘겨웠던지 또다시 감기가 덮쳤다. 기침을 하면서 오전엔 아쇼카 왕비가 성장했던 도시 비디샤를 거쳐 우다이기리로 가다. 4세기에서 6세기 사이에 세워진 굽타 시대 석굴은 절벽 같은 암석을 파서 20개의 굴을 판 것으로 멧돼지로 현현한 비쉬누와 힌두신들을 모시고 있다.

굴 하나는 찬드라 굽타 2세가 개인 수도장으로 사용했는데 석굴로 가는 오솔길이 너무나 고요해서 신 앞에 서기 전에 마음을 정결히 해줄 것 같다. 이런 곳에서 기도한 왕이라면 나라를 평화롭게 다스리지 않았을까.

오후 2시가 지나 주린 배로 점심을 들었으나 이국의 음식이 역겹다. 레스트 하우스에서 닝닝한 콩수프를 먹다 말고 그릇을 치워달라고 부탁한다. 여태까진 의무로 먹었지만 아프니까 입맛이 없어서 쳐다보기도 싫다.

차를 마시며 창 밖을 바라보려니 숲속에 스투파가 솟아 있는 풍경이 낯익다. 어제도 이 앞을 지나가며 같은 위치에서 보았겠지만 무의식 속에 스쳐간 어떤 장면 같다.

싱겁게도, 전생에 여길 왔나? 생각하다 창 밖의 풍경이 그토록 낯익은 이유를 알아냈다. 박생광 선생의 스케치에서 본 장면이었다. 언덕에 감도는 적요까지도 선생의 그림에 깃들어 있었다.

선생은 아마 이 호텔에 머물렀나 보다. 어쩌면 그가 이 자리에서 스케치를 했을지 모른다 생각하니 기분이 묘하다.

「인도, 참 거대한 정신이야. 인도에는 영원이 있어요. 인도 사람들은 아무것도 두려워 않고 안심하고 삽니다. 태어나는 것은 죽기 위해서고 내세에 다시 태어난다고 믿고 있어요. 나는 신도 운명도 믿지 않는 사람이지만 인간이 재로 끝난다는 것은 믿어지지 않아. 인도에 갔다 와서 내세가 있다고 믿고 싶어. 후회 없이 죽으려면 인도엔 꼭 가보세요」

7년 전 팔순의 생애 처음으로 뉴델리에 착륙하며 「붓다의 고향이다, 보석을 깔아놓은 야경이다. 홍콩과 방콕과는 다르다. 나의 꿈이었기에 그런가?」 되뇌었다는 노화백.

산치, 아잔타, 엘로라 석굴에서 무서운, 유구한 생명력을 보고 힘을 얻었으며 피와 생명을 탐식하는 마더 칼리와 힌두 신들 앞에서 한국 무당에게 얻었던 것 같은 영감을 받았노라 했다.

인도 여행 후 남은 생애에 아름답고 강한 그림을 그리리라 하시더니 노화가는 쌓아둔 화선지도 못 채우고 세상을 떠났다. 아마도 단청이 꽃 핀 그의 화폭처럼 화려한 내세로 가셨으리라. 그 화려한 내세도 산치 풍경처럼 고요히 떠올라 쓸쓸하기가 다를 바 없다.

산치의 석양.
정적이 고인 산치 풍경은 불교의 죽음을 보여주는 듯하다.

환희의 도시 만두

3월 29일.

인도 중부 마디아 프레데쉬 주의 수도인 보팔을 거쳐 만두
mandu로 건너뛰다. 감기 때문에 보팔 여행은 뒷날로 미루고
터미널로 가는데 미친 여자가 혼자 중얼거리며 네거리에서
차들을 가로막고 있다.

인도에 온 이래 미친 사람은 처음 본다. 5년 전 가스 폭발
로 천 명 이상 죽은 도시인데 미친 여자는 그 보팔의 상징처
럼 내 머리에 새겨질 것이다.

인도 중부에서 가장 흥미 있는 볼거리의 하나라는 만두성
은 보팔에서도 하루 꼬박 걸린다. 무리하지 않기 위해 인도르
에서 하루 머물고 다음날 떠났다. 버스길 아래로 넓은 계곡을
굽어보다 성문으로 들어섰을 땐 늦은 오후였다.

이날 장이 열렸는지 종점 주위로 난전이 벌어져 있다. 손
으로 두들겨 만든 농기구들, 토기, 망고와 토마토가 쌓여 있
다. 건물도 옛 사원과 차를 파는 가게 하나, 식당 하나와 여
인숙밖에 없고 외국 관광객도 보이지 않는다. 외진 곳이라 이
곳에도 문명이 발을 붙이지 못했다. 돔의 사원 앞으로 행상들
이 늘어서 있는 정경이 고대의 연장이다.

지나가던 마을 여인이 쥐어준 앵두같이 작은 과일을 맛보
며 자미마스지드를 둘러본다. 인도에서 가장 크고 훌륭한 아
프칸 건축의 예로 꼽히는 사원이다. 시리아의 다마스커스 대

사원을 본떠 1454년에 세웠다는데 2층 건물 위로 솟은 크고 작은 돔들이 중후해 보인다.

다이아몬드형과 십자형 등 기하학적 문양으로 이어진 창들, 건물에 아직 지워지지 않은 환상적인 색채들, 신상이 없는 드넓은 홀과 바닥 하나에도 정교하게 새겨진 별 문양 등이 여태 보아온 힌두 문화와 달라 새롭다.

돔 천장에 집을 짓고 사는 새들이 이방인이 들어서자 경고하듯 날카로운 소리를 내며 날아다닌다. 그렇게 괴이한 새소리를 처음 듣는다. 그만큼 먼곳으로 들어온 듯해서 기대로 설레인다.

정부 직영 호텔에 짐을 풀고 부근에 있는 황실 영지를 산책하다. 갈빛을 띠는 빈 들판을 가로질러 가니 무너진 옛 건물과 큰 호수가 보인다. 폐수처럼 연두 물풀이 수면을 덮었지만 마을 사람들이 낚싯대를 드리우고 있다.

드넓은 영지 안에는 말와 왕조의 궁들과 사원, 여러 건물들이 세월의 흔적을 간직한 채 배치돼 있다. 복도 벽감에 그려진 왕과 왕비의 얼굴이 채 지워지지 않은 2층 건물도 보이고 찬물과 뜨거운 물을 만들어 쓴 지하 욕소도 있다.

동화 속의 오두막집처럼 작고 둥근 지붕의 터키탕도 남아 있다. 돔 한가운데 작은 원을 뚫고 위에서 아래로 점점 커지는 별 문양도 뚫어 그 사이로 하늘이 보인다. 욕소 안엔 물이 흐르도록 파인 홈이 있고 하늘이 별 문양으로 보여 탐미적인 생활을 엿보게 한다.

외벽이 경사져서 흔들리는 궁전으로 불리는 힌돌라마할은 그다지 손상되지 않았다. 알현실로 쓰였다는 이 건물엔 경사 진 기둥 사이사이 아치형 입구가 늘어서 있다. 건물 한쪽 끝에 있는 넓고 경사진 비탈길은 통치자가 코끼리를 타고 2층으로 오르는 길이다. 코끼리도 사용할 수 있을 정도로 튼튼하고 중후한 이 건물은 기야수딘 왕이 지은 것으로 왕실 영지 안에서 가장 낭만적이고 아름다운 자하즈마할을 세운 왕이다.

환희의 도시로 알려진 만두는 보팔을 세운 라자 보르에 의해 10세기경 요새지로 발견되었으나 1401년 아프칸의 말와 왕국 딜라와칸이 이곳에 그의 작은 왕국을 세움으로써 황금시대로 들어섰다.

3대 왕인 딜라와칸의 손자가 막역한 친구 마흐무드칸에게 독살당한 뒤엔 마흐무드가 33년간 통치했다. 그는 늘 전쟁을 일으켜 만두를 중요한 요지로 만들고 번성시켰다.

1469년 왕위에 오른 그의 아들 기야수딘은 전쟁을 좋아하는 아버지에 질려서 여성과 노래에 30여 년을 바쳤다. 자하즈마할도 그가 총애하는 후궁을 위해 지은 건물이다.

여성에 대한 예외적인 애호에도 불구하고 그는 금주가였다. 그의 재임시 전쟁은 거의 없었고 왕은 자유와 정의와 자선으로 왕국을 다스렸다고 전해진다.

자하즈마할은 이런 태평시에 지어진, 만두에서 가장 유명한 건축물이다. 예술적인 두 개의 호수를 끼고 120m의 긴 배처럼 세워져 배의 궁전으로 불리기도 한다.

아래층엔 열 개도 넘는 아치 문이 있어 거대한 홀로 통하고, 뜰에서 2층까지 이어진 계단으로 올라가면 돔의 작은 정자가 양끝에 세워진 옥상에서 두 개의 호수와 황실 영지를 한눈에 볼 수 있다.

파랑 노랑 타일로 장식된 둥근 천장, 메아리처럼 이어지는 복도, 테라스 앞으로 흐르는 수로를 통해 물을 공급받았던 노천 목욕소와 그 주위로 휴식을 취하고 있었을 유혹적인 후궁처의 여인들.

인생의 즐거움과 낭만적인 미의 정신이 투사된 그들의 건축물에서 회교 통치자들의 독특한 궁전 생활을 상상할 수 있다. 배의 궁전은 기야수딘 시대의 행복을 보여주지만 그것도 도를 넘었는지 왕은 80세에 타의에 의해 생애를 마감한다. 아버지의 도락에 질린 아들이 독약으로 노구의 왕을 죽였다.

탐미의 끝도 허무라는 것. 석양에 저무는 자하즈마할이 그것을 말해 주는 듯한데 배가 흔들린 양 서편 호수 멀리 잔물결이 금빛으로 밀리고 있다.

가까운 골짜기

어제 자하즈마할에서 마주친 두 인도 청년과 독일 여성 일행을 버스 종점에서 다시 만나 그들의 차에 합승하다. 인도인들은 건축 기사로 만두의 건축을 연구하기 위해 해마다 온다고 했다.

그들의 안내로 만두성 남쪽 끝에 있는 바즈 바하드르, 루프마티 궁전에 가다. 독립된 왕국으로서의 만두를 마지막 통치했던 바즈 바하드르 왕은 만두의 낭만을 대표하는 인물이다. 그와 루프마티의 헌신적인 사랑의 노래는 말와의 애호받는 민요로 아직까지 노래되고 있다 한다.

1509년 세워진 바즈 바하드르 궁은 거의 폐허가 되어 있고 루프마티의 처소는 연인의 궁을 내려다보며 언덕 위에 서 있다. 전설에 의하면 루프마티는 아름다운 힌두의 가수로 왕은 이곳에 그녀를 위한 처소를 지으면서 집을 떠나도록 설득했다.

만두성 끝머리에 세워져 강을 내려다볼 수 있는 처소의 위치만큼이나 그녀의 인생은 드라마틱하다. 1561년 무갈 황제 아크바르가 만두를 침략했을 때 바즈 바하드르는 전쟁터에서 도망가고 루프마티는 적의 손에 들어갔다. 아크바르가 만두를 신속히 정복한 것은 루프마티의 아름다움에도 부분적으로 기인한다는데 이 가엾은 여인은 자살로 사랑의 끝을 맺었다.

안으로 들어서면 벽이 정면으로 보이고 벽을 따라 문으로 들어가면 또 벽이 시야를 가로막는다. 이런 건물 구조가 회교인들의 배타성 혹은 베일에 가린 그들 내면의 상징 같다. 타종교를 용납하지 않는 거친 침략자, 그러면서 극적인 사랑으로 일화를 남긴 종족. 샤자한이 죽은 아내를 위해 지은 타지마할은 세계에서 가장 아름다운 건축물의 하나로 꼽힌다.

바즈 바하드르 궁을 둘러보고 돔의 기하학적 선 등 회교 건축의 신비를 재확인한다. 내가 감상을 말하니 설계도 어딜 봐도 화장실이 없는 점까지 신비하다고 건축 기사가 익살을 떤다. 아마도 당시엔 남녀가 각기 한줄로 늘어서 반대 방향의 숲으로 들어가 볼일을 봤을 거다, 상상을 펼쳤다.

궁 앞에 있는 연못엔 퇴색한 시간처럼 퍼런 물풀이 끼어 있고 물도 탁하다. 폐허도 훌륭한 놀이터라 연못 주위로 아이들이 놀고 있다. 건축 기사가 아이들 시선을 돌리려고 동전을 연못으로 던지니 그 중 두 아이가 물고기처럼 날쌔게 뛰어든다. 한 아이는 더러운 물 속에서 기어이 동전을 찾아 우리 앞으로 들어 보였고 나는 그들을 가리키며 확언했다.

「저 정열적인 아이들은 분명히 무슬림이다」

해질 무렵엔 일몰을 구경하러 〈선셋 포인트 sunset point〉로 가다. 계곡이 내려다보이는 지점에 원두막까지 세워져 있다. 만두의 계곡은 들판이 주저앉아 형성된 것처럼 얕고 드넓다. 한여름 기후에 아직도 등이 후끈한데 나무들은 이제야 봄을 맞은 듯 연두꽃을 피우고 있다.

숯불 같은 해가 계곡 한가운데 걸려 있다. 평원의 일몰은 장엄하지만 계곡에 안긴 붉은 해는 곱기만 하다. 크리스티나가 옆에서 낮은 감탄사를 낸다. 인도에 일찍부터 흥미를 가져서 산스크리트어를 배웠다는 독일 여대생. 유럽을 꿈꾸는 인도 남자들이 접근하는 바람에 싸움을 벌인 적도 있지만 인도는 대단히 좋아한다고 말했다.

가난과 더위와 무지가 이방인을 지치게 만들지만 그럼에도 불구하고 인도엔 그것을 상쇄할 만한 매력이 있다. 골짜기를 갈빛으로 물들이고 하강하는 태양을 지켜보는데 건축 기사가 불쑥 내가 쓴 소설 제목을 묻는다.

나는 계곡을 가리키며『가까운 골짜기』라고 일러준다. 내용을 물어서「먼 골짜기를 헤매며 구원을 찾는 이야기」라고 간단히 설명한다.

그러고 보니 내가 여기까지 온 것도 구원 찾기의 연장이 아닌가. 인생이 골짜기같이 아득하고 그래서 늘 갈 길이 암담했다. 인도에 와서야 처음으로 가까운 어떤 길을 본 듯하다. 인간 존재의 왜소함을 가르쳐주는 광막한 대지가 골짜기의 그 아득한 거리를 지워준 것일까.

인도의 밤

크리스티나가 건축 기사들이 있는 구자라트 주로 함께 떠나고, 나는 그들이 묵었던 타벨리마할로 숙소를 옮겼다.

황실 영지 어구에 있는 2층 건물은 관리인이 사용하면서 윗층은 여행자들에게 숙소로 빌려주고 있다. 당시에 아래층은 마구간으로, 윗층은 경호원들의 숙소로 쓰였다지만 주변 경관과 조화를 이루어 이 건물 역시 아름답다.

무엇보다 전망이 좋아서 방문을 열고 테라스에 서면 자하즈마할과 호수, 황실 영지가 한눈에 들어온다. 욕조가 붙은 넓은 욕실 창으로도 호수가 보이고 드레스실까지 달려 있는 숙소라니. 이토록 전망 좋은 방에서 내일 떠나야 한다니 차표 예약도 후회스러웠다. 사흘 전 인도르에서 내일 라자스탄으로 떠나는 기차표를 예약해 두었기 때문이다.

오후엔 왕이 우기(雨期)에만 머물렀다는 별궁에 가다. 건물은 거의 무너졌으나 궁터 밑으로 펼쳐진 계곡이 장관이었다. 인가가 서너 채 있을 뿐 연갈색의 나무들이 파스텔 색조로 덮인 계곡에서 외계의 어떤 소리 같은 낯선 새소리만 들려온다. 골짜기가 초록으로 덮이고 폭포가 쏟아질 우기를 상상하니 회교도들이 얼마나 탐미적인 종족인가, 다시 감탄한다.

저녁엔 테라스에 앉아 저물어가는 배의 궁전을 지켜본다. 뒷날 만두에 머물렀던 무슬림 왕 자항기르의 기록에 의하면 궁전에서 행사를 치를 때 그 집회가 눈부셨다고 한다. 어두워지면서 궁전과 수조 주위로 램프를 켜면 그 빛이 수면에 반사되어 헤일 수 없는 불의 꽃들이 별처럼 깔렸다 한다. 오늘 밤에는 궁전 위로 뜨는 별을 보리라.

오후 늦게 도착한 젊은 인도인 부부가 옆방에 짐을 풀었다. 내가 저녁을 끝내고 차를 마시는데 그들도 테라스 탁자에서 식사를 한다. 부인은 여느 인도 여자처럼 미인이고 흰 도티를 입은 남자는 턱수염을 길렀다. 무슬림 모자를 쓴 것을 보니 무슬림인가보다. 부인이 식사를 마치고 방으로 잠시 들어가니 남자가 내게 국적이며 이것저것 묻는다. 그는 의사라고 했다.

희미한 빛이 반사된 배의 궁전 한끝에 타베르마할의 그림자가 드리웠다. 하늘 위로 우아하게 솟은 돔과 뜰에서 2층까지 직삼각형의 변으로 이어진 층계가 밤의 자하즈마할을 보다 웅장하게 보이도록 한다.

책을 읽다가 어둠 속의 궁전을 바라보는데 부인과 나서려던 옆방의 인도인이 함께 산보하지 않겠느냐 묻는다. 그들만의 호젓한 시간에 끼고 싶지 않아 사양하니 다시 권한다. 옆에 서 있던 부인이 가자는 고갯짓을 한다. 영어를 모르지만 사양하는 내 마음을 알아차린 것 같다.

길을 따라 드문드문 수은등이 놓여 있어 호수와 나무들, 옛 석조 건물이 희미한 빛 속에 조화롭다. 열려진 아치 문을 통해 홀을 가로질러 방 앞을 스쳐가니 기하학적 곡선의 아름다운 수조가 나온다. 기이한 꽃잎 모양의 수조 밑으론 고르지 않은 이빨처럼 층계들이 배열돼 있다. 아프칸 건축에선 수조가 생명의 심장부같이 건물 안에 자리잡고 있다.

층계를 올라가니 옥상 양끝에 둥글게 솟은 큰 누각이 있고 돔형과 피라미드형 지붕으로 변화를 준 작은 부속건물이 세워져 있다. 호수에 내려앉은 별도 볼 수 있는 그 예술적 공간에 감탄하니 인도인이 내게 만두를 좋아하느냐 묻는다.

「내가 여태 보아온 곳 중 가장 아름답다」

남자가 내 말을 부인에게 통역해 주고 「아이 러브 유, 키스 미」 자리에 우뚝 선 채 나를 향해 말한다. 나도 인도인 의

사가 배우 흉내를 내는 것이라 생각했다. 농담도 지나치다. 그러나 어떤 표정을 지어야 할지 몰라 부부를 번갈아 보니 남자는 태연하고 여자는 백치처럼 웃는다. 키스라는 말도 모르는 것일까.

남자는 타베르마할을 향해 서더니 거의 동시에 두 여자의 손을 잡고 달빛 아래 걷기 시작했다. 얼결에 손을 잡혀 끌려가는 꼴이었으나 산골 처녀처럼 화들짝 뿌리칠 수 없었다. 부드러운 밤바람과 폐허의 궁전, 하늘에 흐르는 은하수와 달, 이것은 완벽한 장치였고 이 공간의 흐름을 깨뜨리지 않기 위해 나는 내 역할을 해야만 했다.

코믹하면서도 너무나 인도적인 밤이었다. 그것은 정감 넘치는 무갈화에서 본 장면 같았다. 달빛의 침묵마저 율동적인 밤, 그 속에 떠오른 둥근 돔과 탑의 실루엣, 나는 한순간 16세기 그림 속을 걷고 있는 듯한 착각에 빠졌다. 두 여인과 함께 폐허의 궁전을 거니는 의사도 옛 왕처럼 도취한 듯했다. 이 모든 것이 환상적인 무대 탓이리라.

다음날 아침에 짐을 꾸려들고 호샹 샤의 묘소에 들르다. 호샹은 아프칸의 2대 말와 왕으로 수도를 만두로 옮기고 〈델리의 문〉과 만두에서 가장 장엄한 사원 건물 〈자미 마스지드〉 등 뛰어난 건축물을 남겼다.

입구에 들어서면 서편에 세 줄의 기둥이 늘어선 길고 좁은 홀이 보인다. 호샹 묘를 순례한 방문자들이 거기서 숙박했다는데 만두가 워낙 먼 곳이라 하룻밤을 묵어야 했을 것이다.

마당 한가운데 돔의 묘가 있다. 큰 돔은 네 모퉁이에 장식된 작은 돔에 에워싸여 고고하게 솟아 있다. 묘 입구로 들어서면 오른쪽 기둥에 1659년 무갈 황제 샤자한이 보낸 네 명의 건축가가 호샹 묘를 지은 자들에게 경의를 표한 것이 새겨져 있다. 샤자한은 힌두교를 박해하고 타지마할을 짓느라 국고를 낭비했지만 그의 치세 때 아그라의 진주 사원과 델리의 자미 마스지드 등 아름다운 건축물을 세워 무갈 제국에 광채를 더한 왕이기도 하다.

기하학적 문양으로 장식된 아치형 창으로 외부의 빛이 새어들고 실내 한가운데 왕가의 대리석 관들이 놓여 있다. 왕의 석관은 가장 크고 정교한 문양이 조각돼 있다.

무슬림 황족의 묘소는 독특하다. 그들은 왜 방 속에 관을 모셨을까. 그들이 생전에 살았던 공간이 무덤이다.

코발트 색채가 채 지워지지 않은 돔 한구석엔 새가 집을 짓고 살고 있다. 천상을 향한 드높은 돔을 올려다보다 죽음, 하고 불러본다.

죽음죽음죽음죽음……

죽음이 응답하듯 메아리치며 허공으로 사라진다. 이번엔 부활을 불러본다. 부활부활부활부활……

부활도 여운만 남기고 아득히 멀어져가는데 메아리에 놀랐는지 새가 푸드득 난다.

타벨리마할서 옆방에 묵었던 인도인 부부가 묘실에 들어오는 것을 보고 자리를 뜬다. 그들도 오늘 만두를 떠난다는데 같은 버스에서 다시 마주치고 싶지 않다. 달빛 아래 나란히 궁전을 거닐었던 한 장면으로 족하지 않은가. 그 인도의 밤은 내내 잊혀지지 않을 것이다.

제4부

잃어버린 인도

INDIA

역사란 「자기 지키기」의 기록
——바람 부는 죠드풀에서

4월 3일.

인도에 오기 전 유일하게 지역적 관심을 가졌고 상상력을 펼쳤던 곳이 라자스탄 사막 지대이다. 산이 국토의 3의 2를 차지하는 나라에서 살아왔기에 지평선과 사막은 몽상거리였고 그 미지의 자연은 내게 새로운 세계를 보여줄 듯했다.

중부 지역 인도르에서 기차를 타고 밤사이 라자스탄으로 들어서니 차창으로 펼쳐지는 풍경도 달라진다. 나무들이 듬성듬성 자란 황야가 이어지고 낙타가 이따금씩 보인다. 주인도 없는지 낙타 한 마리가 황야를 걸어가고 나뭇잎을 뜯어먹

기도 한다. 낙타는 어디로 가기 위해 끝없는 벌판을 헤매다니는 것일까.

라자스탄으로 들어서면서 여인들의 강렬한 의상도 눈을 사로잡는다. 사리는 거의가 원색이고 스페인 무희들이 입는 것 같은 치마도 보인다. 팔뚝엔 여러 개의 대담한 팔찌를 끼었다. 머리 앞에도 〈보리야〉 장식을 했다. 라자스탄 여인들의 장신구와 색채가 대담한 것은 불모의 땅에서 삶을 즐기는 방법인지도 모른다.

둔덕을 끼고 달리던 기차가 잠시 서니 원숭이들이 철로 주변으로 몰려든다. 사람들이 짜파티와 먹을 것을 던지면 서로 낚아채어 도망간다. 인도 어디서든 원숭이를 쉽게 볼 수 있지만 기차 주위로 몰려드는 원숭이는 처음이다.

죠드풀에 오후 늦게 도착하다. 라자스탄 주에서 수도인 쟈이플 다음으로 큰 도시. 호텔에 짐을 풀고 밖으로 면한 창을 여니 바람소리가 요란하다. 멀리 높은 언덕 위에 둘러진 붉은 성벽이 한눈에 들어온다. 10km의 긴 벽으로 에워싸인 성은 옛모습 그대로이고 육중해 보인다. 길 맞은편 시장 어구의 건물 위엔 매들이 나란히 앉아 있다. 도시에서 야성의 조류를 보니 라자스탄에 왔음을 실감한다.

바람 부는 죠드풀이 좋아 샤워만 하고 저녁에 거리를 나선다. 인구 5십만의 작은 도시라 번화가라는 것도 낡고 낮은 건물들이 늘어선 상가가 고작이다. 더운 지방이라 즉석에서 즙을 내어 파는 쥬스 가게가 많은데 대나무처럼 긴 사탕수수도

232

이 무덥고 척박한 사막 지대에다 한장에 8백 루피짜리 값비싼 돌을 쌓아 궁전을 짓고
그들은 무엇을 지키려 한 것일까.
성 위에서 지평선을 바라보며 삶의 존엄성을 새삼 생각한다.

(사진 ⓒ Lee)

톱니바퀴 같은 기계에 끼워 즙을 낸다.

거리를 조금 걸어가니 화려한 색채의 수제화가 쌓인 구두 가게가 연이어 늘어서 있다. 갈고리처럼 코끝이 올라간 장식적인 신발도 있고 복숭아형으로 앞이 파인 무용화 같은 신도 있다. 라자스탄 의상과 어울리게 신발이 화려하다. 아직도 맨발로 다니는 사람이 많아서 대도시가 아니면 신발 가게를 보기 힘들지만 뜨거운 사막 지대라 발을 보호하는 신이 발달한 것 같다. 자루처럼 풍성하면서 밑이 좁은 승마용 바지도 죠드풀에서 나온 형태라는데 낙타를 타는 사막 지대의 의상이리라.

다음날 오후 성에 가다. 시장로를 지나 꼬불꼬불한 길을 올라가니 깎아지른 듯 높은 암산에 성벽이 둘러져 있다. 포탄의 흔적이 남아 있는 성문을 지나 좁은 언덕길로 휘돌아가니 궁정 입구에 전통 의상을 입은 악사들이 앉아 연주를 하고 있다. 그들의 연주는 왕궁의 방문자로 하여금 옛시대에 초대받아 온 듯한 착각을 일으킨다. 한 악사가 나를 보고 재패니스, 인사하길래 한국인이라 말하고 헌금하니 악기를 더 힘차게 분다.

궁 입구로 들어서니 관광객들이 마당에서 기다리고 있다. 열 명씩 단체로 들여보내는데 진주 궁, 꽃 궁, 기쁨의 궁, 세 개의 궁이 미로처럼 이어져 있어 안내를 받아야 했다.

궁에는 15세기에 라지프트족의 우두머리가 죠드풀을 세운 이래 사용한 온갖 것들이 진열돼 있다. 왕실의 예복과 말장식, 왕들이 그들의 수도를 통과해 코끼리를 타고 돌아올 때 사용한 코끼리 위의 가마, 은실로 꽃문양을 짠 4백 년 전의 야외 천막, 미세한 장식의 수많은 칼 등, 환상적인 수집품으로 차 있다. 라지프트 사람에게 요구해선 안 되는 것은 말과 애첩, 검, 세 가지라는데 이것은 라지프트족의 기상을 잘 시사해 준다.

왕의 침실은 눈이 어지러울 정도로 장식적이다. 천정에 은색, 파란색, 황색의 전구들이 공처럼 달려 있고 벽엔 빈틈없이 세밀한 문양들이 그려져 있다. 거울 문양도 보이는데 자이플의 〈바람의 궁전〉 침실엔 온통 거울 조각들로 장식돼 있었다. 촛불을 켜면 온 거울에 반사되어 화려의 극치였다.

왕과 왕비가 매일 예배했다는, 궁전 끝에 있는 사원을 보고 성 위로 올라간다. 성 위엔 수십 개의 대포들이 전시 때처럼 진열돼 있다. 성을 지켜왔던 흔적이리라.

성벽 아래 옛 왕실의 수영장이 보이고 멀리론 영국 건축가가 디자인한 우마이드 브라운 궁이 보인다. 그 너머론 허허벌판이 펼쳐져 있다.

이 무덥고 척박한 사막 지대에다 한장에 2백 루피짜리 값비싼 돌을 쌓아 궁전을 짓고 그들은 무엇을 지키려 한 것일까. 성 위에서 지평선을 바라보며 삶의 존엄성을 새삼 생각한다. 나라든 개인이든 역사란 곧 〈자기 지키기〉의 기록에 다름 아니다.

살아 있는 박물관 쟈이살멜

쵸드풀에서 쟈이살멜로 가는 기차 승객은 반수가 외국 여행객들이다. 라자스탄행 기차의 종착역, 파키스탄과 국경을 맞대고 있는 서부의 끝. 낙타 여행지로서 라자스탄에서도 가장 이국적이고 비일상적인 지역으로 알려져 있다.

차창으로 펼쳐진 풍경도 온통 황야더니 인구 이삼만의 작은 마을도 사막 한가운데 있다. 호텔 옥상에 올라가니 12세기의 성과 마을 속에 솟아 있는 옛 저택이 보인다. 전에는 황금의 도시라고 불릴 만큼 번성했던 곳이다.

백년 전만 해도 인도와 중앙 아시아 사이의 중요한 노선이었던 낙타 통로는 쟈이살멜에 부를 가져다주었다. 상인과 주민들은 금빛 사암으로 매혹적인 집과 건물을 짓고 작은 가게에서부터 성 안의 사원까지 온 마을이 금빛으로 단장되었다 한다.

꼬불꼬불한 골목길을 지나 하벨리haveli로 알려진 쟈이살멜 부유 상인들의 대저택에 가다. 사암 건물은 아직도 아름답게 유지되어 일부는 상인들이 토산품 가게로 쓰고 있다. 쟈이살멜이 수도였을 때 수상이 지은 3백 년 전 저택도 바로 언덕 아래 있다. 그 건물은 전에 마하라자의 궁처럼 높이고자 시도되어 목조로 2층이 추가됐다고 전해진다. 마하라자는 왕궁의 위층들을 헐어버렸다.

1156년에 지어진 높이 80m의 옛 성 안엔 쟈이살멜 인구의

4분의 1이 살고 있다. 성 앞으로 야채, 과일 등 난전이 열려 있고 좁은 골목길에 늘어선 성 안의 집엔 화덕과 맷돌, 수제 가구 등이 놓여 있어 옛 생활을 그대로 보여준다.

12세기에서 15세기 사이에 지어진 자이나 사원 그룹도 있다. 본당에 자이나상이 모셔져 있을 뿐 허리를 틀고 있는 여신들의 조각이 힌두 사원처럼 육감적이다. 기둥이며 돔의 천정에 많은 상들이 정교하게 조각돼 있다.

두 서양 관광객은 아릅답다 감탄하며 열심히 사진을 찍지만 내겐 별다른 감흥을 주지 않는다. 한국의 절은 건축부터 자연과 동화돼 있어 정신의 휴식을 주지만 인도의 사원에선 앉아서 쉬고 싶은 마음이 일지 않는다. 인공미를 반(反)자연으로 생각하는 나와 서양인의 미적 관점이 다름을 알 수 있다.

민족마다 지역마다 삶의 형태가 다르지만 인도 건축은 장식이 복잡하고 기교적이다. 네팔에선 장신구며 금속 세공이 발달했다. 네팔 국민들은 히말라야 같은 거대한 자연을 보며 살아서 작은 것을 만들기를 좋아한다고 선생이 말했다.

알프스 산을 가진 스위스에서도 시계 같은 정밀 공업이 발달했다. 국토가 작은 한국에선 세공이 발달 못하고 예술품은 덤덤하고 정신적 공간이 크다.

성 위로 올라가니 마을과 그 너머로 펼쳐진 황야가 시야에 들어온다. 낙타를 타고 가는, 길 아닌 길이다. 끝없는 황야를 바라보니 거대한 자연 옆에서 작은 것이 발달한다는 선생의 말뜻을 명확히 알겠다. 큰 것에 도전해 보았자 저 자연에 못

미칠 것이므로.

오후에 지프차를 타고 서쪽으로 40km 지점에 있는 사막에 가다. 내일부터 이틀간 낙타 여행을 떠나기로 계약했지만 진짜 사막을 보려면 사나흘 걸리므로 멀지 않은 곳에 있는 사막을 먼저 보려는 것이다.

같은 호텔에 머문 서양인들과 한 조가 되어 차를 빌렸는데 중간에 마을에 잠시 내려 사막 지대 사람들의 생활을 보다. 황토색과 갈색의 선으로 담에 그려놓은 그림이 이색적이다. 원시 미술이 끌레 그림처럼 세련되었다. 인도에서 이렇듯 간결한 그림은 처음 본다. 선을 사용한 효과이기도 하고 자연 환경에서 나온 유희 같기도 하다.

집 안엔 보다 독특한 벽면 장식이 있다. 속에 심을 넣어 진흙으로 그물 모양을 만들고 그 위에 흰 칠을 하여 붙박이장처럼 벽에 고정시켰다. 군데군데 거울 조각을 문양으로 박아 단순하면서 그들 고유의 화려함을 즐긴다.

같은 식으로 만든 반닫이 같은 가구도 보인다. 거울이 박힌 흰 가구는 여느 공예가도 생각지 못할 독창성을 갖고 있는데 거울 문양들은 사막에 번쩍이는 태양을 연상시킨다.

사막에 당도하여 몇 걸음 떼기도 전에 아이들이 달려와 음료수를 사라고 손을 내밀고 낙타상들은 서로 제 낙타를 타라고 권한다. 주변엔 모래들이 쌓여 구릉을 이루었고 신기해서 맨발로 뜨거운 모래를 밟으며 걷는다.

모래 벌판이 지평으로 펼쳐진 상상의 사막과는 조금 다르지만 때마침 석양이라 이국적인 정취를 보여준다. 낙타들은 관광객을 태워 작은 둔덕을 긴 다리로 넘어가고 석양의 그림자가 모래더미 위에 늘어지다 사라진다.

지는 해를 보느라 둔덕에 각각 앉으니 터번을 두른 인도인 둘이 재빨리 옆으로 와서 악기를 친다. 그들은 의무인 양 표정없이 노래를 뽑곤 다른 데로 가야 하니 돈을 달라고 떼를 쓴다. 함께 앉아 있던 스위스인도 나처럼 쓴웃음을 짓곤 동전을 준다.

그들을 보내고 나니 우리를 안내했던 소년이 지금은 4월이라 관광객이 없고 그나마 조용하다, 11월에 오면 이 일대가 사람으로 덮인다, 일러준다. 사막에 바글거리는 관광 인파라니, 상상만 해도 흉측하다. 저만치 앞에서도 인도인 관광객들이 낙타를 타고 떠든다.

사막이란 고독 속에서 만나야 하는 것이 아닐지. 사막의 고독을 사랑한 조종사 생텍쥐페리를 동경했으며 수사가 쓴 『사막에서의 편지』를 읽고 책을 권한 이에게 편지를 쓴 기억도 있다. 상혼이 설치는 사막이라니 상상도 하지 못했다. 자연과 생활은 그대로이나 인간이 변했다. 사막과의 진정한 만남은 내일로 미루기로 한다.

같은 호텔에 숙박하고 있는 두 서양인과 함께 아침에 낙타 여행을 떠나다. 낙타가 생각보다 커서 여행이 쉽지만은 않을 듯하지만 사막의 밤을 볼 수 있으니 기대한다.

여행객 한 사람에 두 마리의 낙타가 따라붙어서 여섯 마리의 낙타와 여섯 사람이 길을 떠나다. 오스트레일리아 여성 케이시와 독일 청년은 한 낙타에 함께 탔다. 비용이 그만큼 절약되기도 하지만 같은 호텔에 묵으면서 친해진 것 같다.

한 마리 등엔 식량과 침구를 싣고 또 다른 낙타엔 낙타몰이꾼 세 명이 탔다. 터번을 쓴 낙타몰이꾼 귀엔 귀걸이가 흔들린다. 라자스탄에서 귀걸이 건 남자를 종종 볼 수 있다. 고려 때도 몽고풍이 들어와 남자도 귀걸이를 했다지만 옛 풍습이 그대로 연장된 라자스탄은 지방색이 강한 곳이다.

키 작은 나무들이 자라 있는 불모의 황야를 조금 가니 낙타의 등뼈와 다리뼈가 누운 자세 그대로 버려져 있다. 자이살멜을 〈살아 있는 박물관〉이라 하더니 낙타뼈도 표본처럼 놓여 있다.

헤매다니다 소진했거나 병이 들어 쓰러졌나 보다. 황야에 흩어져 있는 낙타의 흰 뼈가 순사(殉死)임을 알려준다. 주어진 생명의 몫을 불평 없이 다하고 여느 미물과 다를 바 없이 덧없이 스러져갔다. 나도 삶의 순례자로서 주어진 내 명을 다하는 날 저렇게 순사하리라. 조용히.

240

좀전에 내려 볼일을 보고 온 낙타몰이꾼이 고삐를 잡아당겨 낙타를 꿇어앉힌다. 큰 동물이 네 다리를 굽혀 꿇어앉는 자세는 굴종적이기까지 하다. 아니, 그것은 거대한 무엇에 대한 절대 순명과 같다.

사람이 수양을 많이 하면 짐승의 경지에 가고 거기서 더 가면 나무의 경지에 이른다더니 낙타를 보니 알겠다. 뙤약볕 아래 사명인 양 묵묵히 사막을 걸어가는 낙타.「사막을 건너는 법」이란 단편도 있지만 사막을 건너는 법을 함부로 말해선 안 된다. 인생의 사막을 건너는 법. 그것은 순명하듯 견디는 것, 자연법에 따르는 것, 그것뿐이다.

황야에 세워진 옛 사원을 지나 점심땐 마구간 같은 간이 휴게소에 짐을 풀다. 낙타몰이꾼들은 감자를 깎고 짜파티를 구워 점심을 준비하고 나는 케이시와 우물로 가서 머리에 물을 들이붓는다.

4월부터 더위가 시작되어 등엔 땀이 흐르고 맨발이 따가워서 다시 양말을 신는다. 주변에 폐허가 되다시피 한 사원이 있길래 물을 뚝뚝 흘리며 들어선다.

입구에서 마주보이는 곳에 신을 모셔놓고 맨 안쪽에 한 노인이 앉아 있다. 우리가 인사하니 오라고 손짓하여 차를 대접한다. 말이 전혀 통하지 않지만 그의 덤덤한 표정이 마음을 편안하게 한다. 이따금씩 낙타를 탄 여행자들이 지나갈 뿐 아무도 없는 황야에서 그는 오직 신만을 모시고 살아가는 것일까.

그를 보며 우리가 사막을 향해 조금씩 들어가고 있음을 느

끈다. 한 시간 전에 들렀던 왕의 옛 별장에선 마을 아낙네가
돈을 달라고 뒤쫓아왔다.

늦은 오후에 들렀던 매점 앞에서부터 개 한 마리가 줄곧
우리 뒤를 따라왔다. 짐을 풀고 저녁 준비를 할 때도 멀찍이
앉아 기다리길래 짜파티를 던져주니 잽싸게 물어서 먹어치운
다. 개몫의 짜파티를 더 굽는 걸 보니 낙타상을 따라다니며
배를 채우는 떠돌이 개인가 보다.

말소리가 간간이 들려올 정도의 거리에서 앞쪽엔 다른 여
행객들이 자리를 잡았고 우리도 침구를 펴고 앉아 차를 마신
다. 하늘이 어느새 어두워지고 호기심 많은 인도인답게 몰이
꾼들은 케이시에게 이것저것 묻는다.

여행 비용은 어떻게 마련했으며 결혼은 언제 할 것인가
등. 여행 비용은 아르바이트를 해서 벌었고 늘 그런 식으로
생활한다, 호주에 돌아가면 또 일을 해서 돈을 모아 외국 여
행을 할 것이다, 지금은 미지의 세계를 배우고 있지만 언젠
가 결혼해서 두 아이를 기르고 싶다고 27세의 케이시가 인생
의 설계도를 보여준다. 여자의 평범한 꿈은 똑같지만 서양 여
자들은 적어도 세계가 넓다는 것을 알고 있다.

케이시는 셜리 맥클레인 자서전을 머리맡에 두고 독일 청
년과 얘기를 나누고 낙타몰이꾼들은 어둠 속에서 노래를 한
다. 라자스탄의 낭만적인 사랑 노래라는데 아라비안 나이트
를 연상시킨다.

죠드풀 성문에도 샤티 sati 손 문양이 찍혀 있었지만 남편이

242

큰 동물이 네 다리를 급혀 끓어앉는 자세는 굴종적이기까지 하다.
아니, 그것은 거대한 무엇에 대한 절대 순명과 같다.

(사진 ⓒ *Lee*)

먼저 죽으면 아내도 함께 화장하는 샤티 풍습의 흔적을 볼 수 있는 지방. 명상적인 타고르 노래나 애절한 바울의 노래와 달리 사막의 노래는 끓어오르는 듯 극적이면서 시적이다.

하늘을 보려고 누워 있건만 생각만큼 별이 많이 뜨지 않는다. 사진을 공부하는 후배는 라자스탄에 다녀와 그렇게 많은 별은 처음 보았노라 감탄했다. 사막의 별을 보기 위해 낙타 여행을 한 것인데 별들은 지상 가까이로 가슴을 열어보이지 않는다.

별자리를 찾으려고 지켜보아도 밤하늘은 너무 멀고 드넓다. 북곰자리는? 오리온좌는? 5천여 년 전 메소포타미아 지방 양치기들은 밤에 지루함을 달래기 위해 저 망망한 하늘에 모여 있는 별들을 이어 별자리를 만들었다.

꼼짝 않고 있는 듯 보이는 저 항성들도 우주 공간에선 초속 수십수백 킬로미터라는 빠른 속도로 움직이고 있다. 다만 너무나 멀리 떨어져 있기에 1, 2천 년으로는 그 별의 움직임이 드러나지 않고 수만 년이 지나야 알 수 있다 한다.

그래서 그리스 사람들이 보았던 별자리와 현대인이 보는 별자리 모습은 거의 같지만 수십만 년 뒤에는 오늘날의 북두칠성 모습도 거의 알아볼 수 없게 될 것이다. 상상도 할 수 없는 별의 시간 단위, 광대무변한 대우주 앞에 말을 잃는다.

9시밖에 되지 않았으나 모두 잠자리에 들었다. 머리맡으로 들리는 개의 기척에 몇 번이나 일어났다가 다시 누웠지만 좀체 잠이 오지 않는다.

사방은 고요하기만 한데 문득 발자국 소리 같은 것이 자박 자박 머리맡으로 들려온다. 주위를 둘러봐도 아무것도 다니지 않는다. 낙타 목에 달린 가느다란 방울이 울려 환청이 아님을 확인한다. 개의 기척도 아니고 조심조심 내딛는 듯한 소리가 마치 외로운 자의 발자국 소리 같다. 이 한밤에 누가 황야를 거닌단 말인가.

다시 일어나 사방을 둘러보니 떠돌이 개는 머리맡에서 멀리 떨어져 엎드려 있고 낙타는 벙어리 낙타몰이꾼 옆에 꿇어앉아 큰 입을 움직이고 있다. 무얼 먹는 것 같진 않은데 되새김질하듯 어둠 속에서 계속 입을 우물거린다.

자박거리는 낮은 발자국 소리가 낙타의 이빨 부딪치는 소리임을 그제야 알아챈다. 차랑차랑 흔들리는 낙타 방울 소리를 들으며 다시 하늘을 본다. 별은 더 이상 뜨지 않을 모양이다.

희미하게 빛나는 우주의 별들을 바라보다 한국이란 작은 땅에서 상처만 안고 헤맸구나, 문득 생각한다. 진실의 실체를 찾지 못해 알 수 없는 괴로움에 가슴을 찢길 때도 많았지. 추처럼 무거웠던 고통의 실상을 이제야 알 것 같다. 비본질적인 것임을.

그것을 깨닫자 헛된 방황도 홀연히 사라지고 몸은 공기처럼 가볍다. 혼도 별처럼 맑게 뜨는 것 같다. 순간 내 영혼이 진화하여 스스로 육체라는 숙주(宿主)를 벗어나 우주로 여행하는 듯하다. 본질로 다가가기.

인도를 여행하면서 매번 거대한 자연과 만났지만 사막의 밤은 나를 미망에서 해방시켰다. 수없는 은하의 별들이 바로 내 가슴 속에 뜨고 있으니……

해 뜨는 도시 우다이플에서 본 거북

4월 12일.

첨벙거리는 물 소리와 사람들이 떠드는 소리에 잠을 깨어 4층 호텔의 내 방에서 아래를 내려다본다. 호숫가에서 여자들은 빨래를 하고 남자와 아이들은 물속에 뛰어들기도 하고 목욕을 한다. 아침 예배를 하는지 사원에선 요란하게 종을 치고 멀리론 호수를 에워싸고 있는 얕은 둔덕이 보인다. 우다이플을 세운 마하라나 우다이 싱이 16세기에 왕궁 주위로 확장시킨 피촐라 호수다.

호수의 도시 우다이플, 라자스탄의 무더운 계절에도 시원한 오아시스가 마르지 않고 제2의 캐시밀이라 불리는 곳. 히말라야 부근 인도 최북부에 있는 호수의 도시 캐시밀은 풍경이 아름답기론 인도에서도 손꼽힌다.

호수 뒷골목엔 검은 비쉬누 상을 모신 17세기의 큰 사원과 가옥들, 호텔이 밀집해 있고 고인 물의 퀴퀴한 냄새가 풍기지만 마하라나 영지로 들어서면 라자스탄에서 가장 큰 왕궁 건물들이 호수를 배경으로 장려하게 세워져 있다.

246

우다이플을 창시한 마하라나는 라자스탄의 라지프트 통치자 중 가장 고귀한 서열이고 라지프트족 상징인 태양의 우두머리이다. 궁전은 여러 마하라나가 추가한 건물이 모여 있으나 놀랍게도 디자인의 통일을 이루었다.

한 궁전은 호텔로 사용하고 또 일부는 박물관으로 쓰고 한쪽 뜰에선 코끼리가 관광객들을 태우고 걸어다닌다. 궁 안으로 들어가 좁은 층계들을 지나면 발코니가 나와 호수를 바라볼 수 있고 또 미로 같은 통로를 지나면 정원이 있는 회랑이 나온다.

방들은 화려의 극치이다. 온통 거울 조각으로 장식된 방이 있고 그림들을 사방 벽에 부착해 유리를 씌운 방도 보인다. 스테인드 글라스처럼 유리에 색채를 칠한 것도 많고 또 유리 자체에 문양을 넣었다. 벽과 창, 어디든 그림과 색채와 문양으로 차 있어 도대체 여백을 모르는 민족 같다.

근세에 마하라나가 사용한 처소엔 바닥에 흰 천이 깔리고 장식도 거의 없다. 실내엔 일인용 식탁과 침대, 서쪽 창으로 면한 작은 거실엔 또 하나의 탁자와 의자가 있을 뿐. 마하라나는 아침마다 동쪽 창가에 앉아 태양신에게 예배했다고 하는데 이렇게 지켜온 〈해 뜨는 도시〉 우다이플은 무슬림에게 지배당하지 않았다.

왕궁을 나와 호수 일대를 둘러보기 위해 배를 타다. 오후라 볕이 몹시 따갑고 승무원이 주는 까만 우산을 받아쓴다.

배가 왕궁 앞을 스쳐 목욕터를 지나 한 바퀴 돈다. 호수 한

호수의 도시 우다이플의 왕궁건물.
라자스탄의 무더운 계절에도 시원한 오아시스가 마르지 않고 제2의 캐시밀이라 불리는 곳.
히말라야 부근 인도 최북부에 있는 호수의 도시 캐시밀은
풍경이 아름답기론 인도에서도 손꼽힌다.
(사진 ⓒ Lee)

가운데엔 1754년에 세운 흰 대리석 별궁이 서 있다. 영빈관으로 지어진 만큼 품격이 있고 지금은 호텔로 사용되어 관광객들로 하여금 옛 황실의 낭만을 즐기도록 한다.

호수 위에 솟은 또 하나의 별궁 〈자그 만디르〉는 우산 같은 지붕들이 솟아 있는 아름다운 폐허의 궁이다. 무갈 황제 샤자한이 그의 아버지 자항가르에 대항하여 싸울 동안 여기에 머무르고, 자그 만디르 궁으로부터 타지마할을 위한 구상을 했다고 전해진다.

별궁 가까이 다가가니 출입 금지란 푯말이 붙어 있고 관리인이 회랑에 서서 배를 내려다본다. 호수 위에 비친 그림자와 한낮의 햇살에 분홍빛을 띠는 궁전이 샤자한에게 영감을 줄 만큼 아름답다.

뱃전에 앉아 멀어져가는 분홍빛 별궁을 바라보는데 갑자기 큰 거북 한 마리가 수면 위로 솟았다가 물속으로 사라진다. 여태 본 적이 없는 거대한 거북이다. 언뜻 호수에 비친 궁이 물속까지 뻗어 있어 거북이 살고 있는 용궁에 다녀온 듯한 착각이 든다. 인도에서 마주치는 원시적 풍경은 문득문득 나를 환상에 빠지게 한다.

저녁을 먹고 호숫가로 나가다가 특이한 광경을 보다. 여자들이 큰 바구니를 옆에 끼고 노래를 부르며 호수 어귀를 향해 총총 걸어간다. 바구니 속엔 화려한 옷을 입힌 한 쌍의 인형이 담겨 있다. 쉬바 신과 그의 아내 파르바티라고 일러준다.

호수 앞 층계엔 마을 부녀자들이 모여 앉아 한담을 나누고 있다. 막 자리잡은 여자들은 바구니에 담긴 지푸라기 더미를 먼저 물 위에 던지고 이어 인형을 떠내려 보낸다. 신과 함께 그들의 소망을 강으로 실어 보내는 것일까. 인간의 간절한 마음을 담고 인형신이 사자(使者)처럼 어둠 속으로 흘러간다.

문명인의 눈에는 기이한 구경거리지만 그들의 표정은 그럴 수 없이 진지하다. 의식을 치르곤 사탕으로 절인 듯한 과자 조각을 바구니에서 꺼내 주위 사람들에게 나누어준다. 아낙들은 그것을 받아들면서 눈을 감고 기도하고 먹는다.

맞은편 호숫가의 낮은 건물에선 경전을 따라 외우는 소리들이 마이크를 통해 울린다. 어젯밤에도 들려오던 걸 보면 매일 힌두교인들이 모여 교리 공부를 하나 보다. 밤하늘에 울리는 독경 소리가 잠든 태양신의 귓가에도 닿을 것 같다.

인생의 장님들이 연출하는 인습

4월 초에 한국으로 돌아갈 생각이었으나 인도의 마력을 떨치지 못해 비자를 연장하다. 사진을 찍어 갖다주니 우다이플법으론 한 달밖에 비자가 연장되지 않는다고. 더 머물고 싶으면 또다시 연장해야 한다니 귀찮아서라도 한 달 안에 인도를 떠나리라.

서류도 많아서 8장을 써야 한다. 3장은 양식이 다르지만 5장은 되풀이 써야 한다. 날은 더운데 두번째 걸음을 했고 비자 연장도 겨우 한 달, 게다가 쓸데없이 많은 서류라니.

그것들을 밀어놓으며「영어를 모르니 당신이 쓰라」고 직원에게 심통을 부렸다. 그는 내 말대로 순순히 쓸 자세를 하고 서류에 적을 것을 물어나간다. 대답해 주다가 그가 베껴 쓰는 것을 보고「여기엔 복사기도 없느냐?」딱하다는 듯 말했다. 담당 직원은「겨우 5장인걸, 뭘」덤덤히 대꾸했다.

그의 여유에 나의 조급증이 순간 무지해 보였다. 부끄러움을 느끼며 내가 쓰겠다고 종이를 다시 받아든다. 인도인에게 높이 살 만한 점이 두 가지 있는데 하나는 저런 여유이고 또하나는 꽃을 사랑할 줄 안다는 점이다.

신에게 늘 꽃을 바치는지라 그들은 꽃을 보면 꺾어 머리에 꽂든가 남자들은 스스럼없이 여자에게 준다. 요컨대 꽃을 향유할 줄 안다. 우리는 꽃이 생명이라고 꺾는 행위에 죄의식을 심어주지만 그러면서 육식을 즐긴다니 모순이 아닌가.

연장된 비자를 받으려면 이틀 밤을 더 지내야 하므로 숙소를 교외로 옮기다. 왕궁 호수의 정경도 나흘 보았으니 족하다.

호텔에서 일하는 아이는 내가 준 티셔츠를 입고 서운한 표정을 지었다. 일이 고된지 아이답지 않게 무표정해서 볼 때마다 과일이나 잔돈을 주었더니 웃음을 보였다.

인도에선 호텔이나 식당, 어디든 많은 아이들이 일을 한다. 뿌리라는 곳에선 예닐곱 살 된 아이가 식당의 식탁 앞에서 초저녁부터 조는 것을 보았다. 그때 합석했던 냉냉한 표정의 영국인이 「인도에선 아이들에게 너무 많은 일을 시킨다. 너희 나라에서도 아이들에게 일을 시키느냐」 물었다. 나는 한국은 그렇게 후진국이 아니라고 되받았다.

오토릭샤를 타고 외딴 교외의 프라탑 여관에 들어섰을 땐 해질 무렵. 주위는 전부 들판이고 여관에서 낙타, 말, 사슴을 키우고 있어 완연한 전원 풍경이다. 손님도 나뿐이라 전망 좋은 옥상 방에 짐을 풀다.

내려와 저녁을 먹을 수 있는가, 물으니 왜 안 되겠느냐며 주인이 종업원들에게 시킨다. 눈이 부리부리하고 엄격해 보이는 백발의 노인인데 육십 세를 넘은 것 같지 않다.

미리 알고 왔지만 그는 마하라나 가계의 왕족이었다. 인도의 카스트 제도에서 본다면 여행자들이 흔히 상대하는 사람들은 하층 계급이었다. 그는 내가 여행중에 처음 만난 인도 왕족이었고 나는 호기심을 가지고 관찰했다.

저녁을 기다리는데 새소리만 들릴 뿐 집이 조용하다. 가족은 어디로 갔느냐 물으니 그가 신상에 대해 들려준다. 아일랜드 여자와 결혼했으나 이혼했고 독일에 있는 집과 우다이플을 오가며 사노라 했다. 사적인 것을 물어서 미안하다고 했더니 상관없다며 식사 후 차를 마시자고 청한다.

다음날 아침 그의 초대로 식사를 함께 하다. 일하는 소년에게 이것저것 시키면서 오늘 저녁엔 네가 한국 요리를 해서 나를 초대하라, 뜻밖의 청을 한다. 내일은 그 자신이 인도 요리를 해서 나를 초대하겠다지만 여기까지 와서 요리를 하다니.

인도 양념도 모르고 요리하기 싫어한다고 사양하자 그의 취미는 요리라고 일러준다. 나도 남자라면 요리를 취미로 즐길 수 있을 것같다. 그는 내 말에 웃으며 언제든지 이 거실에 와서 요리를 하든지 식사하라고 호의를 베푼다.

「손님이 아무도 없으니 네가 보스다. 이 집을 네 마음대로 써라」

비자를 받으러 외국인 등록처에 갔으나 문이 닫혀 있었다. 이날 외국의 고위층이 와서 업무를 하지 않는다는 것이다. 오라는 날 왔건만 또 허탕. 비자 때문에 내일 우다이플을 떠날 수 없게 되었다. 내가 항의하자 직원은 연기하면 되지 않으냐, 태무심하게 대꾸한다. 인도에선 인도식으로 느긋해야 한다.

오후에 이스라엘 연인들이 프라탑 여관에 짐을 풀다. 인도 여행을 5달째 하고 있고 한 달 뒤 체류 만기가 되면 태국으로 건너갔다가 다시 인도에 오리라 한다. 1년간 여행할 계획이라는 그들의 지구력에 놀랍다.

하긴 장기 여행을 하는 서양인들을 흔히 볼 수 있다. 자이살멜에서 만난 호주의 전직 간호원도 1년간 여행할 계획이라며 영국으로 떠났다. 여군처럼 강해 보이는 23세의 유태인 사리는 이 여행을 위해 1년간 돈을 벌었다고 한다.

인도를 좋아하느냐고 물으니 「인도는 대단히 좋아하나 인도인은 싫다」고 대부분의 여행객들처럼 말한다. 사리는 뜰에 서 있는 남자 친구 애란을 눈으로 가리킨다.

「우리는 친구다, 결혼을 할지 안할지 모른다. 인도인들은 우리에게 결혼했는가, 왜 결혼을 안하는가, 번번히 물으며 피곤하게 만든다」

사리는 한국에 흥미를 보이면서 꼭 오고 싶다고 말한다. 한국에 관심을 가진 서양인을 처음 만났다. 반갑긴 하지만 그들은 한국 사회가 인도 못지않게 인습적이라는 것을 모르고 있다. 아직도 정조란 단어가 신문지상에 오르내리는 유교 나라라는 것을. 고루한 혼인빙자간음죄, 남의 이불 속까지 들추며 간통죄를 성립시키는 나라라는 것을.

인생에 대한 이해력이 모자랄수록 인습적이며 후진국일수록 인습을 덕목처럼 받들어 개인을 통제한다.

미(美)도 그 대가를 치른다.

우다이플의 전신이며 라지프트 기사도의 숙명적 이상(理想)으로 낭만의 절정을 보여주는 치토르로 가다. 우다이플에서 버스로 3시간. 아침에 떠났으나 차가 중간에 고장이 나서 1시가 넘어 도착했다.

차에서 내리니 언덕 위의 긴 성이 멀리서 보인다. 치토르는 강한 적에 의해 세 번 패배했는데 그때마다 라지프트식 결말이 났다. 남자들은 순교자의 노란 결혼 예복을 입고 확실한 죽음을 향해 나아갔다. 한편 여자들은 거대한 화장 장작을 쌓아 자우하jauhar라고 알려진 의식으로 불꽃 속에 뛰어들어 자살했다.

오토릭샤를 타고 좁은 언덕길로 지그재그 올라가니 성문이 연이어 나온다. 일곱 개의 문이 있다는 성 안에 들어서자 황량한 풍경이 시야에 펼쳐진다. 여기저기 탑과 사원, 궁전들이 보이는데 모여 있는 유적지마다 릭샤로 순례해야 했다.

라지프트의 영웅이며 무갈의 바브르와 맞서 용감하게 싸웠던 라나의 왕궁은 완연한 폐허이다. 쉬바 사원, 코끼리와 말 마구간도 남아 있는데 한번의 자우하가 이곳 지하실에서 치러졌다고 전해진다.

라나에 의해 세워진 승리의 탑은 아직도 벌판에 우뚝 서서 당시의 위용을 알려준다. 1440년 말와의 마흐무드 킬지에게 승리하고 기념으로 세운 탑으로서 37m의 거대한 9층 탑이다.

탑 속의 나선 층계로 올라가 발코니에서 밖을 내다보니 성 안은 광야이다. 문득 치토르 버스 정류장에서 본 한 젊은 여자의 모습이 떠오른다. 스페인 무희 의상 같은 붉은 치마를 입고 머리장식 보리아를 하고 팔뚝엔 열 개도 넘는 굵은 팔찌를 낀 전통적인 라자스탄풍의 여인이었다. 그 모습이 너무나 정열적이어서 사나이라면 흑심을 품고 바라볼 듯했다.

바람 부는 광야 한가운데서 극단적인 죽음의 방식으로 자신을 지킨 사람들, 열정적인 사막 지대 여인들이라 스스로 불길에 뛰어들 수 있었으리라.

몇 세기가 지난 오늘도 파다미 궁의 정원엔 부겐빌리아가

만발했다. 1303년, 델리의 왕 알라우딘 킬지는 라나의 삼촌 빔 싱과 결혼한 아름다운 파다미를 생포하기 위해 성을 포위했다. 패배를 피할 수 없게 되자 파다미를 포함하여 왕실의 여인들은 자우하를 결행했고 빔 싱은 노란 상의를 걸치고 귀족들이 죽음으로 나아가도록 앞장 섰다. 이것이 치토르의 첫번째 패배였다.

1535년, 구자라트의 왕 바하두르 샤에게 두번째 패배를 당했을 땐 1만 3천 명의 여인들과 3만 2천 명의 전사들이 이렇게 죽음을 택했다고 전해진다.

1568년, 무갈 황제 아크바르에게 세번째 함락당했을 땐 8천 명의 전사가 죽음을 향해 나아갔다. 그때 우다이 싱은 우다이플로 피신해 그의 수도를 다시 세웠다.

파다미 궁 누각에 올라가니 물이 고인 연못이 마주보인다. 파다미는 왕의 사랑을 받으며 삶을 누렸지만 미로 인해 비극을 맞았다. 많은 여자들이 미인이 되길 원하지만 그 대가를 생각하면 평범이야말로 행운이다.

네번째 걸음을 하고야 비자를 받아들고 우다이플에 머문지 여드레 날째에 떠날 차비를 한다. 근교의 유적지를 다 헤매다녔고 공기 맑은 프라탑에서 충분히 쉬었다.

프라탑에는 그 사이 젊은 호주 여성 수지가 와서 주인 싱씨의 거실을 온종일 차지하고 있다. 냉장고에서 커드를 꺼내 먹고 새 잼병을 따고 커피를 끓인다. 마치 자기집인 양 행동이 스스럼 없어서 싱씨와 꽤 친밀한 사이임을 감지할 수 있었다.

인도에 두번째 왔다는 수지는 나처럼 프라탑에 머물면서 싱씨를 알게 된 것 같지만 타지마할도 갠지스 강도 보지 않았다고 했다. 싱씨 외엔 그 무엇에도 관심이 없나 보다. 이번에도 싱씨를 만날 목적으로 인도에 온 듯하나 싱씨는 수지를 그다지 반기지 않는 듯 퉁명스레 대했다.

이 날도 저녁식사에 초대받아 그들과 함께 앉게 됐는데 수지가 사냥은 언제 떠날 거냐고 물으니 싱씨는 묻지 말라고 귀찮다는 듯 답한다. 나까지 불편하여 내일 아부산으로 떠나겠다고 말하니 수지는 거기 좋다더라, 맞장구치고 싱씨는「아부산 볼 것 없다, 여기 더 있어라」한다.

수지가 온 다음날, 아침 일찍 싱씨는 나를 버스 정류장에 지프차로 데려다주며「걱정이 되니까 치토르에서 자지 말고 꼭 돌아오라」당부했다. 처음 아침식사에 초대한 날도「라자스탄 치마를 좋아하느냐? 네게 선물하겠다」선뜻 말했다. 그는 여자들에게 이런 친절을 쉬 베풀어왔던 것 같다.

프라탑 방문객들과 함께 얘기를 나누다가 싱씨가 피곤하다고 해서 시계를 보니 벌써 10시 반. 다들 서둘러 일어났지만 수지는 텔레비전을 보겠다며 그대로 앉아 있다.

내 방으로 돌아와 모기향을 피우려니 갑자기 싸우는 듯한 남녀의 목소리가 아래층에서 울려왔다. 씻으러 내려가려던 참이라 옥상으로 나서니 그들의 다투는 소리가 보다 분명히 들린다.

내용은 알아들을 수 없고 수지가 흥분한 듯 언성을 높여

「why not, why not?」되풀이한다.「come on, come on!」뒤이어 화를 억누른 듯한 싱씨의 목소리가 들려온다.

남의 비밀을 엿들은 것 같아 아래층으로 내려가려던 발길을 다시 방으로 돌린다. 10여 분이 지난 뒤에야 세면 도구를 들고 아래층으로 내려가니 싱씨의 거실문은 굳게 닫혀 있고 조용하기만 하다.

아침에 짐을 꾸려 싱씨의 거실에 들어서니 수지와 앉아 텔레비전을 보고 있다. 지금 떠나겠다, 인사하자 수지는 노골적으로 좋아하고 싱씨는 무슨 말이냐? 모른 척 되묻는다.

수지가 잠시 자리를 뜨니「기분이 나쁘냐?」며 내 기색을 살핀다. 무엇 때문에? 나는 고개를 가로 저었다.

인도인들은 더럽고 거짓말을 잘하며 무지해서 싫다고 말하던 거만한 왕족. 라지프트족의 후예로서 자부심이 강하고, 다른 여자 앞에서 옛여자에게 무안을 줄 만큼 성질이 곱지 않은 노인이지만 젊은 여성이 바다 건너 찾아올 만큼 마력도 지니고 있었다. 나는 그와 작별하기 위해 손을 내밀며 말했다.

「더 오래 있으면 나도 상처받을지 모른다. 좋은 기억을 가지고 떠나고 싶다」

힌두교인들의 순례지 푸쉬카

인도 관광객들이 들끓는 아부산에선 이틀 겨우 머무르고

258

푸쉬카로 향하다. 어스름녘 아자메르 역에 내려 버스로 푸쉬 카에 들어서니 벌써 밤이었다. 아부에서 만난 엘레노라가 가 르쳐준 숙소를 찾아 둥근 호수를 끼고 걸어가는데 밤풍경이 좋아서 어깨의 짐도 잊는다.

산이 없는 중남부 인도에선 특별한 풍경이지만 인왕산 정 도의 아부산은 내게 아무런 감흥도 주지 못했다. 단지 엘레노 라만 기억에 남는데 이 아르헨티나 중년 여성은 내게 「한국 여자들이 다 너 같이 모던하냐?」 물었다.

나는 그렇지 않다고 답했다. 한국은 전통 사회라 대부분의 여자들은 결혼하여 가정을 지키고 여자 혼자 외국 여행을 하 기가 쉽지 않다고. 엘레노라가 고개를 끄덕였다

「그렇게 생각했다. 여행중 나는 한국 여성을 처음 만났다. 미국, 유럽, 일본 여성은 많이 봤지만 남미 여성도 만나지 못했다. 아르헨티나에선 남자는 자유로우나 여자는 반대다. 선진국 여성들만 자유롭다」

엘로노라의 말에 이의를 제기할 수 없었다. 인도를 떠나기 얼마 전에도 나는 한 회사원이 「미스터」란 호칭으로 그를 부 르는 동료 여사원의 뺨을 때렸다는 기사를 보았다.

내가 묵고 있는 게스트 하우스 앞에도 사원이 있어 아침부 터 힌두교인들이 떼지어 가는 정경을 보다. 푸쉬카는 힌두교 도의 성지 순례지이며 해마다 11월 보름에 열리는 낙타 축제 로 유명하고 채식주의 고장이기도 하다.

아침을 먹은 식당 맞은편엔 인도에서 단 하나뿐인 브라마

사원이 서 있고 마을을 둘러보니 한집 건너 사원이다. 집집마다 모셔놓은 신들은 화려한 옷을 입고 있는데 라자스탄 사원의 특징을 푸쉬카에서 잘 볼 수 있다.

정오가 지나 숙소를 전망 좋은 푸쉬카 호텔로 옮기다. 방이 호수로 면해 있어 창으로 호수를 볼 수 있었다. 새벽엔 힌두교인들이 호수가에서 기도문 외우는 소리가 들려오는데, 밖을 내다보면 교인들이 일렬로 층계에 늘어앉아 뿌자리 지시를 받거나 물속에서 목욕하고 있다. 성지의 호수라 그들에겐 갠지스 강처럼 성스러운 물이었다.

이스라엘 연인 사리와 애란을 푸쉬카 호텔에서 다시 만나다. 사리는 아름다운 푸쉬카에서 겨우 사흘밖에 머물 수 없음을 벌써 아쉬워한다. 푸쉬카는 고아처럼 여행자들이 애호하는 곳 중의 하나라 이 작은 마을의 골목길은 외국인들로 북적댄다. 그들은 독특한 색채에 속이 비칠 듯 얇은 실크옷을 입었거나 조각천으로 이어진 모자를 썼는데 푸쉬카에서만 볼 수 있는 상품이다.

오전에 우체국에 들렀다가 나서려니 한 서양 남자가 막 도착했는지 배낭을 멘 채 아이를 안고 걸어오고 있다. 아이는 젖병을 빨고 있고 손과 얼굴이 더러워서 엄마의 부재를 역력히 보여준다. 다양한 여행자를 인도에서 만났지만 젖병 빠는 아이를 안고 여행하는 남자도 처음 본다.

일몰에 호텔 옥상에 올라가 저물어가는 호수를 바라본다. 무갈 황제 아우랑제브의 말발굽에 파괴당하기도 했으나 푸쉬

라자스탄으로 들어서면서 여인들의 강렬한 의상도 눈을 사로잡는다.
사리는 거의가 원색이고 팔뚝엔 여러 개의 대담한 팔찌가 장식돼 있다.
라자스탄 여인들의 장신구와 색채가 대담한 것은
불모의 땅에서 삶을 즐기는 방법인지도 모른다.

(사진 ⓒ Lee)

라자스탄 여인들의 발가락지와 발목 장식.
(사진 © Lee)

카는 어느 곳보다 고유의 냄새를 지니고 있다. 호수를 중심으로 오두마니 들어앉은 외경의 터전, 마을 뒤론 사막이 펼쳐져 있는데 먼 옛날에도 이 호수는 목마른 자를 구원한 오아시스였으리라.

호텔 정원에선 두텁고 작은 흰 꽃이 감미로운 향기를 날리고 수면은 석양이 반사되어 금빛으로 번쩍인다. 사원에선 저녁 기도를 드리는지 종소리가 울리고 뿌자리는 등불을 들고 나와 강가에서 의식을 행한다.

뿌자리가 등불을 올려들어 허공에 한바퀴 돌리는데 마치 잃어버린 보물을 찾는 듯하다. 신은 어디에 있는가. 그 장면은 또한 오늘도 구원을 찾아 헤매는 목마른 인류의 초상 같다.

하늘에 바친 찬미, 타지마할

4월 26일.

잠이 덜 깬채 뉴델리에서 아침 7시 기차를 타고 아그라로 향하다. 3시간 걸리는 거리인데도 뉴델리에서 통근하는 사람들이 많아서 교외선을 탄 기분이었다.

정월에 일행들과 들렀던 바라나시와 카쥬라호에도 또다시 갔지만 아그라행 역시 두번째이다. 세계의 불가사의라 불리는 타지마할이 있는 도시를 하루 만에 후딱 떠나다니. 그땐 구경했지만 이젠 혼자서 공간의 자유를 누리며 음미하고 싶다.

아그라 시가는 길이 넓고 나무가 많아서 옛 도시의 운치를 느끼게 한다. 16~17세기 때 무갈 왕조의 인도 수도여서 델리처럼 무슬림 문화를 간직하고 있다. 타지마할 같은 무덤 궁전도 무갈 문화의 특징 중 하나인데 고분이 있으므로 경주가 신라 고도이듯이 아그라에 무덤 궁이 있음으로써 무갈 시대를 알 수 있다.

타지마할 부근에 숙소를 잡고 미르자 기야스 베그의 묘소로 가다. 그는 페르시아 사람으로, 무갈 황제 자항기르와 결혼한 누르자한의 아버지이다. 자항기르의 지극한 사랑을 받은 〈세계의 빛〉누르자한은 1622년에 이 묘소를 세웠다.

야무나 강뚝 위에 서 있는 흰 대리석의 작은 묘소는 마치 타지마할의 탄생을 예시하듯 돔의 지붕과 대리석에 새겨진 꽃문양, 세련된 색채 등으로 무갈 건축의 아름다움을 맛보게 한다.

돔의 묘소 안엔 여러 개의 방이 있고 방마다 대리석 관들이 놓여 있는데 관리인의 아인지 대여섯 살의 어린아이가 바닥에 앉아 놀고 있다. 3백 년 전에 안치된 주검들과 그 옆에서 무심하게 노는 아이가 되풀이되는 자연의 한 과정으로서 인간의 유한함을 보여주고 있는 듯하다.

야무나 강을 내려다보며 야트막한 언덕에 세워진 붉은 아그라 성은 무갈 왕조 제3대 아크바르 황제가 세운 것이다. 성 안에는 샤자한이 세운 진주 사원, 알현실 등 몇 대에 걸쳐 중축된 건축물들이 있다.

아크바르 황제는 주변의 작은 왕국들을 정복하여 북부인도 지역에 확고부동한 무갈 왕조의 통치 체제를 세웠고 조세 제도의 개혁 등으로 제국의 부를 증대시켰을 뿐 아니라 회교가 아닌 힌두교인들에게도 관용을 베풀었던 훌륭한 통치자였다.

후계자들은 모두 그보다 못했지만 4대 황제 자항기르는 예술 애호가였다. 무갈 세밀화는 그의 치세 때 절정기에 달했고 그는 궁전 안 회벽에 섬세한 화조를 장식하게 했다.

성 안의 어느 궁이나 기하학 무늬와 꽃 무늬 상감으로 장식되어 지나치게 정교한 힌두 건축물과는 다른 세련미를 보인다. 거울궁전은 후궁들이 옷을 갈아입었던 장소로 추측되는데 벽에 작은 거울들이 박힌 기법은 힌두 건축에서 따온 듯 보인다.

샤자한의 흰 대리석 궁 베란다로 나서면 밑으론 야무나 강이 흐르고 멀리 맞은편에 흰 대리석 타지마할이 보인다. 5대 황제 샤자한은 말년에 아들 아우랑제브에 의해 이곳에 감금되었다.

그는 죽은 왕비를 위해 세운 타지마할을 지켜보며 세월을 보내다가 감금된 지 7년 뒤인 1666년 사랑하는 뭄타즈 옆에 나란히 묻혔다. 그 사랑처럼 영원한 강이 오늘도 타지마할 옆으로 흐르고 있다.

석양에 타지마할로 가다. 늙은 릭샤꾼이 아는 가게에 먼저 들르자고 거듭 간청하길래 마지못해 갔다가 뜻밖에도 멋진 춘나를 발견했다. 어깨 뒤로 길게 늘어뜨리는 인도식 스카프인데 짙은 파랑색의 길다란 면(綿) 양끝에 노랑, 빨강, 흰색이 별 같이 점점이 물들여져 있었다. 그것은 마치 타지마할의 밤하늘 같았다. 타지마할이 색채로 추상화된 그 스카프는 훌륭한 기념품이었다.

불과 3달 전에도 방문했건만 타지마할 입구에 들어서면서 자리에 우뚝 선다. 뜰 한가운데로 물길이 나 있고 수조를 마주보며 높이 6m의 기단 위에 세워진 둥근 지붕의 흰 건축물은 말 그대로 꿈의 대리석이다.

본궁의 큰 돔은 사방에 또 다른 네 개의 작은 돔을 거느리고 있으며 건물 주변으로도 높이 75m의 첨탑 4개가 묘를 지키고 서 있다. 망루 같은 이 탑은 원근법의 착각을 일으켜 관람객들로 하여금 지상의 꿈속으로 들어서도록 이끈다.

아치가 배열된 바깥 벽은 기하학적인 코란 글자와 꽃 무늬로 장식돼 있고 내부에도 온통 채색된 꽃 무늬와 보석 문양이 정교하게 박혀 있다. 1층에 놓인 관은 가짜이고 지하실에 나란히 안치된 흰 대리석 관이 오늘도 꽃에 에워싸여 불멸의 사랑을 보여준다.

후궁 중의 보석이란 뜻의 〈뭄타즈마할〉 칭호를 부여받고 황제의 총애를 한몸에 받았던 그녀는 열네번째 아이를 낳곤 세상을 떠났다. 비탄에 빠진 샤자한은 아내를 위해 땅위에서 가장 아름다운 건축물을 세우기로 작정했고 1632년부터 20년이 넘는 세월을 무덤 궁전의 완성을 위해 국고와 정열을 바쳤다.

인도뿐 아니라 중앙 아시아에서도 일꾼을 뽑아 2만 명이 이 역사에 동원되었다. 이란 건축가 일사칸을 비롯하여 장식을 위해 프랑스, 이탈리아 등 당대 최고의 장인들이 세계 각지에서 초빙되었다.

건물에 정치할 보석을 구하기 위해 비취는 중국이나 이집트에서, 루비는 미얀마에서, 진주는 다마스커스에서 가져왔다는데 설계가와 기술자들은 영감에 휩싸여 세계 건축사에 빛날 타지마할을 아그라에 세웠다.

마호메트교에서 발달한 수학과 천문학 등 자연 과학도 이러한 건축을 세울 수 있는 바탕이 되었을 것이다. 터키의 산타 소피아 성당과 함께 세계에서 가장 아름다운 건축으로 꼽히는지라 다시는 이런 걸작품을 짓지 못하도록 샤자한이 석공들 손을 잘랐다는 전설 같은 이야기도 전해진다.

샤자한은 그 자신을 위해서도 야무나 강 건너편에 검은 대리석의 무덤 궁전을 지으려 했다는데 이 두번째 걸작에 착수하기 전에 아들 아우랑제브에 의해 폐위되었다.

석양이 비쳐드는 묘실로 비둘기가 날아다니고 관리인은 관광객들에게 들려주기 위해 돔을 향해 아, 소리쳐 부른다. 메아리가 허공에 울리니 혼이 응답하는 듯하다.

한 안내원은 서양 노부부에게 벽에 장식된 꽃 문양을 보이며 이건 자스민, 아이리스, 저건 백합이라고 가르쳐준다. 꽃들조차 돌 속에서 영생한 듯 보인다.

밖으로 나서니 어느새 석양이 기울었고 흰 대리석 궁전이 수조에 꿈인 듯 잠겨 있다. 달빛이 부서지는 타지마할은 또

아그라성에서 내려다보면 밑으론 야무나 강이 흐르고
멀리 맞은편에 흰 대리석 타지마할이 자리잡고 있다.
5대 황제 샤자한은 말년에 아들 아우랑제브에 의해 이곳에 감금되었다.

얼마나 신비로울까. 어떤 이는 어둠 속에 떠오른 환상의 무덤 궁전을 보기 위해 밤에 갔다지. 생애에서 최고를 본다는 것은 행복이요, 기쁨이다.

희랍에서 아크로폴리스를 보며 아름답다, 아름답다, 되뇌었다는 최종태 선생은 타지마할 앞에선 외경의 표정으로「최고의 완성」이라고 말했다. 또 선생은 타지마할이 걸작이 될 수 있었던 것은 목적이 없었기 때문이며 예술가에게 사회에 봉사하라고 하는 것은 한단계 낮은 차원이라고 한국 상황을 떠올린 듯 덧붙였다.

「미를 통해 신을 표현하는 것이 높은 차원이야. 아름다움을 넘으면 신이야. 타지마할은 왕과 왕비의 사랑을 떠나 신에게 바친 헌사야」

불멸의 사랑을 나눈 세기의 주인공 관엔 과연 그 사랑을 암시한 아라비아 문자의 비명이 이렇게 새겨져 있다.

「신은 영원하시며, 신은 완전하시도다」

황제의 마지막 말,「오직 카슈미르」

5월 1일.

인도에서의 맨 마지막 여행지가 될 카슈미르는 인도로부터 독립을 요구하며 늘 분쟁을 일으키는 곳이다. 파키스탄과 인도 사이에 위치해 무슬림과 힌두교와의 발화점이 되는 지점이다.

해서 때로는 여행이 위험할 때도 있지만 히말라야 골짜기를 끼고 있는 카슈미르를 놓칠 수 없다. 인도에서 가장 아름다운 곳 중의 하나로 알려져 있고 세계 여행자들이 입을 모아 그 풍경을 찬탄하는 지역.

인도를 지배했던 무갈 황제들은 무더운 평원으로부터 카슈미르의 서늘하고 푸른 고지로 피서 와서 행복을 만끽했다. 자항기르 황제는 그가 죽을 때 〈행복한 골짜기〉를 지나며 「오직 카슈미르」라는 마지막 한마디를 남겼다.

쟘므에서 버스를 타고 8시간. 평원에서 산간 지방으로 들어서면서 주민들 생김과 복장이 달라 흥미 있었고 지루하지 않았다. 유채꽃 같은 노란 들꽃이 숲 뒤로 펼쳐졌을 땐 창에서 얼굴을 떼지 못했다.

카슈미르의 수도 스리나갈에 도착하니 벌써 날이 어두워졌다. 비까지 부슬부슬 내려서 여행자 안내소에서 숙소를 소개받다.

직원과 오토릭샤를 타고 그의 하우스 보트로 가는데 호수를 끼고 달리는 가로수 길이 아름답다. 호수의 도시라 물가엔 보트 집들이 늘어서 있다.

여행자 안내소 직원의 집은 한적한 호수가에 있다. 그는 식구들이 거처하는 배 외에도 두 척의 배를 갖고 있어서 내게 마음에 드는 방을 고르라고 했다. 배마다 침대와 탁자, 욕실이 붙은 큰방이 있다. 창에 꽃 무늬 커튼까지 장식되어 생각

타지마할의 정원엔 남국의 흰꽃이 피어 향기를 날린다.

보다 호화스러우나 불빛이 몹시 흐리다. 전기 사정이 나쁜 탓이다.

아침, 저녁식사를 포함하여 방값을 90루피로 정하고 저녁을 먹다. 야채 한접시와 밥이 전부인데 감자와 양배추를 넣고 끓인 것이 심심한 한국 찌개 같다. 추운 지방이어서 다른 인도 지역처럼 카레가 들어가지 않아 입에 맞다.

주인과 남동생, 가족들의 얼굴도 다른 인도 지방 사람들과 틀리다. 이목구비가 더 또렷하고 잘생겼다. 카슈미르 남자들은 핸섬하다고 했더니 주인의 남동생이 이곳 사람들은 힌두인들을 싫어하며 힌두 여자와는 결혼하지 않겠노라 한다.

1천 년경에 아프가니스탄에 있는 가즈니란 회교국의 군주 마무드가 인도를 공격해 온 이래 회교와 힌두교는 계속 갈등해 왔다. 가즈니는 중앙 아시아에서 권력을 잡은 터키인이었고 12세기에 아프칸인의 침략이 있은 뒤 14세기 말부터 터키-몽고인, 즉 무갈이 침략해 왔다.

무갈 황제 아크바르처럼 힌두교에 관용을 베풀면서 문화적으로도 융화된 시대가 있었지만 회교는 근본적으로 다른 종교를 용납하지 않아 무슬림이 사는 파키스탄은 끝내 인도에서 떨어져나왔다.

「카슈미르는 인도가 아니다」고 말하는 하우스 보트 가족들을 보면서 힌두가 아닌 무슬림 지역으로 들어온 것을 실감한다.

보기엔 낭만적이지만 물 위의 배집이라 습기가 스며 밤새 떨었다. 아침에 일어나니 몸이 으슬으슬하다. 한겨울엔 시내도 영하 17도로 내려간다는데 오월에 이렇게 춥다니 한국보다 기온이 낮다.

아침을 들고 주인과 함께 올드시티로 나가 옷가게에 들르다. 추워서 숄을 사려고 그의 안내를 받았지만 마음에 드는 것이 없다. 숄을 일곱 개나 펼쳐보고 그냥 나오기가 미안했지만 이곳도 인도라 상인들은 화를 내는 법이 없다.

옛 건물이 밀집한 올드시티엔 다시 오기로 하고 그와 헤어져 달Dal 호수를 중심으로 형성된 여행자 구역에 가다.

상가가 늘어선 달 호수로(路)로 들어서니 산과 호수가 거대한 풍경화처럼 다가선다. 푸른 길처럼 끝없이 뻗어 있는 호수와 눈이 채 녹지 않아 희끗한 산이 호수를 에워싸고 수려하게 솟아 있는 풍경은 이방인의 걸음을 멈추게 한다. 호수 가운데에는 상호를 단 수십 척의 보트들이 정박해 있고 사람들을 태운 배들이 그 앞으로 유유히 오간다.

거리엔 앞이 막힌 똑같은 모양의 헐렁한 외투를 입은 카슈미르 사람들이 오간다. 한팔을 옷에 끼지 않고 외팔이처럼 건들거리며 가는 이들도 눈에 띤다. 눈부신 풍경 속으로 금치산자(禁治産者)처럼 한쪽 팔을 건들거리며 걸어가는 카슈미르 사람들 모습이 이상하게 친근감을 준다.

장미에는 가시가 있다

다음날 달 호수에 있는 마호메트의 보트집으로 숙소를 옮기다. 눈이 부리부리한 남자가 뒤쫓아와 싸고 아름답고 좋은 방이 있다면서 형용사를 나열하길래 배를 타고 가 구경하고 결정했다.

마호메트도 배 3척을 가지고 있다. 한 척은 식구들이 쓰고 한 척엔 영국인 한 명이 머물러 있다. 배엔 응접실과 방 두 개, 세면실이 있는데 다른 숙박객이 없어서 혼자 배 한 척을 쓰게 되었다.

나무 문을 열면 바로 호수가 보이고 물결이 칠 때면 배가 미동한다. 집이란 뿌리처럼 확고부동한 것으로 생각했기에 미동하는 배의 집이 관념을 깨뜨린다. 흔들리는 방에 앉아 있으니 소유하기 위해 눈에 불을 켜고 사는 풍경들이 초현실주의 그림처럼 떠오른다.

오후에 스리나갈 명소인 무갈 정원에 가다. 차창으로 호수를 바라보며 달리니 행복해서 끝없이 가도 좋을 것 같다.

니샤트 정원은 은빛으로 반짝이는 호수를 내려다보며 둔덕에 위치해 있다. 뒤로 산이 막고 있어 장관인데 뜰에 곧고 우람한 나무가 규칙적으로 심어져 있다. 잎 모양은 단풍 같지만 훨씬 크다. 이 치나르 나무는 카슈미르의 상징 같아서 지갑이나 종이함 등 공예품에 문양으로 즐겨 쓰인다. 무갈 왕조가 페르시아에서 카슈미르로 가져와 심은 나무다.

274

잔디가 융단처럼 깔린 뜰엔 작은 흰 꽃들이 지천으로 피어 있다. 초록과 흰색의 대비가 순결하여 맨발로 풀밭을 걷는다.

정원 한가운데엔 층층이 사각의 수조가 있고 물이 위에서 미끄럼틀 같은 수로로 흘러내려온다. 여기서도 물을 잘 이용하는 이슬람 건축의 특징을 볼 수 있다. 사막에서 살아온 민족이라 물을 끌어들이는 법이 발달했다. 기하학적인 수로의 구조와 수조 양옆으로 다듬어진 뜰과 정교한 조경으로 심어진 나무들이 자연과 인공의 완벽한 결합을 이루었다.

이 정원은 1663년 무갈 황제 자항기르의 처남 아사프칸에 의해 설계된 것으로 물이 연속되는 테라스 밑으로 흘러가는 전통적인 무갈 양식을 따랐다.

인공의 천국 같은 니샤트 정원을 거닐며 무슬림의 미의식에 다시 감탄하는데 거구의 노인이 다가와 내 머리에 흰 꽃을 꽂아준다. 여느 무슬림처럼 잘생긴 노인은 고맙다고 말하자 키스해 달라며 뺨을 내민다.

노인에게 고맙다는 말만 하고 아래로 내려간다. 샨티니케탄에서 만난 잭이 무슬림은 여자라면 환장하니 카슈미르에 가지 말라고 충고하던 것이 생각난다. 아까 뜰을 거닐 때도 정원사가 꽃을 꺾어와 내 옷 주머니와 단추마다 꽂아주려 했다. 젊은 여성들은 친구와 함께 인도를 여행하는 것이 안전할 것이다.

니샤트 정원 앞에서 버스를 타고 10여 분 가면 샬리마르 정원이 나온다. 니샤트 정원보단 규모가 작지만 전통 무갈 조경이 역시 아름답다. 중앙에 몇 단계로 물이 흘러내려오는 큰 수조가 있고 수조를 따라 양쪽으로 걸어가면 거목들이 무성한 잎을 드리우고 늘어서 있다.

샬리마르 정원은 1616년 무갈 황제 자항기르가 그의 애처 누르자한을 위해 지은 것으로 안쪽엔 정자가 있다. 정자는 오후에 황제 부부가 백만 송이 장미 다발의 달콤한 향기를 들이마시며 기대어 쉬던 곳이다. 자항기르는 누르자한을 너무나 사랑하여 국사에 소홀할 정도였는데 죽을 때 「오직 카슈미르」라고 말한 것을 보면 유미주의자였던 것 같다.

진작부터 요의를 느꼈으나 길을 떠나기 전에야 화장실에 들른다. 안으로 들어가 문고리를 잠그려니 고장이 나서 잠기지 않는다. 자리를 옮기려다 그만둔다. 인도 어디든 화장실 시설이 좋지 않아 옆칸도 마찬가지일 것 같다.

물이 나오는지 보려고 수도를 트는데 누군가 밖에서 문을 두드린다. 사람이 있다고 말하니 더 이상 기척이 들리지 않는다. 간 것일까? 아니면 밖에서 기다리고 있을까? 여자 화장실이라 여자가 기다리겠지만 신경이 쓰여 문고리를 한껏 잡아당긴다.

화장실을 나서려는 순간 누군가 문을 안으로 밀어서 머리를 부딪힐 뻔했다. 젊은 남자가 웃는 얼굴로 문을 밀며 안으로 들어오려 했다. 순간 앞이 아뜩했으나 있는 힘을 다해 안에서 문을 밀고 소리쳤다.

남자는 아까 문을 두드리고 밖에 서 있었던 것이 틀림없

푸른 길처럼 끝없이 뻗어 있는 달dal 호수 가운데에는
상호를 단 수십 척의 보트들이 정박해 있고
사람들을 태운 배들이 그 앞으로 유유히 오간다.

다. 여자 혼자 화장실에 가는 것을 보고 뒤따라온 것이 분명하다. 여자가 정신없이 소리치니 밖에서 문을 밀치다 더 이상 시도하지 않는다. 그러나 문 밖에 서 있을지 몰라서 목이 아프도록 계속 소리친다.

누군가 뛰어오는 발소리를 듣고야 문을 열고 나가니 상아빛 스웨터를 입은 남자가 화장실 옆의 숲으로 사라지는 것이 보였다. 콧날이 우뚝한 얼굴이 무슬림이 분명하지만 거친 행동으로도 그것을 알 수 있다. 힌두인들은 끈적하지만 그들이 여자에게 폭력을 쓰는 것을 아직 본 일이 없다.

한 남자가 막 화장실로 뛰어와 무슨 일이냐 물었다. 나는 밖에 레스토랑이 있는지 먼저 되물었다. 앉아서 담배 한 개피를 피우며 쉬고 싶은 생각뿐이었다.

식당에서 주인과 얘기를 나누며 30분 가량 앉아 있다가 달호수 북쪽 끝에 있는 하완 정원으로 향하다. 이젠 놀란 가슴도 진정되었다. 여기선 매사에 조심하기. 샬리마르 정원에서 버스로 15분 정도 달리는 거리인데 시골 깊숙이 들어온 듯 마을 풍경이 옛스러우면서 청신하다.

하완 일대는 고고학자들이 벽돌로 길을 포장해 고풍스런 분위기를 자아낸다. 정원 안에는 스리나갈에 물을 공급하는 거대한 수조가 있으며 이곳 역시 나무가 울창하고 갖가지 꽃들이 만발했다.

뜰에선 두 아낙네가 머리에 수건을 쓰고 풀을 베고 있다. 원피스 웃옷에 바지를 입고 머리에 수건을 둘러 뒤로 묶는 것

278

이 캐시밀 여성들의 전통 복장이다. 너무 여성스러운 사리보다 활동적이면서 야성적인 카슈미르 옷이 마음에 든다.

내가 다가가니 한 아낙네가 히죽 웃으며 낫을 내민다. 일이 하기 싫은지 여자는 나무 그늘에 주저앉아 내가 서툴게 풀 베는 것을 바라본다. 니샤트 정원에 갔을 때도 아낙에게 낫을 빌려 풀을 베어보았지만 쉽지 않았다.

조금 있으니 소쿠리를 든 계집아이들이 다가와 내 주위를 에워싼다. 아이들의 카슈미르 복장은 정말 예쁘다. 정원사도 다가와 내게 말을 시키다가 낫을 아낙에 돌려주며 일을 하라고 시킨다. 아낙네와 아이들 모두가 일당을 받고 풀베기를 하는 것 같다.

내가 일어서 가려 하자 아이들이 내 뒤를 쫓아온다. 왜 따라오느냐고 물으니 일제히 영어를 흉내낸다. 이들도 무슬림이라 순한 힌두 아이들과 다르다.

화단 쪽으로 가지 않고 입구 쪽으로 돌아서려니 그들 중 가장 작은 대여섯 살 된 계집아이가 내 앞으로 불쑥 낫을 내민다. 풀을 베어달라는 뜻 같다. 여행자에겐 휴식을 주는 자연이지만 이들에겐 노동일 뿐.

「난 돌아가야 해. 네 일을 도와줄 수 없어」

미안한 낯으로 말하고 돌아서려는데 계집아이가 나를 향해 낫을 번쩍 올려든다. 눈 한번 깜짝 않고 야멸차게 입을 다문 채 막 찌를 듯한 자세였다. 방심 상태에서 뜻밖의 공격을 당해 멈칫하면서 아이의 야수성에 일순 매혹당한다.

때마침 정원사가 지나가다가 낫을 쳐든 아이를 나무란다. 계집아이들은 소쿠리를 낀 채 풀밭으로 향하고 나는 걸음을 떼려다 머리 뒤로 꽃 무늬 수건을 둘러맨 아이들을 바라본다. 장미엔 가시가 있다더니 캐시밀의 아름다움엔 이런 비수가 숨겨져 있다.

회교 사원엔 상(像)이 없다

숙소로 돌아오니 내 옆방에 캐나다인이 짐을 풀고 있다. 마호메트가 미리 일러주었지만 우리 배로 와서 두 사람을 소개시킨다. 다갈색의 긴 머리를 고무줄로 묶은, 소탈해 보이는 청년이었다.

마호메트는 내가 배에서 들려준 화장실 사건을 다시 그에게 옮기며 「네가 보디가드를 해라」 한다. 캐나다인의 방에 세면실이 달려 있어 방을 바꾸자 제안하니 방을 잠그지 않을 테니 아무때나 드나들라고 스스럼없이 말한다. 짐을 온통 풀어놓아서 방을 옮기기가 번거로운가 보다.

옆방에 사람이 있으니 화장실에 가기 불편하지만 한편 안심이 된다. 어제 저녁 마호메트가 나 혼자 있는 배로 식사를 들고 왔을 땐 경계심을 풀 수 없었다. 인도인에다가 무슬림이니 어찌 믿을 것인가.

이날 저녁은 캐나다인 릭과 함께 식사하다. 야채 국과 밥이 전부지만 한국 찌개 같아서 내 입에는 맞다. 숙소로 들어오기 전에 샀던 귤과 호두, 두부 같은 치즈를 식탁에 내놓으니 푸짐하다. 릭은 잘 먹겠다며 내일은 그가 맛있는 것을 사놓겠다고 인사치레를 잊지 않는다.

카슈미르 차는 독특하다. 인도의 다른 지방에선 홍차에 산양젖을 넣어 끓이지만 카슈미르 차엔 우유를 넣지 않는다. 맑은 잎차에 약간 계피 맛이 나고 달콤하다. 추운 지방이라 더운 지방과 달리 차가 맑다. 카슈미르에서 차 끓이는 법을 배워 한국에 돌아가서도 마시리라 생각한다.

릭에게 카슈미르 차를 좋아하느냐 물으니 대단히 좋아한다고 답한다.

「동양의 차맛은 특별하다. 일본 중국에서도 늘 그들의 차를 마신다. 한국에선 어떤 차를 마시느냐」

그의 물음에 순간 주춤한다. 작설차가 있긴 하지만 절에서나 마시고 일반인들은 거의 커피를 마신다. 러시아 소설에 자주 나오는 싸모바르 차 끓이는 장면도 기억하지만 어느 나라든 차가 생활화되어 고유의 차 문화를 보여준다.

한국에서 보편화된 커피는 우리것이라 말할 수 없다. 고유의 차 문화가 없다는 것은 자기 문화가 없다는 얘기다.

아침에도 빵 한쪽과 카슈미르 차를 들고 배를 타고 나가다. 어제 불던 바람은 가라앉고, 햇빛이 좋아 걸어서 올드 시티로 향한다. 〈올드〉라는 단어에는 이끼 냄새가 묻어있어서 모국어처럼 정겹다. 옛것엔 삶의 자취와 이야기가 있기에 어

떤 하찮은 것도 시간의 무게를 지니고 있다.

시장을 거쳐 황톳빛 물이 흐르는 다리를 지나 좁은 골목으로 들어서니 학교와 가게, 낡은 집 건물들이 늘어서 있다. 남자들은 거의 양모로 만든 모자를 쓰고, 머리부터 발끝까지 시커멓게 뒤집어쓴 회교도 복장의 여자들이 유령처럼 지나간다.

눈 부분은 레이스로 짜여져 앞을 볼 수 있으나 검정 천을 끌고 다니는 모습이 살아 있는 망령 같다. 수건을 머리 뒤로 묶은 카슈미르 여자들 복장은 발랄하지만 종교의 옷은 이들에게서 생명감을 앗아가는 듯하다.

목조 건축물 샤함단 사원은 양식이 독특하다. 피라미드 꼴로 층층이 솟은 지붕이며 뾰족탑이 티베트와 중국쪽을 연상시킨다. 1395년에 지어진 원래의 목조 사원은 두 번이나 불탔다는데 사원 뜰에선 두건을 쓴 여인들이 기도하고 있다. 회교 규칙상 여자들은 신전 안에 들어갈 수 없으므로 남자들만 안으로 들어가 참배하고 있다.

마호메트에게 그 이유를 물었더니 여자들은 달거리를 해서 더럽기 때문이라 했다. 그건 자연이라고 반박했지만 마호메트는 같은 말만 되풀이했다. 네팔에서도 그것은 불결하게 여겨져 네팔 여성들은 월경 때 부엌에 들어가지 않는다.

축복이기도 하고 고통의 씨앗이기도 한 여성의 생리. 생명을 잉태할 수 있는 신비이지만 회교도들은 그것을 미개한 것, 혹은 죄로 파악하는지 모르겠다. 아이를 낳아 죽이고 착란에 빠진 수녀 이야기 「신의 아그네스」를 보고 여자의 원죄에 대해 생각한 적이 있다.

내게 길을 가르쳐준 소년이 뺨에 입을 맞추어달라 해서 대신 볼펜을 주다. 이상한 무슬림들. 자미 마스짓드 사원 앞에선 스카프 세 개를 사다. 카슈미르 여자들처럼 머리에 써볼 작정이었다.

주위로 장이 서 있는 자미 마스짓드 사원은 인상적이다. 이 사원 역시 목조 건물인데 신을 벗고 입구로 들어서면 뜰을 가운데 두고 사방이 연결된 회랑이 나온다.

회랑 한쪽에선 낮고 긴 책상 앞에 앉아 부녀자들이 코란을 공부하고 또 다른 쪽에선 검은 수건을 머리에 늘어뜨린 여인들이 나란히 앉아 기도하고 있다. 어디에도 상(像)이 없으므로 마음이 편하다. 기도하는 여인들을 지켜보며 회랑 벽에 기대 앉으니 무심으로 돌아간다.

회랑 안엔 히말라야 삼나무 원목으로 깎은 큰 기둥 3백 개가 지붕을 받치고 있다. 신을 찾아나서듯 기둥이 늘어선 빈 회랑을 헤매다닌다. 신상이 많은 힌두 사원에선 무신론자로서 관조하게 되지만 상이 없는 회교 사원에 오니 어딘가 신이 있을 것만 같다.

석가도 그의 열반 뒤 상을 만들지 말라고 했지만 실체를 그리워한 후세들에 의해 수없이 불상이 만들어졌고 교회에도 마리아와 예수상, 십자가가 있다.

회교 사원엔 상이 없으므로 신에 대한 상상의 공간이 그만큼 커지는 것 같다. 회교에서 카펫이 발달한 것도 그 같은 이

치라는데 뜰에선 수십 명의 무슬림들이 열광과 경건심으로 하늘을 향해 일제히 절하고 있다. 하루에 다섯 번 기도하는 저들의 신에 대한 열광도 상상의 힘이 아닐까.

무갈 정원에서의 단상

새벽 5시 반에 마호메트를 깨워 야채장에 갔으나 벌써 끝나서 허탕 치고 돌아오다. 새벽 일찍 상인들이 배에 과일과 야채, 꽃을 잔뜩 싣고 와 물건을 거래하는 수상(水上)장은 스리나갈의 명물이다.

잡지에 실린 보도 사진을 보았지만 양모 모자를 눌러 쓰고 헐렁한 외투를 껴입은 상인들의 소탈한 모습, 이른 새벽 찬 공기 속에 흩어지는 입김, 땅의 축복처럼 배에 쌓인 푸른 채소들이 눈에 선하다. 이국적이면서 진한 삶의 체취를 느끼게 한 풍경이었다. 그들에겐 노동의 현장일 뿐이지만.

물 위의 야채장은 놓쳤지만 수십 채의 보트집들과 숲을 미로처럼 거치며 막 깨어나는 새벽의 호수를 볼 수 있었다. 벌써 문을 연 외딴 공예품 가게, 배 위에 널려 있는 빨래들, 양동이에 호수 물을 떠담던 노파, 푸르스름한 여명 속에 소리 없이 미동하는 물 위의 집들 풍경에서 왠지 삶의 엄숙함을 느꼈다.

아침엔 마호메트의 누이동생이 어린 아들과 함께 내 식사를 들고 와서 빨랫거리가 없느냐 물었다. 바지와 스웨터를 내주니 속옷을 선사하라고 한다. 넌 뚱뚱해서 안 맞다, 일러주어도 상관없다고 손을 내민다.

그것들을 주어 보내고 차를 마시는데 식탁에 마주앉아 있던 일곱 살짜리 아이가 갑자기 따지듯 한마디 한다. 오늘도 아침식사를 들고 왔는데 왜 특별한 것이 없느냐고.

어제 아침에 아이가 식사를 날라와서 호두와 치즈를 주고 귤도 나누어 먹었다. 아이는 이날도 그걸 바라고 내 배에 온 모양이다. 호두와 치즈는 떨어졌고 줄 것이 없는데.

「네가 식사를 들고 오는 건 마호메트가 시켰기 때문이야. 난 그걸 원치 않았다」

나도 짜증이 나서 목소리를 높였더니 아이가 큰눈을 깜박인다. 심장이 약하니 소리치지 말라며 한손으로 가슴을 누른다. 나도 놀라게 해서 미안하다, 말하고 황급히 가방을 뒤진다. 가난 자체는 부끄러운 것이 아니지만 그것이 인간의 품위를 어떻게 떨어뜨리는지 인도에 와서 수없이 본다.

버스를 타고 달 호수 북서쪽의 종점에 내리다. 호숫가에 세워진 현대적인 회교 사원을 보고 부근에 위치한 캐시밀 대학에 들린다. 교문에 들어서면 다듬어진 화단이 이어져 있고 학교를 감싸고 있는 듯한 산이 한눈에 들어온다.

한국의 덕성여대 교정에서도 수려한 북한산이 보이지만 카슈미르 대학 안에는 1586년 무갈 황제 아크바르가 만든 정원이 있어 공원같이 나무가 울창하다. 무한히 펼쳐진 초록 잔

자미마스짓드 사원,
회교 사원엔 상이 없으므로 신에 대한 상상의 공간이 그만큼 커지는 것 같다.

디밭에 거목이 규칙적으로 배치된 무갈 정원으로 들어서니 입이 다물어지지 않는다.

숲속에 강의실도 있고 연립 주택도 있다. 기숙사인가? 생각했으나 주민들이 살고 있는 것 같다. 사철 내내 이런 숲속에 살 수 있다면 철학자가 될 것 같다.

이 날의 주된 일정은 카슈미르 대학을 방문하는 일이다. 카슈미르에 매혹당해서 언젠가 와서 살아보고 싶었고 학교에 적을 두는 방법까지 구체적으로 생각하고 이곳에 온 것이다. 인도에서 삼십여 군데 여행했지만 카슈미르처럼 마음을 사로잡은 곳은 없다. 사랑하는 사람이 있을 때 결합을 생각하듯 장소도 마찬가지다.

무갈 정원에서 들꽃을 꺾어 책갈피에 끼우며 문득 자문한다. 카슈미르처럼 나를 매혹한 사람은 없었는가? 연애는 했으되 살고 싶다는 생각은 해보지 않았다. 진정한 사랑을 하지 못한 탓일까. 인간에 대해서만큼은 단념이 빨랐다. 자연은 한결같으니 결합을 꿈꾸어도 좋으리라.

열정은 자신에 대한 유일한 미덕

오늘은 덴마크 여성 두 명이 와서 릭이 내 방으로 옮기다. 옆방은 더블 침대라 동행이 아니면 쓸 수 없고 내가 거처하는 방엔 양쪽 벽에 침대가 놓여 있어 두 사람이 쓸 수 있었다.

불편한 것은 말할 것도 없지만 내가 돌아와 보니 벌써 자리가 배치돼 있고 릭이 무안할까 봐 싫단 소리도 할 수 없었다. 개인생활을 존중하는 서양인이라 릭은 내일 다른 배로 숙소를 옮기겠노라 했다.

「네가 좋을대로 해라」 했지만 크게 걱정하진 않는다. 옆방과는 미닫이문으로 통하게 되어 있어 거의 한공간이나 다름없고 또 응접실이 있어서 혼자 책을 볼 수도 있었다. 남녀칠세 부동석의 공자님들은 눈을 부릅 뜨겠지만 서양인들은 유교 사회의 한국인들과 달리 남녀의 선을 긋지 않으므로 나 역시 릭을 같은 인간으로 대할 수 있었다. 인도를 헤매다닌지 네달이 넘어 나도 그때그때 상황에 적응하는 노련한 세계여행자가 되었다.

이 날 저녁엔 세 명의 서양인과 함께 식사하다. 덴마크 여성들은 무갈 정원에 갔다고 했고 나는 그때의 사건을 들려주며 조심하라고 일러주었다. 그들은 인도에선 늘 붙어다닌다면서 마호메트도 수작을 걸었다고 알려주었다. 친구가 잠시 화장실로 가자 마호메트가 그 사이에 마그릿을 안으려 했다는 것이다.

「인도 남자들은 서양 여자들을 프리 섹스주의자라 생각한다. 천만의 말씀이야. 서양에선 남자들이 함부로 여자를 건드리지 못한다. 감히 손을 댔다가 큰코다친다」

「물론」

릭이 싱긋 웃으며 한마디 거드니 마그릿이 내게 카슈미르를 좋아하느냐 묻는다.

「무슬림이 거칠고 낯설지만 흥미 있다. 카슈미르를 대단히 좋아한다」

「회교도들은 호메이니를 비롯하여 모두 광신자들이야. 유럽은 패러다이스다. 언제 유럽을 여행해 봐라. 난 덴마크를 좋아해」

나는 동양정신의 심오함을 믿지만 덴마크를 좋아한다고 연인처럼 말하는 마그릿이 부럽다. 한국은 패러다이스다, 라고 연애하는 여자처럼 말할 수 있는 날이 언제 올까.

다음날 릭이 자전거를 빌려 함께 박물관에 가다. 아침에 혼자 차를 마시고 있는데 릭이 나와서 울 스웨터 파는 곳을 물었다. 릭은 겨울옷이 한 벌뿐이라 더 필요하다고 했다.

월요일이 정기 휴일인 줄 모르고 갔더니 박물관 문이 닫혀 있다. 뜰에 있는 시원찮은 조각들을 둘러보고 올드시티로 가서 릭은 스웨터를 사고 나는 티베트 상인의 노점에서 숄을 샀다. 계획에 없었으나 티베트인들의 얼굴이 한국인인 나와 비슷해 눈이 마주치면 서로 웃었다. 나라 없이 떠도는 난민들이라 가난해서 모두 거리에서 옷을 팔고 있다.

그런데도 티베트인들의 표정이 순박하니 놀랍다. 욕심이 없기 때문일까. 독특한 불교 문화를 가진 나라라 관심을 끈다. 문 밖으로 나서면 지구는 온통 흥미거리다.

중국 식당에서 점심을 먹고 중심가에 있는 공원에 가다. 땅이 큰 나라라 공원도 들판 같지만 군데군데 공지가 있고 나무가 많아 스리나갈 도시 자체가 거대한 공원 같다. 화단에 무리진 이름 모를 붉은 꽃은 지상의 것 같지 않고 치나르 잎이 흩날리는 뜰은 외롭고 결백한 영혼의 자리 같다. 풀밭에 앉아 하늘을 올려다보다 릭이 뉴질랜드 잎담배를 말아준다.

「동양 여자가 네 달간 혼자 여행했다니 용감하다」

「난 혼자가 편해」

「그래, 혼자가 편하지. 여자들은 결혼하면 보다 좋은 차, 보다 좋은 집을 원한다. 내 인생을 그런 것에 허비하고 싶지 않아」

34세의 광고 편집인. 자신이 죽어가고 있다고 느껴서 직장을 그만두고 여섯 달째 여행중. 내가 작가라고 말하니 제임스 조이스를 가장 좋아한다고 반가워했다. 이번엔 내가 불쑥 물었다.

「릭, 넌 자신을 좋아하니?」

「늘 자신에 대해 생각해」

「난 내가 마음에 들지 않아. 그래서 변하기를 바래」

「그건 자신에 대해 욕심이 많기 때문이야. 열정이 있으니까」

릭의 말에 내가 여태 무슨 힘으로 힘겨운 여행을 계속해 왔는지 비로소 깨닫는다. 네 달간 무거운 짐을 진 채 인도 대륙을 헤매다니고 히말라야 가까이 캐시미르로 온 것도 생에 대한 열정에서라는 것.

이름 모를 벽에 끝없이 부딪히며 미궁 속을 허우적거렸지만 인생에 대한 열정은 용수철처럼 죽지 않았다. 그것은 어쩌면 자신에 대한 유일한 미덕일지도 모르고 주어진 생명을 다할 수 있는 진정한 능력이 되리라.

치나르 잎이 흩어지는 공원 뜰을 바라보며 내가 생을 얼마나 사랑하는지 확인하며 생명의 환희에 대해 쓴다.

현실로의 귀환

5월 11일.

보름 전 아그라로 가기 전 뉴델리에 들렀을 땐 쇠사슬을 단 듯 발걸음이 무겁더니 마지막 뉴델리로 돌아오는 길은 체념 때문인지 담담했다.

인도는 여행자로 하여금 시간을 잊도록 만들고 나 역시 그 요술에 빠졌으나 뉴델리에 와서야 환상의 타임머신에서 깨어났다. 뉴델리는 서울로 출발해야 할 마지막 정박지이므로 곧 현실이었다.

라자스탄에서 뉴델리로 돌아와 회장 댁에 들렀을 때 선생은 헐렁한 옷차림에 시커멓게 그을은 나를 보고 인도 히피가 왔구나, 했다.

그 집의 말끔한 거울에 비친 내 모습도 나를 놀라게 했다. 전에 없었던 주름이 생기고 눈 속에 황량한 벌판이 드리워서 그동안 몇 년의 세월이 흐른 듯했다.

인도의 무더위와 피로가 나를 늙게 만들었으리라. 그날 거울 속에서 퇴장하는 젊음을 확연히 보았다. 30대의 마지막 길목에서 이젠 미에 연연해하지 말자고 스스로 다짐했다. 그만큼 성숙했을 거라고 자위하면서.

부인은 긴 여행에서 돌아온 손님을 반기며 된장찌개와 불고기로 따뜻이 대접했다. 단정한 현모양처형의 부인과 마주 앉자 안도감과 함께 한국의 규범 속으로 한 발자국 들어선 것을 알았다.

응접실에서 함께 차를 마실 땐 한국 신문을 보여주었는데 똑같은 정치가들 얼굴은 덮어버리고 싶었고 태풍처럼 휩쓰는 노조 투쟁, 문익환 목사와 한 작가의 방북 소식은 가슴을 납덩어리처럼 무겁게 했다.

나는 한국을, 이 사회가 누구에겐가 엄숙하게 요구하는 의무를 잊기 위해 다시 바라나시로, 키슈미르로 떠났다. 릭과 마그릿이 떠나간 뒤에도 스리나갈의 흔들리는 보트집에서 자연인으로서의 시간을 연장했다. 비자는 더 이상 연기하지 않았다.

캐시미르에선 이제 막 봄이 피어나고 있으나 오월이라 델리에선 기온이 40도 이상 올라간다. 망고도 무르익어 시장 거리에 한아름 쌓여 있고 오전인데도 불볕 속을 걷는 듯 살갗이 따끔거린다. 숙소를 정하고 샤워를 한 뒤 투어리스트 오피스로 향하는데 젖은 머리도 이내 마른 듯하다.

보름 전 뉴델리에 들렀을 때 일부러 투어리스트 오피스에 가지 않았다. 편지가 오지 않았을지도 모르고 편지가 왔더라도 금방 찾고 싶지 않았다. 실망도 기쁨도 다 연기하고 싶었다. 서쪽 나라에서 시간을 잊고 있었던 네 달 동안 많은 사건들이 한국에서 일어났기에 편지에 두려운 소식이 실려 있는지도 모른다.

사무실 문을 열고 들어가 편지함을 뒤지니 낯익은 모국어 이름이 적힌 편지가 나를 기다리고 있었다. 기쁨을 누르고 소파에 잠시 앉아 있다가 직원에게 후마윤 왕릉으로 가는 길을 묻는다.

직원은 뉴델리 지도를 주며 버스 번호까지 알려주곤 어느 나라에서 왔느냐 묻는다.

「한국에서 반가운 편지가 왔느냐?」

그가 내 손에 들린 봉투를 흘긋 보아서 나는 웃음 지으며 고개를 끄덕였다.

무갈 2대 황제 후마윤의 시신이 묻힌 왕릉은 도심에서 약간 벗어난 한적한 거리에 자리잡고 있다. 16세기 중엽 후마윤의 아내 하지베굼에 의해 지어진 것으로 어귀에 들어서면 오른쪽에 후마윤의 이발사 묘실이 따로 세워져 있을 만큼 규모가 크다.

황실 묘소로 들어서니 드넓은 정원과 두 개의 큰 돔이 하늘로 솟아 있는 붉은 무덤 궁전이 시야에 들어온다. 페르시아 건축가가 설계한 이 왕릉은 초기 무갈 건축물의 본보기이고 뒷날 이 양식이 보다 정련되어 매혹적인 타지마할이 세워졌다.

잔디가 다듬어진 정원을 거닐다가 한적한 뒤뜰의 나무 아래 앉는다. 자연의 한 부분인 경주 고분과는 전혀 다르지만 죽은 자를 위한 터(基)여서 마음이 편안하다. 땅에선 후끈 열기가 끼쳐오지만 그늘이라 조금은 시원하고 그제야 편지를 꺼내 읽는다.

눈물의 델리

인도에서의 네 달이 사 년처럼 흘러갔다. 정신적 시간으로 치면 그렇다. 2천 년도 전 고대까지 거슬러 올라갔으니 공간적 거리는 헤일 수도 없다.

여정을 마감하면서 인도에서의 마지막 밤, 올드델리의 붉은 성 Red Fort에 가서 소리와 빛의 쇼를 관람하다. 저녁을 먹으러 들른 식당에서 어제 합석했던 일본 청년을 또 만났고 그는 내가 올드델리에 가려는 것을 알고 동행해도 되겠느냐고 물었다. 어제 내게 일본어로 말을 걸어서 한국인임을 이미 밝힌 터였다.

시간이 일러 붉은 성 맞은편 도로에 늘어선 야시장을 구경하다. 무갈 시대부터 유명한 시장이었다는데 현대의 도시 야시장엔 특별한 볼거리도 없고 물건도 시원찮다. 가방이 쌓인 수레에선 뜻밖에 코리아 상표를 보았다. 디제이를 한 적이 있어서 조용필 노래를 잘 안다는 일본인 요스케가 반가운 듯 한국 상품을 가리켰다.

빛과 소리의 쇼는 8시가 넘어 붉은 성의 뜰에서 열렸다. 세 개의 궁전 건물에 번갈아 조명을 쓰며 성우들이 인도 역사를 드라마 형식으로 엮어 들려주는 프로그램이었다. 17세기의 붉은 대리석 건축물이 그럴 듯한 무대가 되어 배우 없는 고전극을 보는 것 같았다.

샤자한이 1628년에서 십년간 걸려 세운 붉은 성은 무갈의 권위를 집약적으로 보여주고 있는 호화로운 궁이다. 사적인 일을 상소하는 디완 이 카스 궁엔 에메랄드, 루비, 사파이어, 진주 등으로 장식했다는 〈공작의 왕좌〉가 있다. 값어치로 따지면 천문학적인 숫자라는데 1739년 페르시아의 나디르 샤가 쳐들어와 약탈해 갔다.

〈만일 땅위에 천국이 있다면 그곳은 바로 여기이다〉

페르시아 글씨로 난간에 쓰어 있는 이 문구를 보아도 무갈의 영화가 얼마나 드높았는지 상상할 수 있으리라.

샤자한은 프랑스의 루이 13, 14세와 동시대인이다. 베르사이유 궁전이 구상되고 있을 때 아그라에선 타지마할과 진주 사원이 솟아오르고 있었다. 샤자한은 무갈 시대에 가장 아름다운 건축물을 세운 왕이지만 네루는 민중의 편에서 이렇게 썼다.

〈공작의 왕좌가 있는 델리의 궁전은 베르사이유보다 찬란하고 사치스러웠다. 그것은 베르사이유와 마찬가지로 가난에 찌들고 착취당한 민중의 힘으로 세워진 것이다. 구자라트와

데칸에는 끔찍한 기근이 있었다〉

무갈 제국은 이방의 침략자이긴 했으나 인도 문화 속에 융화되었고 무갈의 영향 아래 분열된 인도는 하나로 뭉쳐질 수 있었다.

샤자한의 아들 아우랑제브에 이르러 무갈 시대도 끝나고 영국에 의해 통치되는데 인도의 위대한 별 간디와 네루의 생전 목소리도 붉은 성의 밤하늘 아래 울려퍼졌다.

한국에 오는 관광객을 위해 비원이나 경복궁 안뜰에서 이런 쇼를 열면 어떨까. 인도의 관광 사업에 감탄하면서 언뜻 이런 생각을 했으나 열강에 시달리고 착취된 한국 근세사를 떠올리자 마음이 가볍지 않았다.

올림픽 때 한국을 방문했다는 싱가폴 대학생을 아그라에서 우연히 만났는데 그는 민비가 일본인들의 손에 의해 참살되었기 때문에 한국인들은 일본을 싫어하고 일본 자동차도 사용하지 않는다고 한국에 대한 상식을 말했다.

남의 나라 역사를 무심하게 듣고 있는 요스케 옆에서 왜인들의 칼날에 무참하게 쓰러진 명성왕후를 떠올리자, 약자의 아픔과 자신을 지키지 못했던 무능에 대한 염오가 동시에 느껴졌다. 〈수난의 여왕〉인 조선. 그 한국은 다시 무지한 정치인들에 의해 황폐해지고 물질신을 섬기는 이상한 나라가 되어가고 있지 않은가.

델리 붉은성의 아름드리 고목이 역사를 느끼게 한다.

(사진 ⓒ Lee)

투어리스트 오피스를 찾아갈 땐 기대 반, 체념 반이었지만 편지를 받곤 상반된 감정에 사로잡혔어. 아름다운 편지를 받았기에 행복했고 초록 색연필 스케치 속에 질척거리는 서울의 겨울이 떠올라서 괴로웠어.

잊고 싶은 서울.

한국은 내게 상처의 나라여서 늘 도망치고 싶어했지. 어느 땐 내가 모국어로 글을 써야 하는 작가라는 것이 야릇한 올가미처럼 느껴지기도 해.

그러나 용감하게 돌아가야겠지. 김광섭(金珖燮)의 시처럼 〈나는 종처럼 이 무거운 나라를 끌고 신성한 곳으로 가리니〉라고 말할 순 없지만 업 같은 내 짐을 다시 짊어져야 한다는 것을 잘 알고 있어.

어떤 의미에서 나는 이번 여행으로 〈인도〉를 잃었어. 자신을 변화시킬 그 어떤 것을 찾으러 목마른 순례자처럼 길을 떠났지만 어떤 것도 결국은 내 속에서 찾아야 한다는 냉혹한 진리에 다시 부딪혔을 뿐이야.

여행하는 동안 기존 관념에서 떠나기 위해 거의 책을 읽지 않았지만 네 달의 인도 여행을 마친 지금 난 여전히 빈곤하고 다시 기만 속으로 걸어들어가려 하고 있어.

똑같은 무표정에 바바리까지 똑같이 입은 소시민들에 대해 절망적으로 말하던 그대 같은 시인이 있으므로 위안을 삼을 뿐.

(……)

붉은 성에 다녀와 쓰러지듯 잠들었으나 한밤에 깨어나 짐을 챙기고 편지를 쓰다. 창을 여니 복도의 불빛 때문인지 어둠이 약간 물러선 듯하고 더 이상 잠이 올 것 같지 않아 밖으로 나선다.

5시인데도 밖은 한밤 같다. 가게 하나가 막 문을 열어 차를 마시고 하릴없이 거리를 헤매다닌다. 시장 거리로 들어서니 여기저기 쓰레기가 쌓여 있고 릭샤 하나가 어둠 속으로 달려가고 있다.

인도 여행중에도 샨티니케탄 등에서 새벽 산보를 했지만 새벽 산보를 즐기기 시작한 것은 꽤 오래전이다. 야행성이라 책을 읽다가도 밤을 꼴딱 새울 때가 많고 그런 날, 검푸른 새벽 하늘 아래 텅 빈 거리를 쏘다니는 것이 좋았다.

잉크빛 하늘이 차차 묽어지는 그 미묘한 색조의 변화를 음미하는 것이 즐겁지만 새벽 골목에서 마주치는 리얼리티도 나를 놀라게 한다.

소설 배경이 된 기지촌을 취재할 때 어둑한 새벽 골목에서 마주친 찢어진 벽보와 옥상에 건들거리던 울긋불긋한 속옷들.〈순자야 모든 것을 청산하고……〉

동방 주택 언덕길을「나라가 그래서……」중얼거리며 걸어가던 실성한 노파. 동터 오르는 화단에서 향기를 맡으려고 다가섰을 때 발견한 벌레 먹은 장미. 새벽에도 문이 열려 있던

정릉 숲 속의 너그러운 집.

새벽은 하루의 시작이 아니라 어제의 연장이며 계속되는 세계의 한 장(場)이다. 꼬불꼬불한 시장 뒷골목을 발 가는 대로 헤매다니니 어느새 하늘 빛이 열어졌다. 소가 어슬렁거리는 막다른 골목을 다시 나와 큰길로 나서니 악대 소리가 들려온다.

저만치 앞에서 신식 양복을 입은 대여섯 명의 남자들이 나팔이며 악기를 불고, 가마에서 붉은 사리를 휘감은 단장한 젊은 여자가 내린다. 머리에 장식을 하고 코걸이까지 한 여인은 신부로 보이는데 친척인 듯한 아낙네들은 길에 서서 남자들에게 돈을 나누어준다. 이른 아침 신부를 모신 이들에게 복채를 내나 보다.

신부는 동생들과 어머니와 차례로 포옹을 하고 이번엔 대기하고 있던 차에 오른다. 눈물을 글썽였던 신부는 차 속에 앉자마자 흐느껴 울었고 그 울음이 너무나 격렬하여 어깨가 프르르 떨렸다. 식구들도 눈이 충혈되도록 울고 있으나 화장을 얼룩지게 한 신부의 울음은 이별의 슬픔이라기보다 알 수 없는 미래에 대한 공포 같이 느껴졌다.

울지 말아요, 인생은 모두에게 두려운 것이니. 나는 신부에게 말해 주고 싶었으나 여자는 차가 떠나가도록 그 누구에게도 눈길을 주지 않고 격정적인 슬픔 속에 흔들리고 있었다.

인 도 기 행

1판 1쇄 펴냄 • 1990년 6월 30일
1판 12쇄 펴냄 • 1997년 1월 10일
개정판 1쇄 펴냄 • 2001년 7월 10일
개정판 5쇄 펴냄 • 2007년 2월 5일

지은이 • 강석경
편집인 • 장은수
발행인 • 박근섭
펴낸곳 • (주) 민음사

출판등록 • 1966. 5. 19. 제16 - 490호
서울시 강남구 신사동 506 강남출판문화센터 5층 (135-887)
대표전화 515-2000 • 팩시밀리 515-2007
www.minumsa.com

값 12,000원

ISBN 978-89-374-0068-1 03810